PASSIONS ROMAINES

DU MÊME AUTEUR
CHEZ LE MÊME ÉDITEUR

Les Dames de Tarnhac
Le Marchand de Bergerac
La Cousette de Commagnac
Le Double Secret de Bigaroque

Guillemette de La Borie

PASSIONS ROMAINES

Roman

Terres de France

PRESSES DE LA CITÉ

Production Jeannine Balland

ISBN 978-2-258-08802-3

A Joséphine,
ma première petite-fille, née le jour
où le livre se terminait

1

Toute la fierté et toute la grâce de Rome...

Emile ZOLA, *Rome*

En ce premier jour de septembre 1870, la diligence, cahotant lourdement sur les pavés de la grande voie Flaminienne, qui depuis l'Antiquité relie les Alpes à Rome, passa la porte du Peuple. Et fit halte sous les frondaisons du Pincio.

— *Roma, Roma ! Piazza del Po-po-lo...* modula le postillon en encadrant sa cape dans la portière de la voiture.

A l'intérieur, les voyageurs émergeaient de leur torpeur, secoués, courbatus, ensommeillés après tant de mauvais chemins, de relais, de nuits d'auberge écourtées. Les deux dames françaises, qui voyageaient seules, et avaient réservé pour elles la grande banquette arrière, s'éveillèrent d'un coup.

— Enfin ! dit l'une.

— *Amore, amore mio...* chantonnait tout bas l'autre.

Depuis le matin, on avait quitté le chaos des montagnes des Apennins, les vallées étroites dominées par des murailles à pic, avec leurs bourgades en nids d'aigle. Et l'escorte des gendarmes, les *carabinieri*, fusils chargés pour parer à une attaque de brigands.

— *Piazza del Po-po-lo...*

Madame du Breuilh souleva le rideau de la fenêtre, pendant que sa femme de chambre, fascinée, se penchait derrière elle : une lumière violente les éblouit, qui illuminait les pierres blanches des deux églises jumelles bordant la place, et au-dessus le bleu cru du ciel.

Depuis le temps qu'elles attendaient ce moment ! Elles se regardèrent et se mirent à rire, pour déjouer leur émotion. Déjà, avec de grands cris, des gamins en guenilles, grimpés sur la malle, déchargeaient les bagages. Et des paysannes, pareilles à celles qu'elles avaient aperçues la veille en Ombrie, de belles femmes brunes, corsets en velours noir et jupes brillamment colorées, les bras encombrés de paniers, s'arrêtaient pour scruter les arrivants. Sans sourire.

— *Francesi !*

L'une d'elles fit haut et fort ce constat, à la minute même où Léontine parut sur le marchepied. Cracha et se détourna, dans le même mouvement que les autres.

Même les cochers attroupés autour de la diligence, qui s'emparaient d'autorité des valises des voyageurs, laissèrent les malles des deux Françaises entassées au milieu du pavé. Le postillon, un Génois déjà pressé de retourner chez lui, marmonna, dédaigneux :

— *Mangiapreti...*

Léontine avait compris l'échange d'insultes, et traduisit à mi-voix pour Elina.

— Il dit qu'ici ce sont tous des bouffeurs de curés !

— Té ! Dans la Ville éternelle ? Moi qui croyais que tous les Romains étaient nés avec un chapelet entre les doigts !

Elles rirent de nouveau, pour se donner une contenance ; et puis l'air était si léger, chargé de senteurs, la lumière si claire, virant lentement vers l'or à mesure que le soir tombait...

Les deux femmes attendaient toujours, debout, pendant que l'on dételait les six chevaux vernis de sueur. De partout, sur tous les tons, carillonnaient des cloches, se répondant d'une église à l'autre.

— *La Minerva ?* Hôtel de la Minerve ?

Léontine lançait de temps à autre cette adresse, son unique sésame dans cette ville étrangère. Et l'on se détournait en l'entendant.

— Suis-je présentable, au moins, dis-moi ?

La jeune femme lissa son costume de voyage, fit bouffer son chignon, redressa la taille, esquissa un sourire. Elle n'avait pas l'habitude des rebuffades.

— Tous les yeux sont tournés vers vous, Madame !

En effet. Mais personne ne répondait pour autant.

Jusqu'à ce qu'une voiture découverte, aux portières armoriées, traverse la place de biais, comme si l'espace lui appartenait. Elle ralentit devant les deux voyageuses, pour leur laisser un passage qu'elles ne demandaient pas, ou bien les dévisager.

C'était maintenant vers le conducteur de la voiture, un homme brun, chapeauté, cravaté, que se dirigeaient les regards.

— *Ecco ! Il marchese*, signala un des gamins avec respect.

Léontine leva un bras, instinctivement. Un marquis pourrait les tirer d'affaire...

Le cheval sabota sur place ; elle esquissa une petite révérence aimable.

— Parlez-vous français ?

— Certainement ! Dario Scarelli. Que puis-je pour vous ?

— Serait-il possible de nous faire conduire à l'hôtel de la Minerve ? Personne ne semble vouloir comprendre ce que nous désirons…

Il la dévisagea un instant, l'œil sombre derrière le pan de son couvre-chef.

— Aucun cocher ne vous y emmènera ! Il y a eu là un attentat ce matin : une bombe jetée d'une fenêtre, qui a fait plusieurs blessés. Comme chaque jour ou presque ici en ce moment. L'hôtel de la Minerve, je vois que vous ne l'ignorez pas, est le rendez-vous des Français et des ecclésiastiques. Vous êtes dans une ville en guerre, *signora*, et vous parlez la langue de nos occupants. Cela fait de bonnes raisons de se méfier de vous…

Il suivit sur le visage de la jeune femme l'effet de ses paroles, et continua :

— Dans les circonstances actuelles, le seul lieu sûr pour vous est sans doute chez moi, à deux pas d'ici, palazzo Scarelli. Si vous le souhaitez, je me ferai un devoir de vous offrir l'hospitalité…

L'homme était d'une politesse parfaite. Et Léontine n'avait guère d'autre choix. Elle remercia.

En un ordre bref, suivi de moult gestes, les Italiens s'étaient entendus entre eux. Moyennant quelques pièces déposées par le gentilhomme brun dans la poche du Génois, celui-ci s'empressa de nouveau, transporta les malles, ouvrit la portière aux dames. Et celles-ci se retrouvèrent enfoncées dans les coussins de la voiture, Elina en équilibre entre leurs bagages.

— *Andiamo !*

On finit de traverser la place monumentale, et on s'engagea à vive allure dans une longue rue rectiligne.

— Voici le Corso, le lieu où tout Rome se rencontre et s'épie. Nous y sommes presque. *Cara signora*, puis-je vous demander pourquoi une si jolie femme vient ici braver la mitraille ?

Léontine, en quelques minutes, avait déjà appris la prudence.

— Je viens rendre visite à un officier, engagé au régiment des zouaves pontificaux.

Elle avait dit cela en penchant la tête avec une fierté contenue, et un léger trémolo d'émotion, comme à chaque fois qu'elle parlait de lui.

Tant de mois qu'il était parti ! Depuis qu'Arthur du Breuilh, son époux devant Dieu, ancien sous-lieutenant de l'armée impériale, avait pris la décision de la quitter pour venir ici, à Rome, mettre son épée au service du souverain pontife.

— *Signora...*

L'homme, en même temps qu'il raccourcissait ses rênes pour virer, s'était retourné d'un bloc vers ses passagères.

— Palazzo Scarelli ! Voyez-vous cette inscription, au montant du porche ? *VE*, comme Victor-Emmanuel, roi d'Italie. Que vous le sachiez bien : je suis un patriote, et je combats de toutes mes forces pour l'unification de mon pays, avec Rome pour capitale.

Il avait dit cela comme une proclamation. Ajoutant plus bas, dans son français châtié :

— Et en dehors de toute intervention étrangère...

Au milieu d'un austère mur de briques, aux fenêtres grillées de lourds barreaux noirs, les battants d'un portail s'ouvraient devant eux.

— Convenons de suite d'une chose, sans témoins : vous êtes française, fort bien, et mon invitée ici, tant qu'il vous plaira. Votre empereur fut longtemps notre ami, et le soutien de l'Italie. Mais vous ne pouvez avoir de relations avec les zouaves pontificaux ! Ni moi ni mes gens ne le supporteraient. Tout se sait ici. Admettons que vous faites un tour d'Italie, pour admirer nos richesses culturelles et artistiques, et vous perfectionner dans les arts. Et que vous ignoriez la situation dans notre ville.

Son interlocutrice lui dédia un charmant sourire.

— C'est exact, monsieur, j'ignore en effet tout de la situation, depuis des semaines que nous voyageons, ma servante et moi-même.

— C'est entendu. Sous quel nom dois-je vous présenter, *signora* ?

— Eh bien...

Elle hésita un instant.

— ... Champcevial, je suis madame Champcevial !

L'homme claqua la langue en direction de son cheval, rendit les rênes, et la calèche franchit au pas le portail.

Derrière lui, les deux femmes échangèrent un long regard : les choses ne se présentaient pas comme elles l'avaient imaginé. Mais elles savaient bien, en quittant le Périgord, que l'aventure ne serait pas simple ; et elles s'étaient promis l'une à l'autre de faire face à tout.

Pour l'heure, elles découvraient, derrière cette façade monumentale, une large cour pavée, entourée d'un portique à colonnade ; et au-delà, un jardin souriant, aux buis délicatement taillés en arabesques. De hautes statues de marbre considéraient les arrivantes ; et la bouche d'un dauphin de pierre envoyait joyeusement des jets d'eau croisés, vers un ciel qui commençait à se mordorer.

Un, deux, puis trois domestiques apparurent, à ce que l'on pouvait en juger d'après leur même livrée galonnée de bleu. Dario Scarelli s'adressa à eux avec force moulinets de bras, parlant et riant haut, et les autres obéissant de la même façon.

— *Va bene così !* C'est bien ainsi...

Puis il vint s'incliner galamment devant Léontine qui relevait sa jupe pour descendre de voiture. Et dans un geste un peu théâtral, lui baisa la main.

— *Benvenuta !* On va vous installer dans un appartement...

Leur hôte montrait à la fois la perspective de cours et de jardins, d'arcs et de galeries, de part et d'autre d'un bâtiment principal, et la femme qui venait à leur rencontre. Derrière ses hauts murs, ce palazzo avait les proportions d'une véritable ville.

— Comment vous remercier ?

— Eh bien, nous parlerons de la France !

Leurs yeux se rencontrèrent.

— Surtout, ne sortez jamais seule, *cara signora* ! Maintenant, pardonnez-moi, on m'attend. Je vous rendrai visite ce soir après le dîner, si vous le voulez bien.

Tout cela ressemblait à des ordres. Léontine hocha aimablement la tête, bien décidée à ne pas obéir.

Elles se mirent en ordre de marche, Léontine guidée par une gouvernante, et Elina suivant derrière, à la tête de trois valets porteurs de bagages. Alors qu'elles traversaient ainsi une nouvelle cour, des yeux ténébreux les suivirent du regard : un petit groupe d'hommes, torses nus, s'aspergeaient d'eau devant une vasque de marbre. Les deux femmes remarquèrent en même temps les fusils appuyés contre la margelle.

2

Chaque siècle en avait renouvelé la gloire...

Emile ZOLA, *Rome*

Arthur du Breuilh l'embrassa gauchement, étonné de se sentir un peu étranger aux lieux, lui qui avait grandi là pendant presque vingt années.

— Ma chère Lucienne...

C'était sa sœur cadette ; lui autrefois toujours dehors, elle, plutôt dans les jupes de sa mère. Maintenant, le frère et la sœur attendaient le départ du cortège de funérailles de leur père, en scrutant chez l'autre les marques laissées par le temps écoulé. Arthur était carré, massif, la taille bien prise dans son uniforme des chasseurs à pied, aux épaulettes de sous-lieutenant ; sa flamboyante moustache rousse s'était épaissie à l'approche de la trentaine, en même temps que le teint se colorait.

Lui qui était d'un naturel chaleureux et gai se retrouvait aujourd'hui les bras ballants, à contre-emploi dans cette atmosphère de deuil. Elle, au contraire, affichait le regard vif et sérieux de ceux qui maîtrisent les choses, et la silhouette d'une mère de famille affairée. Lucienne, dans sa robe de circonstance, noire à petits boutons nacrés, avait la peau fine et pâle, les épaules droites, des gestes doux pourtant, où il retrouvait quelque chose de son père. Par discrétion pour ces retrouvailles, l'époux et les trois petites filles, parfaitement sages et enrubannées de noir, se tenaient en retrait.

Tous deux se firent en même temps la réflexion que l'autre avait de l'allure, en regrettant inconsciemment de ne discerner aucune faille dans cette apparence, où auraient pu se glisser des émotions, des souvenirs communs, une tendresse jamais manifestée. Mais ils n'en dirent rien.

Enfin, la baronne, la veuve, parut pour donner le signal du départ. Elle venait de veiller elle-même à tous les détails de l'organisation de la journée, avait goûté à la cuisine qu'on servirait aux invités, inspecté l'état des chambres à donner, passé son doigt bien à plat sur les consoles du vestibule. Un vague sourire, contentement du devoir accompli, flottait encore sur son visage.

D'un geste bref, elle coiffa le chapeau que lui tendait précautionneusement sa fille, et rabattit le voile noir, tuant d'un coup son sourire.

— C'est la volonté de Dieu...

Elle marmonnait cela régulièrement, pour affermir son courage. Son fils lui prit vigoureusement le bras, et l'on s'ébranla. Quand ils parurent dans le vestibule, leurs deux silhouettes jumelées, qu'on n'avait plus vues ensemble depuis des années, chacun fut frappé de la ressemblance.

Dans le vestibule, la tante Jeanne de Laubarède, en grand deuil elle aussi, faisait le guet, entourée de ses enfants. Jeanne était une jeune sœur du défunt, qui avait épousé un des plus proches voisins de Bramefons. Un aimable hobereau toujours perdu dans ses livres d'histoire ; on aimait Jeanne, tout en la plaignant un peu, et on cousinait beaucoup.

Silencieusement, du bout des doigts à cause de leurs voiles de deuil, les femmes s'envoyèrent des petits baisers. Et l'on sortit sur le perron ensoleillé.

Famille, domestiques, voisins, qui attendaient depuis un moment dans la cour, perçurent le mouvement à l'intérieur, et se formèrent en cortège, derrière la charrette à bras qui portait déjà un cercueil. Le landau de Bramefons, conduit par Alcide, prendrait la baronne, avec ses petites-filles ; les autres iraient à pied jusqu'à l'église du village. C'était l'affaire d'une demi-heure.

Le vieux baron du Breuilh avait rendu son âme à Dieu deux jours auparavant, au couchant. Après des semaines à la chambre, comme une lumière qui s'éteint, sans perturber l'ordre de la maison. Tout était prêt déjà. Le curé était venu l'administrer, avant de s'en aller arranger l'autel et les ornements lamés d'argent, pour une cérémonie qui ne tarderait plus. Au même moment, la cuisinière lustrait l'argenterie, et le garçon d'écurie vérifiait les harnais.

Lucienne, tenue au plus près des nouvelles par les lettres quotidiennes de sa mère, préparait à distance les costumes de deuil, les provisions de bouche, les fleurs, et cent autres choses nécessaires.

Au contraire, la dépêche avait cueilli Arthur à froid, au mess des officiers de sa garnison parisienne, en ce mois de mars 1869. Il avait fallu agir vite : le temps de demander une permission spéciale à son colonel, qui lui accorda la semaine pour régler ses affaires, assortie de sincères condoléances, et il prenait un fiacre pour la gare d'Austerlitz. L'express de nuit sifflait déjà le départ quand son ordonnance lui apporta des effets.

En une nuit, le sous-lieutenant était rendu de Paris à Périgueux, tout étonné de cette nouvelle facilité de transport, au lieu des trois jours de diligence qu'il avait subis autrefois. Durant ses nombreuses années d'engagement et ses deux campagnes militaires, Arthur n'était revenu à Bramefons que bien rarement.

On l'attendait pour procéder à la levée du corps. Là, l'émotion l'avait rattrapé. Devant cet homme au visage d'ivoire, mort dans son lit après une vie droite et transparente, sans avoir jamais quitté sa maison natale ni ses certitudes, il redevenait enfant. Des hoquets le secouèrent, qui n'étaient pas des pleurs, puisque ses yeux étaient secs.

Certes, depuis des mois, les lettres de sa mère lui parlaient du déclin du vieil homme, et le pressaient d'envisager un voyage en Périgord. Il était maintenant trop tard.

Sous la flamme des cierges funéraires, Lucienne et sa mère, Adélaïde, ne pleuraient pas non plus ; elles se tenaient à genoux, perdues dans leurs prières.

Un peu plus tard, rasé, sanglé dans sa tunique, et le sabre au côté, Arthur ne comprenait plus ce qui lui était arrivé le matin. Il resta parfaitement digne durant le sermon du curé, qui célébrait pêle-mêle les bienfaits du baron et de ses ancêtres, ses traits d'esprit, ses talents de chasseur, ses fortes convictions monarchistes, la piété de son épouse. Avec pour finir des souhaits appuyés, les yeux plantés dans ceux du sous-lieutenant, pour que surtout rien ne change.

Ensuite, il savait ce qu'il avait à faire, et le fit du mieux possible. Présenter les armes devant la chapelle funéraire, au moment où les cordes commencent à glisser – han, han ! – le long de la tombe ouverte, recevoir les condoléances, saluer aimablement chacun et chacune. Le soleil de printemps caressait les tombes, et les visages des vivants.

Avec cette mort attendue, la place d'Arthur avait changé : une petite foule faisait cercle autour de lui, ou plutôt autour de sa mère, près de qui il se tenait, et se pressait pour le saluer, gens du monde et gens de la campagne, et même quelques jolies femmes. Parfois, il reconnaissait un regard, retrouvait un prénom au fond de sa mémoire, et se retenait de manifester son plaisir d'un grand rire bruyant. Il éprouvait de la reconnaissance envers tous ceux qui étaient venus, comme pour un rendez-vous avec son enfance, et jouissait au fond d'être là, dans ce petit cimetière de verdure, aux lignes douces, aux couleurs tendres et neuves. Il encourageait sa mère à s'appuyer sur son bras, se redécouvrait une famille, des attaches.

La salle à manger aux murs salpêtreux accueillit le déjeuner des funérailles, tandis que les domestiques se restauraient à la cuisine. En haut comme en bas, la chère était bonne, le vin de Bergerac chambré comme il convient, les convives heureux de se retrouver ; satisfaits au fond de respecter l'ordre des choses, et d'avoir porté en terre, dans les formes, le plus âgé d'entre eux. Avec cette petite excitation sous-jacente d'observer déjà comment se redessinaient les choses : une ou deux fois seulement par génération, les cartes étaient ainsi rebattues.

L'époux de Lucienne, qui était avoué, se chargea du discours de remerciement. Des mots qu'Arthur ne put s'empêcher de trouver un peu pauvres, et ampoulés. Provinciaux, peut-être, diraient ses camarades de régiment. On applaudit chaleureusement, ce qui donna le signal pour se lever de table, enfin. Dans un bel ensemble, les invités firent mouvement vers la corbeille de fleurs du jardin, pour finir de secouer les restes de tristesse ou de solennité.

— Henri, Marie, Ernest, venez donc saluer votre oncle !

La tante Jeanne rappelait ses enfants, qui suivaient déjà les chiens de la maison, courant à l'orée du bois.

Ils revinrent le plus lentement possible.

Les deux aînés, dont Arthur se souvenait assez bien, étaient absents, collégiens à Sarlat comme lui-même l'avait été. Ces trois-là, une fille et deux garçons en costumes marins, avaient grandi en son absence. Ils regardaient le sous-lieutenant de leurs grands yeux sérieux.

— Il y a encore Athanase, qui vient de fêter son premier anniversaire, et que nous avons laissé à sa bonne.

— Ma tante, quelle magnifique famille !

Le compliment était sincère, les enfants le sentirent ; et Jeanne rosit de plaisir sous l'appréciation de son neveu.

Plusieurs fois dans l'après-midi, on donna à Arthur du « monsieur le baron », avec moult compliments sur sa prestance. Ce titre qui lui revenait, puisque l'ancien baron n'était plus, ne lui pesait pas.

De la cuisine parvenaient les mêmes éclats de rire qu'au jardin ; les cochers des voitures de ces messieurs-dames appréciaient aussi l'occasion de se retrouver, après l'enfermement de l'hiver. Le soir tombait, mais personne n'était pressé de se séparer, à cause de cette douceur précoce.

Haletants, les chiens finirent par venir se coucher sur le perron, observant la situation avec intérêt : on allumait des torches dans la cour, on attelait les voitures.

Les voix et les claquements des sabots s'évanouirent peu à peu, tandis que les Laubarède repartaient les derniers, à pied, vers leur manoir de Forcegrive.

Adélaïde du Breuilh, de toute la journée, n'avait montré le moindre signe de faiblesse ; et envisageait déjà la suite des opérations.

— Nous allons juste prendre un bouillon de poule, pour laisser les domestiques ranger.

Elle ajouta en posant affectueusement la main sur la manche de son fils :

— Arthur, Elina te trouvera quelque chose de plus consistant !

Son gendre pinça les lèvres.

— Puis-je, ma mère, vous saluer tout de suite ? Je reprendrai la route tôt demain matin, car on m'attend à Angoulême.

La semaine de permission du sous-lieutenant passa très vite. Il retrouva la vieille complicité qui le liait à Alcide, le garçon d'écurie de Bramefons. L'homme et son corniaud vivaient ensemble au-dessus de l'écurie, et partageaient avec lui quelques secrets anciens. Tous deux semblaient avoir traversé le temps en ne faisant que l'attendre.

Le vieux garçon sella Aïda, la jument de son père, qui l'emmena poussivement faire un tour du propriétaire. A presque trente ans, il appréciait de n'avoir ici, enfin, aucun consentement à demander à personne. Au contraire, on attendait ses ordres. Rougerie, le régisseur, l'accompagnait en le regardant du coin de l'œil. A la Pommarède, la plus importante des trois métairies qui constituaient le petit domaine, les drôles du métayer l'attendaient au garde-à-vous, avec des fusils de circonstance, taillés par leurs soins dans des bâtons de vergne. Arthur se revoyait enfant, dans ces regards brillants de garçons frustrés d'aventure. Il rectifia leur position au tir, raconta des histoires de campagne, subit avec gentillesse l'admiration de tous, et dut accepter la goutte de la grand-mère.

— C'est à vous arracher le gosier, té, mais quel bonheur !

L'accent et les expressions patoises lui revenaient en buvant, aussi gouleyants que l'alcool de prune.

On l'entourait là, comme au château, d'un respect nouveau.

A la cuisine, il y avait une nouvelle petite bonne, gaie et débrouillarde, engagée pour aider pendant la dernière maladie du baron. Elina s'ingénia à lui préparer tous les plats périgourdins dont sa gourmandise se souvenait.

— Vous voulez une mique ? Vous en aurez ce soir au souper !

Et du gâteau de noix, et du millat, et du pâté de lapin aussi... La petite savait tout faire, et plus aimablement que Léonie, cuisinière en titre depuis des lustres.

La voix grave d'Arthur, son grand rire et son corps toujours en mouvement réveillaient la vieille maison : il décrivit Paris, les défilés militaires, les nouveaux boulevards, fit rire les fillettes de sa sœur, et plus encore leur institutrice. Même les chiens frétillaient sur son passage.

Au chenil, on baptisa solennellement du nom de Kosak l'unique chiot rescapé de la portée de Diane, qui avait été la dernière chienne du baron, animal fidèle et médiocre chasseuse. Pendant ce temps, les femmes répondaient aux lettres de condoléances, triaient les papiers, gazettes et journaux accumulés par le baron, pour en faire des allume-feux. Et brossaient les redingotes du défunt, qui partiraient chez un fripier de Périgueux.

— Voilà ce qu'il me faut, maintenant, à moi aussi...

La baronne avait saisi la canne de son mari, un jonc ferré au pommeau de bronze, et frappa trois coups résolus sur le plancher. Elle avait le cœur fragile, mais de fort bonnes jambes, et sa fille comprit l'importance du geste.

Au quatrième jour, le notaire se fit annoncer, comme il était convenu. Il n'apportait aucune surprise : Lucienne avait été dotée lors de son mariage, avec une maison de maître à Angoulême. Le château, les fermes et les terres revenaient donc de plein droit à l'héritier du nom, à charge pour lui d'entretenir la veuve, sa vie durant. En tendant plume et encrier, le clerc ajouta, comme une formalité :

— Vous devez maintenant signer pour accepter l'héritage.

Arthur signa, avant sa sœur. Et Lucienne repartit le jour même avec ses filles, en l'embrassant du bout des lèvres.

Après ces journées de grand air et de redécouvertes, Arthur s'endormait comme une masse. Il n'avait pas retrouvé son ancienne chambre de garçon ; on lui avait attribué celle où jadis il avait vu vivre sa grand-mère, vaste pièce d'angle à trois fenêtres, contiguë à la tour d'ouest. La vue en était exceptionnelle, ouvrant d'un côté sur les coteaux environnants, avec la Vézère en contrebas, et de l'autre dominant la cour et les communs.

La beauté de ce pays oublié le touchait au cœur, quand il s'éveillait tôt le matin, dispos et satisfait de tout. Et d'abord du grand bol de lait juste tiré du pis qu'il trouvait à la cuisine, avec un frottis d'ail, et le sourire d'Elina.

Alors que le jour de son départ approchait, il se surprit à le regretter. Alcide finalement attela le landau pour le conduire en gare de Périgueux, prendre l'express du soir. Les chiens suivirent la voiture jusqu'à épuisement.

3

Quelle longue histoire de fautes et de conflits...

Emile Zola, *Rome*

L'ordonnance qui lui avait été attribuée, un garçon de Normandie rougeaud et malin, allait chaque matin à la poste militaire chercher le courrier des officiers. La veille, il avait remis à Arthur un pli cacheté aux armes des Breuilh, assorti d'une plaisanterie usée.

« Ah, le poids de ces mots que je transporte à travers Paris... »

Depuis, cela faisait déjà trois fois qu'il relisait cette lettre, datée du 8 avril 1869, fête des Rameaux. Cherchant à démêler les impressions contradictoires qu'elle soulevait en lui.

Mon cher enfant,

Je t'espère en bonne santé. Pour moi, grâce à Dieu, je me maintiens, même si je ne vais pas au train qu'il faudrait, dans cette saison où il y a tant à faire. Ta tante Jeanne est admirable, faisant tout ce qui est en son pouvoir pour me distraire,

> et m'aider à supporter mon deuil. Lucienne est de son côté bien occupée ; les petites ont attrapé toutes ensemble une coqueluche, qui a beaucoup inquiété le médecin ; mais il semble que l'on aille maintenant vers un mieux.

Dans ces préliminaires convenus, sans lesquels la baronne ne concevait pas de correspondance, il y avait mille reproches voilés, qu'Arthur s'appliquait à ne pas remarquer.

> Je dois aussi te prévenir que Rougerie, le régisseur, demande des instructions de ta part. Ton pauvre père conférait avec lui au moins deux ou trois fois la semaine ; et cela manque, même si le bonhomme n'en fera ensuite qu'à sa tête. Le métayer de la Brunie menace de donner son congé, si le toit de sa grange n'est pas réparé avant l'hiver ; il prétend ne plus pouvoir y tenir ses réserves. Ces travaux étaient déjà envisagés à l'été dernier. Il serait temps aussi de marquer les arbres pour une coupe sur le pech de Fontaliran ; quel est ton avis là-dessus ? Enfin, à la Saint-Michel se feront comme chaque année les partages à demi, pour les blés, les noix, les cochonnailles, le vin. Pour que cela se fasse sans contestation aucune, il serait souhaitable qu'un homme de la famille soit présent…

L'allusion était transparente. Qui donc sinon lui était maintenant l'« homme de la famille » ? Certainement pas l'avoué d'Angoulême. Dans cette lettre, madame du Breuilh abattait d'un coup toutes ses cartes pour ramener son fils à Bramefons.

Pour ce qui concernait la marche de la propriété, le baron n'avait jamais partagé les décisions avec personne ; ni avec son épouse ni avec son fils. Jamais non plus du reste Arthur n'avait manifesté le moindre intérêt pour la terre, trop occupé qu'il était à gagner ses galons d'officier.

« Bramefons a besoin d'un maître », lisait-il entre les lignes de cette lettre. Et Arthur ne pouvait qu'en être d'accord. Depuis qu'il avait signé les papiers du notaire, le sous-lieutenant portait évidemment un autre regard sur le vieux château, les toits gondolés, les barrières mal entretenues, la nonchalance du régisseur : tout lui avait paru plus pauvre, plus humide et abîmé que dans ses souvenirs.

Et sa mère, qui s'y entendait fort bien pour mener la maison, assignait son fils à la conduite du domaine. Sans même le dire, puisque c'était dans l'ordre des choses.

Suivait encore un autre paragraphe, et c'était celui-là qu'Arthur relisait sans cesse, pour tenter de déchiffrer dans son propre esprit ce qu'il en pensait.

> Ton père aurait souhaité aborder ce sujet avec toi, et c'est donc maintenant à moi de le faire : il est plus que temps maintenant de songer à ton avenir – et à ta descendance.

Cette dernière formule avait été surajoutée dans la marge, d'une écriture griffue, pour le cas où Arthur ne comprendrait pas du premier coup.

> La vie militaire t'a emmené loin du Périgord, loin des jeunes filles de notre province qui

pourraient te convenir en âge, et en état de fortune. Nous avons bien regretté ces dernières années de ne pouvoir te présenter dans certaines familles, qui auraient été heureuses autant que flattées de s'allier aux Breuilh. Je sais, tu nous l'as signifié, qu'une trop jeune femme, trop attachée à son pays, qui ne serait pas prête à te suivre en garnison, ne te conviendrait pas...

Arthur se souvenait en effet très précisément d'une conversation, où il avait employé le terme d'« oie blanche », à propos d'une demoiselle – comment s'appelait-elle déjà ? – qu'on lui avait présentée, et qui n'osait lever les yeux vers lui. Il avait péremptoirement clos le sujet.

Mais depuis, sa mère y revenait régulièrement. Et voilà qu'une nouvelle offensive commençait :

Il se trouve revenus depuis quelque temps près de Périgueux monsieur et madame Colliac. Elle est née Marie de Constancies, un nom que tu as entendu souvent ici sans doute, car nous sommes apparentés. Monsieur Colliac était consul de France à Gibraltar, et tout à fait dans les idées de ton père, fidèle au roi. Il a donc vu sa carrière prématurément brisée. La clique de ce Napoléon III a réussi à le mettre contre son gré au traitement d'inactivité. Lui et sa famille se sont retirés dans leur petite chartreuse de Champcevial, où je suis souvent allée autrefois.

Mademoiselle leur fille unique, du fait de toutes ces péripéties politiques, a atteint sa vingt-cinquième année déjà, et ses parents désirent vivement l'établir.

Ils m'ont fait la semaine passée une fort aimable visite de condoléances, accompagnés de Léontine. C'est à mon sens un parti qui pourrait te convenir. Elle semble, de plus, gracieuse et gaie. Elle connaît le monde, pour avoir depuis son enfance suivi ses parents dans leurs postes étrangers, et parle plusieurs langues. On lui reconnaît un caractère bien trempé, ce qui devrait te plaire. Une de mes vieilles amies, qui s'est occupée de plusieurs excellents mariages, a pris des renseignements : la famille, faute de quartiers de noblesse, a du bien, et des alliances solides ; la fille a reçu une bonne éducation.

Depuis quelques mois qu'elle est arrivée, il semble que tous nos Périgourdins soient sous le charme ! Avant la fin de l'année, cette jeune Léontine sera donc assurément mariée.

Certaines politesses que m'a faites madame Colliac font penser qu'elle a des vues sur notre famille, et que tu ne serais pas mal venu en te mettant dans le rang des admirateurs de sa fille.

Et la baronne exposait tout de go son plan d'attaque :

Mon grand deuil m'interdit de te conduire dans le monde...

A chaque relecture, Arthur ne pouvait s'empêcher de sourire : sa mère s'imaginait donc encore en chaperon des sorties mondaines de son fils !

Mais, continuait-elle, la Société philologique de Périgueux, lors de sa soirée de bienfaisance, a prévu de rendre un honneur particulier à la mémoire de ton père, qui en fut un membre éminent. J'ai accepté d'y assister, et presque promis que tu m'accompagnerais ; il s'agit aussi, bien entendu, de montrer ainsi ta fidélité à la cause monarchiste ! Ces circonstances mettront évidemment notre famille en valeur. J'inviterai les Colliac à cette occasion ; ils ont donné assez de gages légitimistes, et en seront sans doute très honorés. Tu pourras ainsi faire ta cour, si tu le juges bon...

Bien entendu, je me retirerai lorsque l'on commencera à danser. Mais on comprendra qu'un jeune homme prolonge un peu plus longtemps la soirée. Ensuite, nous aviserons.

Suivaient encore des considérations sur le temps, avec une pluie persistante, sur les erreurs du gouvernement impérial, les dernières visites reçues...

Et tout en longueur, en pleins et déliés, la signature barrant la page :

Adélaïde, baronne du Breuilh.

Cette stratégie si bien tracée démontrait une fois de plus l'aptitude de sa mère à mener les choses comme elle l'entendait, quand elle l'entendait. Il aurait pu en être de même pour ce qui concernait les toits et les partages de récolte. Mais elle en avait manifestement décidé autrement.

Il y a quelque temps encore, Arthur aurait décliné la deuxième proposition de la lettre ; et évité la première, par un silence prudent. Comme il le faisait depuis qu'il avait fui l'ennui de Bramefons, dans sa vingtième année.

Aujourd'hui, il s'interrogeait, pour des raisons absolument éloignées de celles de la baronne.

Même s'il n'avait aucun engagement en politique, Arthur s'abstenait de crier « Vive l'empereur ! » aux revues militaires, et ne cachait pas ses amitiés légitimistes : cela semblait assez grave pour barrer une carrière, dans cette armée du second Empire triomphant. Une carrière pourtant brillamment commencée, pour un garçon sans relations et sans fortune : à vingt ans, il s'engageait, affecté au 17e régiment de chasseurs à pied. Six mois plus tard, dans une Europe travaillée par les aspirations nationalistes, commençait la campagne d'Italie. Les troupes impériales françaises venaient en appui aux Piémontais, pour repousser l'invasion de l'Autriche. A Montebello, à Turbigo et à Magenta, Arthur s'était battu avec la frénésie de la jeunesse, avait gagné ses galons de sergent, puis ceux de sous-lieutenant. Que les choses semblaient simples alors, et la gloire à portée !

Les fusils français étaient les meilleurs, les jeunes Piémontaises accueillaient les vainqueurs avec des bouquets de jasmin. Elles ouvraient pour lui, qui n'avait jamais quitté auparavant son austère Bramefons périgourdin, des mondes nouveaux, sensuels et ensoleillés. Arthur gardait encore, au fond de sa cantine militaire, le portrait aux yeux intenses de l'une d'entre elles, à cause des souvenirs brûlants qui s'y rattachaient.

Mais ensuite, il y avait eu Solferino, et ses milliers de blessés abandonnés sur le champ de bataille.

Lui-même s'en était plutôt bien tiré, avec une balle au travers de la paume, vite soignée. Mais l'empereur, effrayé, avait signé une paix hâtive, à Villafranca en Vénétie. La ville de Nice et le comté de Savoie étaient rendus à la France ; cela suffisait à sa gloire. Mais pas à celle de l'armée : de retour d'Italie, le régiment d'Arthur, renvoyé dans sa garnison de Metz, entamait plusieurs années fastidieuses de manœuvres dans les plaines grises de l'Est. Lui qui justement avait choisi la vie militaire pour voir du pays !

Enfin, il était reparti, dans le corps expéditionnaire envoyé au Mexique, au secours de l'empereur Maximilien. Un Habsbourg mis sur le trône de Mexico par les puissances européennes. Hélas, à peine avait-on débarqué à Veracruz, au printemps 1866, que l'ordre arrivait de se retirer. Le jeune sous-lieutenant du Breuilh était du dernier bateau français à repartir, sans avoir une seule fois mené au feu ses nouvelles épaulettes.

Quelques mois plus tard, les journaux annonçaient l'assassinat de Maximilien, et la démence de sa femme, l'archiduchesse Charlotte, abandonnée de tous. Quelle honte pour les soldats !

Désormais encaserné à Paris, il attendait en vain un appel de l'état-major. Certains de ses camarades, pourtant moins bien notés que lui, mais mieux en cour, y avaient été nommés les uns après les autres.

Peut-être fallait-il se rendre à l'évidence ? Tout le désignait comme opposant au régime impérial : un nom et un titre d'Ancien Régime, quelques discussions houleuses revenues sans doute aux oreilles de son capitaine, plus de goût pour les armes que pour les intrigues.

Sa solde lui permettait de vivre correctement ; mais pas de mener la vraie vie parisienne. Peut-être les revenus de la terre feraient-ils mieux, maintenant qu'il était propriétaire en titre de Bramefons ? Arthur ne doutait pas de réussir là où son père, un homme bon, calme, se laissait mener par les métayers. Le moment était peut-être venu pour lui de faire une fin.

L'un de ses meilleurs camarades de régiment venait, en se mariant, de donner sa démission, pour se consacrer à ses propriétés. Il n'y aurait pas de déshonneur à en faire autant. D'autant que les nouveaux fusils Chassepot remplaçaient peu à peu le sabre : sa paume blessée ferait toujours de lui, même s'il était seul à le savoir, un tireur à la précision médiocre.

Pour la première fois, il envisageait la perspective d'un mariage avec un certain intérêt. Que laisserait-il à Paris ? La jeune grisette à laquelle il s'était un peu attaché, une Flamande réjouie, employée dans un magasin de modes, si rouée qu'elle le quitterait sans doute bientôt pour un officier plus galonné. L'idée de devenir le seigneur de Bramefons, de se comporter en fils dévoué, en accédant aux plus vifs désirs de sa mère, lui déplaisait aussi moins qu'autrefois.

Allons ! cela n'engageait à rien de mettre son grand uniforme pour une soirée de bienfaisance, histoire d'aller voir de près la jeune beauté. Sur ce point au moins, il faisait confiance à la baronne ! Et c'était facile maintenant, avec la nouvelle ligne de chemin de fer : pour quarante francs et presque sans fatigue, on était transporté depuis la gare d'Austerlitz jusqu'au cœur du Périgord.

Sa décision n'était pas prise. Pourtant il se coucha en songeant qu'il lui faudrait avoir là-bas un bon cheval, plus fringant que la jument de son père ; et s'endormit en passant en revue dans son esprit les haras militaires où il pourrait se fournir...

4

La vie est là, il faut aimer !

Emile ZOLA, *Rome*

Il y a des moments où la vie s'emballe ! A la veille de son mariage, Léontine Colliac passait en revue les événements qui s'étaient succédé, depuis le bal de la Société de philologie. Une robe neuve d'abord, en soie framboise, qu'elle n'avait pas eu le moins du monde à réclamer. A peine le bristol d'invitation était-il arrivé que sa mère prenait rendez-vous rue Limogeanne, chez Antoinette, la meilleure couturière de Périgueux. Et acquiesçait à toutes les propositions de la jeune cousette qui les avait reçues : un modèle de Paris, avec tournure de crin, corset à baleines, vous donnant la taille la plus fine du monde, un décolleté plus profond qu'elle n'avait imaginé ; et à la veille du bal, un double rang de perles fines.

« Le cadeau de ton vingt-cinquième anniversaire, ma chérie, avec un peu d'avance... »

Son père lui avait glissé l'écrin dans les mains, avec toujours ce bon sourire un peu las, qu'il maintenait posé sur le visage, en toutes circonstances.

Léontine n'était ni particulièrement attachée à la toilette ni particulièrement capricieuse, mais elle était habituée à plaire. Et depuis qu'ils habitaient Champcevial, cette vieille maison incommode située à plusieurs lieues de Périgueux, elle n'avait guère eu encore de distractions !

Ce bal marquait le début de la saison, le premier auquel les Colliac étaient invités en Périgord.

Auparavant, à Gênes, puis à Cadix, et ensuite à Gibraltar, les fêtes se succédaient dans sa vie, sans qu'elle eût à les espérer. A chaque fois qu'un navire impérial mouillait au port, les marins se disputaient la faveur des jeunes filles de la colonie française du cru. Ils apportaient avec eux des parfums d'aventures, des promesses, des rires et des danses du monde entier. Adolescente, elle avait dû batailler ferme pour que sa mère la conduise à bord, pour honorer ces invitations.

Madame Colliac, comme toute mère de famille qui se respecte, était nourrie des principes de la baronne Fabre, et des sermons du père Piedoux. Elle exerçait donc une surveillance serrée sur sa fille. Un prince charmant, promettait-elle, attendait Léontine, quelque part en France, qui ne ressemblait en rien à ces mauvais garçons, et en l'honneur de qui la jeune fille devait prendre soin de sa vertu.

Ce prince faisait rêver la Léontine de dix-huit ans, sans l'empêcher pour autant de danser avec les autres. Plusieurs fois, elle avait bien cru le reconnaître, parmi les officiers qui la courtisaient. Mais les soirées passaient, et les marins repartaient, vite oubliés.

Maintenant où était-il, son prince charmant, et comment ferait-il pour la trouver, perdue au milieu de ses champs ? Ses amies du collège Saint-Sauveur de Gibraltar, avec qui elle restait en correspondance, avaient les unes après les autres fini d'attendre le leur, et ne parlaient que fiançailles, robes de cérémonie, lunes de miel... Décidément, ce maudit empereur lui avait joué un bien mauvais tour à elle, en révoquant son père !

Léontine n'était pourtant pas d'un tempérament à se désespérer. Elle s'appliquait donc, comme ses parents, à ne rien regretter du passé, et à s'installer du mieux possible dans leur nouvelle vie périgourdine.

Madame Colliac, en visite chez les dames des propriétés voisines, dans un large rond autour de Périgueux, se faisait accompagner de sa fille. Toutes deux y étaient bien accueillies, autant parce que leur famille était honorablement connue que pour l'exotisme dont elles étaient nimbées. Invariablement, on posait la question à la jeune fille :

« Et vous, mademoiselle, ne regrettez-vous pas votre vie dans ces pays étrangers ?

— Oh, si ! »

Les premières fois, la réponse avait fusé, spontanée.

Dans la voiture du retour, sa mère l'avait prévenue : « Ne donne pas ainsi l'impression de détester la vie à la campagne ; les gens s'imagineront vite que tu te sens supérieure à eux... »

Désormais, elle avait donc une nouvelle réplique toute prête, qu'elle récitait avec un petit sourire narquois :

« Le Périgord a beaucoup d'attraits aussi... »

Les Périgourdins étant bien persuadés de cela, on lui savait gré de le reconnaître. Alors venait la phase suivante des amabilités : on s'extasiait sur l'ouvrage qu'elle tripotait dans ses mains, sur ordre de sa mère. Ou on lui demandait de se mettre au piano, pour lui donner une meilleure chance de briller.

Il arrivait souvent qu'un jeune homme, ou moins jeune d'ailleurs, apparaisse au salon, pour saluer les dames. Il faisait un brin de conversation à la jeune fille, toujours un peu compassée sous les yeux de la compagnie rassemblée. Léontine s'agaçait alors de l'agitation de sa mère, autant que des mines entendues qui s'échangeaient autour d'elle. Elle n'était plus une enfant, et ces manœuvres déployées pour lui trouver un mari ne la faisaient pas rire. Pourtant, Dieu qu'elle aimait rire ! Mais décidément, ce n'était pas ainsi, sous la surveillance des rombières, qu'elle imaginait la rencontre du prince charmant.

Et puis il y avait eu le bal à Périgueux, la robe framboise, le collier de perles. L'ensemble allait fort bien avec l'extrême finesse de son visage aigu, ses yeux mauves, sa peau encore dorée du soleil de son enfance, et la vivacité joyeuse de ses gestes.

Au milieu de la nuit, le rythme des valses s'était soudain emballé. Le vin de Monbazillac sans doute... Certains de ces garçons à qui Léontine avait été présentée les mois précédents, une fois en habit noir, et à distance de leurs mères, se montraient plus distrayants, plus empressés, plus pressants même.

Léontine dansait sans toucher plus terre, et riait enfin, de bon cœur.

Et puis, il y avait eu Arthur du Breuilh. Sa carrure, son uniforme garance et noir, sa moustache cirée, sa gaieté, ses manières légères, un peu semblables à celles des enseignes de vaisseau qui l'entraînaient autrefois à la danse... D'ailleurs, il affirmait connaître même le tango, pour l'avoir appris pendant la brève expédition du Mexique !

Devant une assistance médusée, ils avaient esquissé ensemble quelques chaloupés vertigineux. Lui ne vantait ni ses quartiers de noblesse ni l'étendue de ses propriétés, mais il connaissait le nom des villes où elle avait vécu, avait navigué sur l'Atlantique et la Méditerranée, et vu à Paris les comédies de boulevard dont on ne faisait que parler à Périgueux.

Vint un moment, alors qu'on servait les rafraîchissements et que les personnes d'âge se retiraient, où le sous-lieutenant occupa avec constance son carnet de bal, sans laisser aucune chance aux Périgourdins. Un sixième sens avertissait Léontine qu'on les observait. On s'étonna peut-être de son rire de gorge quand, aux dernières mesures de la dernière valse, il la renversa par la taille. La musique se prolongeait encore de quelques notes, les jupons de sa robe tournaient encore ; et sa tête un peu aussi lorsque le sous-lieutenant s'agenouilla solennellement devant elle, bien au-delà de l'inclinaison de politesse, pour la remercier.

Un instant de silence surpris s'appesantit autour d'eux. Mais elle n'en avait cure, elle était heureuse.

Arthur avait mené son affaire comme il aurait voulu gagner des batailles, en prenant tout le monde de vitesse. Moins d'une semaine plus tard, monsieur Colliac, de retour de son cercle à Périgueux, s'épongeait le front devant sa fille.

« J'ai reçu une demande... »

Le cœur de Léontine s'était arrêté de battre.

« De qui s'agit-il ?

— Sous-lieutenant du Breuilh, du 17e régiment de chasseurs à pied. »

Son cœur était reparti, cette fois-ci au galop.

« J'y consens, papa, j'y consens !

— Tout doux, ma fille... »

A la suite du bal, une autre demande très honorable était parvenue à Champcevial, sans empressement excessif. Madame Colliac aurait bien voulu qu'on l'examine de plus près, avant d'officialiser des fiançailles avec le sous-lieutenant du Breuilh.

« Il s'agit d'un monsieur de Périgueux, au nom et à la fortune tout aussi établis, qui ne t'éloignerait pas de nous... »

Entre les parents et leur fille, il y eut un silence, à la mesure du choix qui s'offrait à elle.

Léontine avait donné son cœur, et ne voulut même pas connaître le nom de ce prétendant-là. Et le sous-lieutenant attendait une réponse, avant de repartir pour Paris.

« Dans ce cas, trancha enfin Colliac, qui n'avait jamais rien su refuser à sa fille, nous ferons une visite de courtoisie à la baronne du Breuilh. »

On n'avait pas perdu de temps non plus pour la suite des opérations.

Le charme du vieux château isolé, un corps de bâtiment flanqué d'une tour carrée, des fenêtres à meneaux et de la volaille courant autour, plus éloigné encore de Périgueux que Champcevial, n'avait certes pas d'emblée conquis Léontine. C'était si humide, si sombre, si vieux !

Mais madame du Breuilh s'était montrée fort accueillante, assurant que la future mariée pourrait faire à Bramefons tous les aménagements qu'elle jugerait nécessaires.

« De toute façon, Arthur n'est pas homme à mener une vie retirée… »

Pendant que l'on envisageait les préparatifs du mariage, les mères donnèrent l'autorisation au sous-lieutenant de faire visiter les lieux à sa fiancée.

« Allez donc faire le tour de la corbeille du jardin, les fleurs sont magnifiques ce printemps ! »

Il avait suffi à Léontine de revoir son prince charmant pour être réassurée de son choix. Tout en lui la faisait chavirer : la grande silhouette très droite qu'il penchait galamment vers elle, son sourire à pleines dents, la sonorité de son nom. Il emplissait l'espace. Et comblait son cœur.

Négligeant la fameuse corbeille, Arthur avait aussitôt entraîné la jeune fille au-delà de la cour et du jardin, vers l'orée des bois. Il avançait d'un pas allongé, expliquant, décrivant, riant, certain d'être suivi à son rythme. Léontine, à peine essoufflée, se sentait prête à le suivre ainsi au bout du monde. Quand ils furent à couvert, il se retourna vers le château, triomphant.

« Voilà la vue que je préfère, celle que je voulais vous montrer avant tout ! Ma chambre est au coin de cette tour, voyez-vous, avec la Vézère en contrebas, je crois que vous l'aimerez… »

Qu'aimerait-elle, la façade de pierres blondes, la vue, ou la chambre elle-même ?

Léontine rosit un instant, à l'évocation des mystères qui l'attendaient derrière cette croisée.

Dans l'étroit chemin de la futaie, du bout d'un bâton, il dégageait galamment les ronces sur son passage, relevait sa jupe prise dans les herbes, en la frôlant sans cesse.

La jeune fille s'excusait :

« Je suis habillée pour une visite, pas pour une randonnée en forêt ! La prochaine fois...

— Oui, j'espère bien, car la prochaine fois, je vous emmène au bout du monde ! »

Et leurs regards se croisèrent encore.

Alors qu'il lui donnait la main pour franchir un tronc d'arbre abattu, elle sauta d'un bond par-dessus, et se retrouva tout contre lui.

Il la retint, prit ses mains dans les siennes, les porta à ses lèvres.

« Léontine, je suis plus heureux que jamais, et je vous le dois... »

Ses yeux cherchaient les siens.

Elle aurait pu prononcer exactement les mêmes paroles au même moment, et en balbutia de bonheur :

« Moi aussi... »

Avant de rire :

« La réplique n'est pas brillante, mais elle est sincère ! »

Ils pouffèrent, à la même seconde, pour la même raison.

Elle observait leurs mains jointes, et la paume blessée de la sienne, prête à poser une question.

« Ma chère, souvenir de Solferino. Votre prince charmant est un peu abîmé... »

Prince charmant, il avait parlé de prince charmant ! Leurs pensées s'accordaient donc exactement !

Léontine savait désormais avec certitude avoir vécu un coup de foudre, celui dont parlaient les romans auxquels elle s'abreuvait pour chasser l'ennui.

« Cela vous fait souffrir ?

— Toujours un peu, surtout quand le temps change. A vous je peux l'avouer, mais vous ne le direz à personne, je suis très maladroit de ce côté-là... »

Ils avaient scellé cette complicité dans un premier baiser, juste un effleurement des lèvres.

Sur le chemin du retour, tous deux troublés par la force de l'émotion partagée, ils s'appliquèrent à converser, « pour mieux se connaître », comme indiqué par leurs mères respectives.

« Pendant la campagne d'Italie, vous avez débarqué à Gênes, vraiment ? Alors nous nous y sommes croisés ! Mon père y était vice-consul à ce moment-là. Je me souviens très bien des longs moments passés sur la terrasse qui domine le port, pour assister à l'arrivée des troupes françaises !

— Vous parlez donc italien, Léontine ?

— *Si, un po'...*

— Alors, savez-vous comment l'on dit « amour » dans la langue de Dante ?

— *Amore...*

— *Amore !* »

Il plongea de nouveau ses yeux verts dans les siens. Et elle soutint son regard, avec déjà l'assurance d'une habituée.

Quand ils rentrèrent au salon, séparant leurs mains enlacées juste avant d'entrer dans la pièce, les choses étaient arrangées déjà entre les deux familles, sous la houlette de la baronne.

« Le mariage pourrait avoir lieu ici, juste après la Pentecôte. En raison de notre deuil, je souhaiterais qu'il se fasse dans la plus stricte intimité. Cela évitera aussi de longs préparatifs, alors qu'il n'y a aucune raison d'attendre, n'est-ce pas ? »

Les jeunes gens donnèrent leur accord sur ce point, avec un empressement commun.

Madame Colliac, sans doute, aurait préféré une cérémonie moins simple pour sa fille unique. Mais elle eut l'élégance de n'en rien dire, et promit de faire en sorte que le trousseau soit prêt pour cette date.

« D'ailleurs, la couturière est déjà retenue... »

Ces dames avaient parlé de l'avenir aussi : le sous-lieutenant pourrait-il faire en sorte d'arranger ses affaires pour démissionner de l'armée, ce qui lui permettrait ensuite de se consacrer à sa femme, et à ses propriétés ?

Cette proposition, qui émanait de la baronne, avait reçu l'approbation empressée des parents de Léontine, et les réjouissait particulièrement ; ils ne se résolvaient pas à voir leur fille s'éloigner d'eux.

Monsieur Colliac, avec une discrétion de bon aloi, et un petit toussotement, prit la parole à l'adresse de son futur gendre :

« La dot de Léontine mettra votre jeune ménage à l'abri de toute difficulté financière, même sans solde militaire.

— Il y a aussi les revenus de Bramefons, bien entendu... » appuya la vieille dame.

Arthur avait décliné l'invitation à s'asseoir. Encore debout au seuil de la pièce, solidement campé sur ses jambes, un peu raide, les bras croisés, aimantant vers lui les regards, il écoutait. Sans rien manifester.

Alors Léontine ouvrit la bouche d'étonnement, puis protesta :

« Mais au contraire, je me réjouis de découvrir enfin Paris ! Alors que j'ai visité plusieurs des plus belles villes du monde, jamais je n'ai vu la capitale de mon propre pays ! »

Et, avec un sourire plein d'un nouvel aplomb, se tournant vers son fiancé :

« Par ailleurs, l'uniforme du baron, tel que je l'ai admiré au bal de la Société de philologie, est tout à fait à mon goût… »

Il s'inclina pour remercier du compliment, toujours sans mot dire.

« Ma pauvre enfant, rétorqua vivement madame Colliac, tu n'imagines pas la vie des épouses d'officiers, de garnison en garnison…

— C'est la vie que nous avons menée jusqu'ici, ma chère maman, et qui me convenait fort bien…

— Les déménagements incessants, les fréquentations incertaines, la crainte des révolutions…

— Cela ne m'a jamais fait peur ! »

Mère et fille croisaient le fer, avec la bonhomie de l'habitude. Mais la baronne, moins rodée à l'exercice, intervint sur un ton définitif :

« Ma petite fille, quand vous serez mère de famille, vous remercierez vos parents de leur sagesse. »

Les dés en étaient donc déjà jetés ?

Avec un peu d'ironie dans la voix, le sous-lieutenant observa :

« Certes, pour rien au monde je ne voudrais faire subir ces horreurs à ma future épouse… »

Au vu de tous, Arthur se tourna vers la jeune fille, et lui baisa la main de façon appuyée, sans prendre mieux position. Et Léontine comprit qu'elle n'avait qu'à se rendre, pour cette fois-ci du moins.

Ensuite, cela avait été un tourbillon. La jeune fille était prise dans une succession d'essayages, de courses en ville, de visites de courtoisie. Dans une correspondance délicieuse avec Arthur aussi, qui réglait ses affaires à Paris. Une très belle émeraude, bijou de famille, arriva à Champcevial, avec les hommages du baron du Breuilh.

Celui-ci lui annonçait une autre surprise encore : il arriverait, à la veille de la cérémonie, avec plusieurs de ses camarades de garnison, par ce nouveau chemin de fer qui rendait si simples tous les déplacements. Six hommes qui formeraient avec leurs sabres, selon la tradition, une voûte d'acier, pour honorer les nouveaux mariés à leur sortie de l'église.

« Quelle charmante attention de la part de ton fiancé ! »

Madame Colliac était rassurée ; ce mariage aurait tout de même un certain éclat.

Et l'on était arrivé ainsi à la veille du grand jour.

— 18 juin 1869 ! Ma vie entière je garderai cette date dans mon cœur...

Durant ces semaines, à Bramefons, madame du Breuilh n'avait pas non plus perdu de temps : elle avait fait vider l'aile ouest du château, pour la réserver au jeune ménage. En précisant que Léontine serait la maîtresse d'œuvre des travaux d'installation, pour que tout lui convienne au mieux.

Et ajoutant encore :

« Ma chère enfant, vous connaissez déjà Elina, qui nous donne entière satisfaction. J'ai pensé qu'elle pourrait vous servir de femme de chambre ? »

Elina, une solide paysanne au regard affûté, et au joyeux sourire. Léontine lui rendit le même, pour accepter l'arrangement.

Il y avait des moments vraiment où la vie s'emballait, et ressemblait à ses plus beaux rêves !

5

Et toute l'histoire séculaire de Rome, avec ses continuels bouleversements, ses résurrections successives...

Emile ZOLA, *Rome*

— C'est une honte ! Ce malheureux pape, abandonné de toutes les puissances européennes ! Obligé pour se défendre de faire appel au dévouement de la jeunesse catholique...

Comme chaque jour ou presque, la baronne avait soigneusement déplié devant elle, sur sa table à ouvrage, les pages de *L'Univers*. Après la disparition de son époux, non seulement elle n'avait pas supprimé l'abonnement à cette feuille aussi catholique qu'anti-bonapartiste, mais mieux encore, elle s'était approprié ses combats, faisant siennes réunies la cause du roi, chère au baron, et celle du pape.

La France, assurait autrefois le baron, avait perdu son âme en guillotinant son roi, et allait depuis de révolution en révolution, d'un usurpateur à l'autre, entre deux républiques et deux empires. En cette deuxième moitié du dix-neuvième siècle, c'était maintenant l'Europe entière qui entrait en ébullition. Le « printemps des peuples », disait-on ! Du nord au sud, dans les Etats d'Allemagne, d'Italie, de brusques flambées de violence contraignaient les souverains à faire des concessions au libéralisme, à accepter des constitutions.

Et voilà que le dernier Etat théocratique et absolu, celui des papes, se trouvait menacé à son tour ! Victor-Emmanuel, prince du Piémont, allié de Napoléon III, ne cachait plus son ambition d'hégémonie sur la péninsule italienne, avec Rome, le centre de l'Eglise catholique, pour capitale.

Le facteur arrivait en général au château juste après le déjeuner, à l'heure précise où les restes repartaient à la cuisine. Il fallait apporter aussitôt le courrier à Madame, en même temps que le café.

« Merci, Peyrotte ! »

On appelait Peyrotte la nouvelle petite bonne engagée pour remplacer Elina auprès de Léonie, la cuisinière. « Pierrailles » en patois, parce qu'elle venait d'un hameau perdu dans les coteaux au-dessus de la Dordogne, du nom de Peyrat.

Alors, d'un geste guilleret, Adélaïde posait ses aiguilles à tricoter, déchirait la bande du journal. Et, comme si le baron était encore là pour écouter, elle consacrait l'heure suivante à en faire la lecture, murmurant les morceaux choisis, haussant le ton pour les commentaires. Jusqu'à haranguer parfois son tricot abandonné, et ponctuer les passages les plus forts de petits coups de canne sur le plancher.

— « *Non devo, non posso, non voglio :* je ne dois pas, je ne peux pas, je ne veux pas ! Le pape l'affirme, il ne laissera pas toucher au patrimoine de Saint-Pierre, qu'il a reçu de ses prédécesseurs et qu'il doit conserver intact pour ses successeurs. Rome appartient à l'Eglise universelle, et non pas aux Italiens : elle est faite des dons et des talents du monde entier. C'est notre patrie commune, à nous tous les sujets spirituels du pape. » Ce journaliste dit parfaitement les choses !

La baronne posait ensuite longuement les yeux sur la série de gravures accrochées autour du trumeau de la cheminée : le palais du Quirinal, le fort Saint-Ange, la basilique Saint-Pierre, les jardins du Pincio dominant les églises jumelles... A force de contempler ces hauts lieux romains, ils lui étaient aussi familiers que les châteaux périgourdins. Et elle éprouvait pour eux des sentiments de propriétaire.

Le jeudi, la conversation se prolongeait sur le sujet, car elle trouvait du répondant en face d'elle : les Laubarède venaient ce jour-là déjeuner à Bramefons, accompagnés de l'abbé Roux, précepteur de leurs enfants.

Gaston de Laubarède, qui avait la réputation de passer plus de temps le nez dans les parchemins qu'à la gestion des terres de Forcegrive, se passionnait aussi pour ces affaires politiques, et renchérissait volontiers :

— C'est le plus ancien Etat souverain d'Europe qui est menacé ! Créé il y a plus de mille ans, par une donation de Pépin le Bref. Le pouvoir temporel des papes est d'institution divine...

L'ecclésiastique ne manquait pas de s'enflammer aussi.

— Nous voudrions voir se produire, en faveur du digne successeur de Pierre, le magnifique mouvement qui eut lieu aux époques de Godefroy de Bouillon et de Saint Louis, pour la délivrance des Lieux saints : une neuvième croisade !

Bien au-delà de la salle à manger mal chauffée de Bramefons, cette « question romaine » agitait beaucoup les esprits, et autant les chancelleries européennes. Depuis 1848, Victor-Emmanuel, avec son ministre Cavour, s'était peu à peu rendu maître des Etats du nord de l'Italie : la Lombardie, les duchés de Parme et de Modène, la Vénétie... Dans les Etats pontificaux eux-mêmes, il y avait eu des troubles. Pie IX, chassé de son trône par la république de Mazzini, n'avait pu être rétabli dans sa capitale que par l'intervention de la France, fille aînée de l'Eglise.

Mais voilà qu'au tournant du siècle le meilleur allié du pape, François de Bourbon, se voyait chassé de son royaume de Naples par le condottiere Garibaldi, parti de Sicile à la tête de ses « Mille » en chemises rouges. Et les Piémontais du Nord donnaient la main à Garibaldi, au sud, pour encercler le patrimoine de Saint-Pierre, assis au centre de la botte.

— Garibaldi, ce sans-Dieu, ce mercenaire armé par les francs-maçons !

La baronne du Breuilh affichait une complicité particulière avec sa contemporaine, la courageuse Marie-Thérèse de Bourbon-Siciles, reine mère de Naples, et vouait donc une haine cordiale à celui qui l'avait détrônée.

Et la catastrophe ne s'était pas arrêtée là. En 1860, Victor-Emmanuel annexait tour à tour les provinces ecclésiastiques de Romagne, d'Emilie et d'Ombrie, sans que les grandes puissances interviennent.

C'était à la bataille de Castelfidardo : la vaillante petite armée pontificale avait été écrasée, à un contre six. Ce fut comme un coup de tonnerre dans le ciel européen : par les journaux, les lettres, arrivèrent peu à peu jusque dans les provinces françaises des détails sur le combat, poignants, grandioses.

« Quel scandale inouï ! écrivait alors *L'Univers*. Jusque-là, c'était des brigands, des aventuriers qui combattaient le pape. Mais cette armée piémontaise, il y a peu encore alliée à la France... »

Comble de stupeur, les soldats français, à Rome, étaient demeurés inertes, témoins de l'horrible écrasement. Le gouvernement impérial avait permis ce sacrilège.

Et dans les églises de France, l'on priait pour les héros de Castelfidardo.

Désormais, les Etats pontificaux, réduits à la province du Latium, isolés au centre de la péninsule, se voyaient menacés de partout. Napoléon III tergiversait, pris entre son amitié avec les nationalistes italiens et la longue tradition française de fidélité au pape.

Il mesurait toujours plus son appui, ce qui indignait Jeanne :

— Pourtant, l'impératrice Eugénie est une fervente catholique, et travaille pour nous autant qu'elle peut, dit-on...

Cette armée pontificale, il fallait donc la relever à tout prix. Depuis longtemps, la noblesse romaine avait perdu toute tradition militaire, et fournissait au service du pape plus de *monsignori* que de soldats. « Comme la porcelaine, raillaient certains, ils ne sont pas faits pour aller au feu. »

Un ancien militaire, belge d'origine, avait été nommé pro-ministre des Armes. Monseigneur de Mérode soutenait que désormais le pape ne devait compter que sur ses propres forces pour se défendre, parce que les grandes puissances et l'opinion européenne étaient acquises à l'unité italienne.

Alors Pie IX, par la voix de son ministre, appelait au secours les catholiques, relayé du haut des chaires des églises :

« C'est une mission toute catholique qui vous est demandée. Vous les mères, soyez encouragées à donner vos fils ; vous les fils, ne tardez plus à partir renforcer les rangs de cette sainte armée... »

De France, de Hollande, de Belgique, d'Espagne, d'Autriche, et même du Canada, accouraient les fils de paysans et de gentilshommes, confondus dans le même élan, pour sauver le trône du pape.

En novembre 1867, la bataille de Mentana, où de nombreux Français s'étaient illustrés, avait permis de donner un coup d'arrêt aux garibaldiens, armés en sous-main par les Piémontais. Une quasi-victoire que Bramefons, Forcegrive, comme la plupart des maisons catholiques, avaient saluée avec enthousiasme.

Cela avait été l'une des dernières grandes joies du vieux baron, qui était mort en croyant la papauté sauvée. Jeanne de Laubarède venait alors d'accoucher d'un cinquième fils, et l'avait baptisé du nom d'Athanase.

« En l'honneur du colonel de Charette, héros de Mentana, précisait Gaston, citant les feuilles légitimistes : "Un grand homme aux yeux bleus d'acier, petit-fils du duc de Berry, et petit-neveu du héros vendéen, un modèle d'honneur, de courage et de fidélité." »

Le petit garçon au regard noir, déjà batailleur, se montrait digne de cet illustre parrainage.

Une convention passée en septembre 1864 entre Napoléon III et Victor-Emmanuel II, sans consultation du pape, stipulait qu'un corps expéditionnaire français devait assurer la protection du pape, tandis que les Italiens faisaient le serment de respecter le territoire pontifical, retranché dans ses frontières du Latium.

Mais, malgré le calme en apparence rétabli, ces frontières étaient sans cesse violées.

En ce 16 novembre 1869, la baronne du Breuilh lisait donc à voix haute et forte, sous la plume du journaliste Louis Veuillot :

— « Partout aux frontières des Etats pontificaux apparaissent des aventuriers de profession, des jeunes gens rêvant de république, des déserteurs de l'armée régulière, enfin un ramassis de sacripants avides de butin, ou allant par instinct à la cause du diable. » Gaston, qu'en dites-vous ?

— La chute des Etats pontificaux représenterait tout bonnement la fin de la chrétienté ! Le pouvoir temporel de notre souverain pontife est indissociable de son pouvoir spirituel. Comment pourrait-il se trouver dépendant d'une puissance étrangère, devoir rendre compte pour ce qui concerne la police, la diplomatie ou les finances ?

— Dieu nous en garde...

Madame de Laubarède susurra, sur le ton de la confidence :

— J'ai reçu une longue lettre d'une de mes cousines bretonnes. Il semble que la fleur de la jeunesse catholique, tous les jeunes gens les mieux nés de sa province partent pour Rome. Ma cousine s'occupe de former une ambulance, avec quatre sœurs de charité ; et forme le vœu de les accompagner, pour aider à soigner nos futurs blessés.

Elle qui ne mesurait jamais son soutien aux bonnes œuvres se montrait particulièrement enthousiaste pour celle-ci.

Ces jeudis-là, lorsque la conversation menaçait de se prolonger ainsi, Arthur, au café, se levait pour prendre congé, suivi dans le même mouvement par sa femme.

— Mon oncle, ma tante, à très bientôt ! Léontine m'accompagne...

A peine la porte franchie, leurs mains se cherchaient déjà pour s'enlacer.

6

Où l'on sentait comme une volonté hautaine d'arrêter le temps...

Emile ZOLA, *Rome*

Presque six mois après leur mariage, le charme agissait toujours : ces deux caractères continuaient à s'étonner mutuellement, tissant entre eux une forme de camaraderie, d'égalité : la finesse de l'une complétait l'expérience de l'autre, leur entrain se conjuguait. Et le désir qu'ils éprouvaient l'un de l'autre entretenait une flamme jamais au repos. Arthur comme Léontine découvraient dans ces liens plus et mieux qu'ils n'avaient espéré.

L'été s'était déroulé fort gai, et souvent éloigné du salon un peu solennel de Bramefons. Après deux semaines de lune de miel à Biarritz, le jeune ménage était revenu pour le début des moissons. Le nouveau baron du Breuilh redécouvrait les terres qui lui étaient échues, heureux d'introduire son épouse au charme des paysages périgourdins. Il allait saluer les métayers aux champs, les entraînait au travail, saisissant parfois lui-même une fourche, de ses bras musclés par l'exercice militaire. Il faisait monter les petits drôles en croupe de son cheval, un grand bai nommé Cavallo, né dans un haras de l'armée, et confié aux soins jaloux d'Alcide. Il présidait les repas de gerbebaude, comme il avait vu faire son père autrefois. Et formait des projets pour l'avenir : remembrer les terres, développer le troupeau d'oies...

« On demande beaucoup à Paris leurs foies engraissés, qui pourraient être envoyés par le train, et vendus à la halle... »

Les hommes l'écoutaient silencieusement. Son grand rire, son aisance au commandement et son bonheur évident lui ralliaient les femmes et les anciens.

Durant ce bel été, Léontine avait relevé le défi qu'il lui lançait :

« Tu pourrais monter Aïda, et m'accompagner dans les bois... »

Le sous-lieutenant, la moustache frémissante, l'œil allumé, déjà en avant sur ses étriers, avec cette manière bien à lui de tenir ses rênes, habilement rassemblées dans la seule main gauche pour ménager sa paume blessée, qui ajoutait encore à sa prestance, pouvait obtenir d'elle ce qu'il désirait.

Elle qui n'était pas une fille de la campagne : les seules promenades à cheval qu'elle avait connues jusqu'à présent, c'était au pas, et à la longe, le long des allées d'orangers de Cadix. Mais dans son trousseau figurait une amazone de drap couleur châtaigne, coupée par Antoinette, qui lui allait fort bien.

Alors, comme une élève docile qu'elle n'était pas, en amazone sur la placide Aïda, elle avait surmonté sa peur de l'animal, serré les dents pour trouver son assiette, appris le jeu de la cravache.

Après trois promenades, Arthur jetait le dé encore un peu plus loin.

« Au galop ? »

Ils parcoururent la combe, laissant au loin s'amenuiser la tour de Bramefons. Les poitrails de leurs montures, leurs souffles se frôlaient. Après d'autres griseries, Léontine apprenait de son mari celles de la vitesse, de l'autorité sur sa monture, et de la liberté.

« La course ! »

C'était un ordre qu'il lançait dans le vent. Aïda le comprit avant Léontine, et prit aussitôt au jeune bai une petite longueur d'avance, avant de se laisser distancer de nouveau, haletante. L'animal et sa cavalière étaient aussi étonnés l'un que l'autre d'avoir osé.

« *Amore*... »

Lui riait, en la dépassant pour reprendre l'avantage, cravache levée, faisant mine de la corriger de son impertinence.

« Mon Dieu, comment est-il possible d'être aussi heureuse ? » se demandait Léontine, avec un peu de vertige. Et elle redonnait de la cravache.

Le bonheur ne se décrit pas ; elle n'écrivait presque plus jamais à ses amies de Gibraltar.

Cette saison-là, les nouveaux mariés furent beaucoup invités. La jeune femme, d'une élégance rare dans le pays, grâce au trousseau confectionné par Antoinette sous l'égide de madame Colliac, s'avançait souriante vers les douairières. Celles-là mêmes qu'elle savait fâchées par ses manières trop libres du printemps précédent. Elle savait aussi parfaitement ce qui se murmurait sur son époux :

« Joli nom, et bien petites espérances ; il a épousé la galette... »

Son époux ne voulait pas en parler ; alors elle décidait d'en sourire. Leur gaieté commune, leur entente manifeste créaient autour d'eux une aura de bonne humeur et de légèreté.

Arthur, qu'on avait jusque-là fort peu vu en Périgord, avait le talent de mettre en scène la vie militaire, ce qu'il en avait vécu comme ce qu'on lui avait raconté : l'Algérie, la Crimée, l'Italie, le Mexique. Ces dames, et les jeunes collégiens en vacances, en raffolaient. Alors, on lui pardonnait d'avoir ravi à la barbe de tous la plus jolie héritière de l'année. Léontine se refusait le moindre regret : elle posait des questions pleines d'esprit, et ponctuait ses phrases d'un rire joyeux.

Monsieur et madame Colliac, désormais introduits dans la bonne société périgourdine, n'avaient donc que du bien à dire de leur gendre, et se montraient enchantés, tout compte fait, de cette alliance conclue au pas de charge.

Le début de l'automne fut plus lumineux peut-être encore. Les journées raccourcissaient, les brouillards montaient plus vite de la Vézère, et chacun se rencognait un peu chez soi.

Arthur avait gardé l'habitude de se lever aux aurores, et, vêtu d'une vieille veste militaire, consacrait son temps aux vendanges.

Pendant que Léontine prenait en main l'installation de leurs nouveaux appartements. Menuisier, tapissier, peintre, couturière obéissaient à son sourire, faisant disparaître les vieux murs nus sous les boiseries et les tentures.

Régulièrement, les claquements décidés de la canne dans l'escalier de pierre annonçaient la visite de madame du Breuilh sur le chantier.

« Cela avance parfaitement, ma chère ! »

D'elle qui savait si bien se faire obéir, c'était évidemment un joli compliment, même si le ton n'y était pas.

La jeune bru en profita pour pousser l'avantage :

« Croyez-vous que l'on pourrait remiser au grenier ce vieux bahut, et la bonnetière de chêne, qui est mangée par les vers ?

— Comme il vous plaira… »

Tout dans l'attitude de la baronne disait le contraire, à commencer par le tapotement nerveux de la canne sur les meubles incriminés.

Ceux-ci furent donc remplacés par un mobilier en bois d'acajou brillant, que Léontine fit venir à ses frais de chez Beauvieux, à Périgueux. En même temps que les éléments d'un cabinet de toilette moderne, avec une table en marbre, et une baignoire à pattes de lion, prévue pour être alimentée d'eau chaude à partir de la cuisinière à bois du château.

Il aurait fallu pour cela percer à la chignole au travers des planchers et des plafonds du château, pour y glisser un tuyau de cuivre.

C'était sur son territoire, la baronne y mit son veto formel.

« Elina, à son âge, a quand même la force de monter quelques brocs d'eau ! »

Et le maçon recula devant le combat à livrer.

On était arrivé ainsi à la Saint-Michel, sur le second versant de l'automne.

Le moment des comptes à demi. Le sous-lieutenant espérait voir enfin le résultat des méthodes éprouvées à l'armée, qu'il s'était employé à mettre en œuvre depuis son retour : en même temps qu'une camaraderie de bon aloi, et le travail en commun, il y avait aussi des inspections sans sommation, des ordres précis faits pour être obéis, des évaluations régulières. Mais tout cela se heurtait à la nonchalance du régisseur, à la bonhomie et au fatalisme des métayers, à leur sens de la hiérarchie aussi.

« On a toujours fait comme cela, moussu le baron, et cela ne marche pas si mal... »

A chacun sa place, dans un monde immuable ! Les uns et les autres ne tenaient finalement pas non plus à ce que le baron prenne les manches de la charrue, et sache aussi bien qu'eux quelle surface on pouvait labourer en une journée.

Arthur rongeait son frein, tout en continuant à serrer chaleureusement les mains, à entraîner les drôles à la chasse, et à entrer dans les cuisines pour partager les casse-croûte.

Mais en rentrant, il avouait devant sa femme :

« Diantre, tous ces gens auraient besoin d'un peu de discipline. J'aimerais bien quelquefois, comme au régiment, pouvoir les mettre aux arrêts... »

La cravache giflait alors durement ses bottes, effrayant même Kosak qui filait, la queue entre les jambes, se cacher sous un meuble. Le jeune chiot, né au lendemain de la mort du vieux baron, avait élu comme maître cet homme rieur, aux épaules carrées, qui passait dehors le plus clair de son temps.

Léontine posait sa main sur la manche de son mari, lui souriait, et opinait, sans s'en inquiéter outre mesure.

Bien sûr, l'échec était cruel : à la Saint-Michel, on n'avait pas compté un sac de grains de plus. Mais elle le savait bien, leur avenir reposait plus sur ses propres revenus que sur les rentrées agricoles de Bramefons.

Monsieur Colliac avait fort généreusement tenu ses promesses : outre la dot, versée en actions de chemins de fer de la compagnie Paris-Orléans, il faisait servir à sa fille une rente personnelle de quinze francs le mois, « pour ses petites dépenses », alignée sur celle de sa propre épouse. Léontine étant moins portée que sa mère sur les toilettes ou les services de table, et n'ayant pas les mêmes occasions de les exhiber, dans le modeste train de maison de Bramefons, considérait qu'elle avait plus que le nécessaire. Sans rien en dire, la jeune femme avait pris la décision de thésauriser à la banque de Périgueux, en son nom propre. L'intuition lui dictait de ne pas se mêler des affaires de la propriété. En se tenant prête pourtant en cas de difficultés.

« Il n'aura pas à s'obstiner, envers et contre tous… »

Léontine n'avait pas d'atavisme particulier pour la terre, ni pour cette province où elle se retrouvait vivre par hasard. Mais elle était amoureuse, prête à leur trouver tous les charmes, si Arthur les voyait ainsi. A la condition qu'il soit heureux, et amoureux.

Autant pour suivre ses finances personnelles, que pour prendre un peu de champ avec les humeurs parfois maussades de son mari, et les conversations politiques de sa belle-famille, Léontine instaura l'habitude, chaque lundi, de faire atteler le landau de Bramefons, pour aller déjeuner chez ses parents, en emmenant Elina pour jouer les chaperons.

Au retour de Champcevial, qu'elle quittait au début de l'après-midi, lorsque monsieur Colliac commençait sa sieste, la jeune madame du Breuilh faisait arrêter Alcide à Périgueux, après le pont des Barris. Sous prétexte d'affaires et d'emplettes, mais surtout pour le plaisir de goûter à l'animation de la ville.

Depuis l'instauration du second Empire, la préfecture du département de la Dordogne n'en finissait pas de se transformer : on abattait les vieux remparts pour redessiner une ville moderne, des boutiques élégantes s'ouvraient sur les nouveaux boulevards.

Les deux femmes prirent l'habitude de terminer leurs courses par une promenade dans les allées de Tourny, bordées d'hôtels particuliers en construction. C'était pour Léontine un bonheur de voir Elina, qui n'était jamais auparavant sortie de son canton, s'exclamer devant ces merveilles.

En particulier celles du café du Globe, avec sa salle décorée d'angelots en stuc doré.

« Viens, Elina, je t'offre une bombe glacée ! »

Alcide attendait avec le landau, transi ou mouillé selon les jours, parfois presque jusqu'à la tombée de la nuit.

De retour au château, elles affichaient un air de complicité qui faisait froncer le sourcil, aussi bien à la cuisine qu'au salon.

Elina, qui avait des oreilles partout, en avertit sa maîtresse :

« Alcide s'est plaint à madame la baronne... »

Les conséquences n'avaient pas tardé.

« Ma chère enfant… »

Le lundi suivant, au détour du vestibule, alors que Léontine, déjà gantée et chapeautée, s'apprêtait à s'éclipser pour la journée, la baronne posa la main sur celle de sa belle-fille :

— Ma chère enfant, voyez-vous, quand vous retenez au loin Alcide et l'équipage pendant une longue journée chaque semaine, ils manquent à l'entretien de la propriété. Moi-même, je ne peux pas faire les visites que je dois à certaines personnes…

Arthur était comme souvent parti depuis les petites heures du matin, à courir derrière ses métayers. Mais Léontine savait déjà qu'il n'interviendrait jamais entre sa mère et sa femme.

La jeune femme considéra placidement la manœuvre ; d'autant qu'elle avait une solution prête, pour se débarrasser du cocher et protéger ses sorties. Elle se composa un délicieux sourire.

— Je le sais bien, ma mère ! J'attendais justement l'occasion d'en parler… Pour éviter de vous causer ce dérangement, mes parents pensaient m'offrir une petite jardinière, que je pourrais conduire moi-même. Aïda est si calme, et elle me connaît bien maintenant.

— Conduire vous-même ? Vous verrez cela avec votre époux, mon enfant !

Jamais on n'avait vu figure aussi pincée, se dit Léontine.

Bien évidemment, jamais les Colliac n'auraient eu l'idée de lancer leur fille seule sur les routes, et jamais celle-ci n'avait évoqué avec eux une pareille éventualité.

C'était Léontine seule, par l'entremise d'Elina, qui sur ses fonds personnels avait trouvé à acheter une petite jardinière. La servante avait un cousin charron de son état, établi sur la route des Versannes à Périgueux, qui mènerait la voiture à Bramefons, dès que l'ordre en serait donné. Et Léontine comptait bien sur Arthur pour lui donner des leçons de conduite.

Madame du Breuilh ajouta :

— Prenez garde aussi à bien mener votre domestique...

Cette attaque-là n'était pas prévue ; mais Léontine savait défendre ses alliés, et répondit trop vivement.

— Elina est irréprochable !

La jeune servante en effet administrait avec une vigilance parfaite son domaine, qui s'étendait du cabinet de toilette à la garde-robe : elle serrait le corset de Léontine, piquait les épingles dans son chignon, repassait les dentelles, empesait les cols, raccommodait les boutons, glissait de la poudre d'iris entre les étagères, pliait dans les règles de l'art les serviettes en coton d'Egypte, les grands draps de fil métis. Choisissait pour sa maîtresse, qui n'en demandait pas tant, les chemises de jour et de nuit, les robes de jardin, de soirée, de visite, le costume de chasse ou de cheval. Prenait soin en somme, avec un plaisir non dissimulé, du si joli trousseau choisi par madame Colliac.

Elina savait aussi se retirer silencieusement, quand le pas de l'époux résonnait à l'étage.

7

Cette passion de la beauté...
Emile ZOLA, *Rome*

— *Amore !* Nous attendions tes instructions pour les caisses !

Le baron du Breuilh apparaissait enfin, bien après la cloche du dîner, le front fermé, mouillé jusqu'aux os, comme son chien. Et de dépit, elle employait contre lui la formule qui d'ordinaire scellait leur complicité. Il regimba :

— Ah, où est le temps où j'avais une ordonnance pour s'occuper de cela !

Les cantines militaires du sous-lieutenant, qui représentaient toutes ses possessions personnelles, envoyées de Paris, étaient enfin arrivées en gare de Périgueux. Certaines le suivaient depuis sa première campagne d'Italie, et portaient son nom, *sous-lieutenant Arthur du Breuilh*, peint dessus en grandes lettres anglaises, à la peinture blanche.

Il avait fallu un charroi attelé de deux bœufs, et une journée entière pour les en rapporter. Arthur était absent lorsqu'ils pénétrèrent pesamment dans la cour. Aux prises cette fois-là avec des forestiers, pour surveiller de près un abattage. Contre l'avis de sa mère, et la tradition établie de ne jamais traiter avec des étrangers, il avait vendu sur pied des châtaigniers d'âge, pour une belle somme, à un marchand de bois corrézien.

« Avec les gens d'ici, il faut sans cesse se battre contre des habitudes paresseuses, justifier des décisions de bon sens, courir après chacun, discuter indéfiniment... »

La vieille dame, en remontrance muette, avait fait servir le dîner sans attendre son fils, dans un silence pesant, prenant sa belle-fille en otage dans une histoire à laquelle elle ne comprenait rien.

— *Amore !*

Elle murmurait maintenant, pour faire tomber sa colère, entourant des siennes les mains gelées de son époux. Elle qui était si vive, impatiente parfois, avait une manière souple et précise de masser sa cicatrice, sensible à l'humidité de la saison.

— Pour le moment, j'ai une faim de loup, et demain, il y a encore à faire dehors. Elina peut très bien se charger de ranger, sous ta direction...

Arthur, décidément, ne se laissait jamais enfermer dans une tâche, ou dans un lieu, ni par sa mère ni par sa femme. Il n'avait jamais montré qu'un intérêt poli pour les aménagements conduits par Léontine.

Elle, au contraire, aimait leur chambre commune, cette grande pièce d'angle ponctuée de trois fenêtres, qu'il lui avait désignée le jour de sa première visite à Bramefons. Le seul lieu où elle se sentait chez elle, dans la maison régie par sa belle-mère, un endroit où elle aurait voulu l'attirer souvent, pour l'avoir tout à elle.

« C'est surtout le lit qui me plaît ici, *amore* ! »

Il riait, avec des mines gourmandes sous sa moustache. Elle faisait mine d'être choquée, juste un instant, se laissait renverser sur la courtepointe. Et alors ils retrouvaient intacte la magie des premiers temps de leur mariage.

Dès le lendemain, avec l'aide d'Elina, Léontine se mit donc à l'œuvre. Les deux femmes rangèrent les uniformes dans du camphre, admirant avec ferveur les épaulettes d'argent, la fourragère, les revers à la polonaise, le shako à plumet rouge, le pommeau ciselé du sabre de cérémonie... Restaient les souvenirs : elles les disposèrent comme un petit musée, dans un bureau que le sous-lieutenant n'avait jamais pris la peine d'occuper.

Puis, satisfaites, convoquèrent le maître des lieux pour qu'il admire le résultat, une fois son abattage terminé.

— Ce vase de Murano... Le Vénitien qui me l'a vendu venait de voir brûler sa maison ; je lui ai laissé en échange le peu d'argent que j'avais sur moi...

Souvenir après souvenir, s'animant au fur et à mesure, il avait ainsi évoqué les pans d'une histoire inconnue de Léontine : un trophée de sanglier tué dans les grandes plaines de l'Est, une épée berbère, qu'on disait prise à un descendant d'Abd el-Kader, offerte à Arthur par un zouave de l'armée d'Afrique, un sombrero et des céramiques du Mexique ; un buste de marbre incomplet, où l'on devinait le profil d'un homme sec et ridé.

— Je l'ai trouvé enfoui dans des ruines de Lombardie... Sans doute m'attendait-il là depuis l'Antiquité...

Elle le posa de guingois, sur le manteau de la cheminée, à côté de sa collection de pipes. La pièce s'anima d'un coup, et ils rirent tous les deux.

Depuis combien de temps n'avait-il pas montré une telle passion ? Depuis combien de temps n'avait-il été aussi présent, aussi gai, aussi aimable avec elle ?

La question lui serrait le cœur.

Il y avait aussi ce gracieux portrait de jeune fille, aux yeux étincelants, qu'il accrocha sans mot dire au chambranle. Et tous ces documents, rouleaux de cartes d'état-major, paquets de lettres enrubannés, dossiers militaires, qu'il enfourna dans le gros secrétaire en dos d'âne, en y donnant un tour de clé péremptoire.

Ces souvenirs creusaient encore un peu le fossé de silence qu'il établissait entre eux.

— Voulez-vous me remercier ?

Ils se tutoyaient en public, mais se vouvoyaient au lit, d'un commun accord, et ce glissement donnait le la à leurs échanges amoureux.

La jeune femme se laissa emporter au travers du lit, avec un petit rire de gorge. Les yeux mi-clos, le regarda se débotter, jeter à terre ses bretelles, déployer son grand corps en ombres mouvantes dans les lueurs du feu de la cheminée.

Madame Colliac, à la veille du mariage, n'avait pas jugé bon de s'étendre sur ce qui attendait sa fille :

« Fais ce que te demandera ton mari, et cela te rendra heureuse. »

A l'expérience, le conseil semblait parfaitement juste, et Léontine n'en avait pas besoin d'autres. Son mari avait des volontés claires, et des gestes précis, elle avait vite appris à le suivre, dans ces jeux du désir où il la conviait.

Il se glissait maintenant à travers ses jupons, pour atteindre la peau fragile et tiède.

— Eh, c'est qu'il fait froid à Bramefons !

Souriante, sans quitter des yeux son époux, guettant dans sa prunelle l'impatience grandissante qu'elle escomptait, Léontine se relevait, dénouait lentement les cordons de ses trois jupons, l'un de dessous en coton blanc, le second de laine brute, et le troisième en serge bleue.

— Et voilà, cela vous suffit-il ?

— Certainement non !

Elle le laissa délacer son corset avec sa main blessée, jouant de cette maladresse pour attiser l'attente. D'un geste presque furieux, le sous-lieutenant tira les courtines du lit, faites selon Elina pour être maniées avec la plus extrême précaution, et y roula sa prise. Penché sur elle, tout en muscles durs et en force retenue, il la comblait. Tous deux se retrouvaient ainsi à l'abri, étrangers aux bruits de la maison alentour, haletant doucement. Et elle aurait voulu que cela durât toujours.

— *Amore mio*...

Ce mot tendre aux sonorités ensoleillées était devenu le prélude obligé de ces heures délicieuses.

Léontine avait découvert l'amour avec la gaieté et l'énergie qu'elle mettait en chaque chose. Elle mesurait sans le dire l'expérience démontrée par son mari en la matière, et ne se donnait pas les gants de jouer les jeunes effarouchées, ou les enfants dociles. En cela comme en d'autres choses, elle se voulait à sa hauteur, et prenait volontiers l'initiative. Lui s'émerveillait de découvrir une telle amante chez son épouse légitime.

8

Un héritage inaliénable, dont il a la défense…

Emile ZOLA, *Rome*

L'année 1869 se terminait. Noël arriva, que selon une coutume établie on fêtait en famille, chez les Laubarède. Dans la cheminée de la grande salle de Forcegrive brûlait depuis le matin une énorme souche de chêne craquant, mise en réserve spécialement pour ce jour-là.

Lucienne, Urbain et leurs filles étaient venus d'Angoulême. Monsieur et madame Colliac, invités aux côtés de leur fille, s'étaient fait précéder d'une magnifique corbeille d'oranges et de citrons d'Italie, que l'on avait exposée sur une crédence. Jamais les enfants n'en avaient vu autant, de ces fruits !

Les trois petites filles aux cheveux bien nattés, additionnées aux six Laubarède, habitués des grands espaces de la campagne, produisaient dans la maison « plus de bruit qu'un régiment, et je m'y connais ! », selon Arthur, ravi de tout ce mouvement, et qui y participait largement.

Le temps du deuil était bien passé, même si madame du Breuilh et Lucienne le rappelaient encore, dans leurs strictes robes noires, agrémentées de blanc.

Une surprise devait représenter le clou de la soirée : sous la direction de Léontine, les petits, entortillés dans des chèches algériens tirés des malles d'Arthur, mimèrent une crèche vivante. Chacun jouait son personnage avec la componction voulue ; sauf les chiens, assignés contre leur gré dans les rôles de l'âne et du bœuf.

— Bravo, bravo, Léontine !

Après la messe de minuit, on partagea le chocolat chaud et les brioches traditionnelles, avec les fameuses oranges.

— En Italie, votre tante Léontine en réclamait une tous les matins, préparée par sa nourrice !

Puis vint le moment d'échanger les vœux, avant de se séparer.

— Je te souhaite le même bonheur que moi, souffla à Léontine Jeanne de Laubarède, qui attendait de nouveau un heureux événement.

— Ma chérie, tu viens de démontrer que tu seras une excellente mère de famille, glissa encore madame Colliac à son oreille.

C'est alors que l'aîné des Laubarède, resté jusque-là un peu à l'écart de l'effervescence, leva la main, comme pour demander le silence. Et sembla effrayé par celui qui se fit d'un coup.

— Papa, maman...

Guyon était un grand garçon anguleux, âgé de dix-sept ans, pensionnaire chez les jésuites de Sarlat.

— Papa, maman, j'ai décidé de m'engager dans l'armée pontificale.

Il avait dit sa phrase d'une seule traite, dans un vide étonné. Et ajouta aussitôt, sans reprendre son souffle, des arguments trop bien préparés :

— C'est un devoir de répondre à l'appel du Saint-Père ! Je suis déterminé, prêt à faire le sacrifice de ma vie : priez pour moi et demandez que je sois martyr...

— Mon petit !

Madame de Laubarède avait crié, en agrippant des deux mains son ventre. Elle semblait près de se trouver mal. Par contagion, les fillettes commencèrent aussi à pleurer. Tandis que les garçons se tenaient cois, ouvrant grands des yeux intéressés. Les chandelles de Noël, sur leur fin, commençaient à grésiller l'une après l'autre, dans un bruit inquiétant, avant de s'éteindre, ajoutant à l'étrangeté de la scène.

Gaston de Laubarède, manifestement, n'apprenait pas la nouvelle ce soir-là. Il posa sa main sur le bras de sa femme, alternant consolations et arguments guerriers, comme pour évaluer ce qui ferait le meilleur effet sur elle.

— Allons, allons, mon amie, c'est une grâce d'envoyer ainsi un fils au service du pape ! Quand l'heure de combattre pour l'Eglise est venue, il faut marcher en avant. Vous disiez vous-même...

Et se tournant vers Guyon, avec un geste de bénédiction :

— Pars, mon fils, va défendre la plus sainte des causes...

Ce n'était pas si souvent que le père de famille s'imposait ainsi, et cela fit son effet. Jeanne se tut, pendant que ses larmes continuaient de couler malgré elle.

L'abbé semblait aussi de connivence avec le jeune garçon. Il s'était placé tout de suite auprès de lui, comme pour le protéger, sa silhouette ronde écrasant encore un peu le frêle jeune homme.

Ainsi au centre de l'attention familiale, Guyon attendait que quelque chose se passe. Ses frères le mangeaient des yeux, évitant de rencontrer le regard de leur mère. Alors Arthur rompit le malaise en s'approchant, et lui secoua la main avec vigueur.

— Bravo, mon neveu ! C'est une belle aventure, et tu seras courageux, j'en suis certain. Jeune, plein de vigueur et de santé comme te voilà, tu userais ta jeunesse ici, pendant qu'une si noble cause demande des défenseurs...

Léontine l'avait suivi, pour serrer affectueusement Guyon dans ses bras. Sans le comprendre tout à fait, elle était émue par l'idéalisme de cet enfant, comme trop grand pour sa stature, et par sa solitude. Cela rompit la glace, et le reste de la famille osa faire de même, gravement.

Les jours suivants, on apprit que d'autres élèves des jésuites avaient annoncé le même départ à leurs familles, et que les bons pères ne les blâmaient pas.

Les ultimes tentatives de madame de Laubarède pour repousser l'échéance – « Qu'ils passent leur bachot d'abord ! » ; « Qu'ils attendent leur majorité, ou au moins l'été, ce sera moins dur ? » – se heurtèrent à cette décision collective, mûrie dans l'ennui des dortoirs glacés.

Les garçons n'étaient d'ailleurs pas les premiers, ni les seuls, à partir. Car dans les paroisses, les curés exhortaient plus que jamais leurs fidèles :

— Les heures que nous vivons sont décisives pour l'avenir de la chrétienté... Abandonnez votre vie douillette pour rejoindre la défense du pouvoir temporel !

Partout aussi, on récoltait des fonds pour le siège de Saint-Pierre. Et de la Ville éternelle arrivaient les lettres des volontaires, qui étaient lues en chaire, en famille, publiées dans les bulletins et les journaux. Les célèbres « Vieux Antiques » du régiment des zouaves pontificaux, ceux qui étaient partis les premiers, et qui pour la plupart n'avaient pas un quart de siècle, racontaient la gloire de servir, le faste des cérémonies pontificales, la beauté du ciel romain et des pins parasols.

Au lendemain du jour de l'an, le village entier était rassemblé pour une cérémonie d'adieu à l'église. Et juste ensuite, pour couper court aux effusions, Guyon monta dans la voiture menée par son père, pour rejoindre ses camarades à la gare de Niversac.

De là, les garçons prendraient le train ; après un changement à Saint-Germain-des-Fossés, puis Lyon, ils seraient à Marseille au bout de la journée : un bureau d'enrôlement pontifical y était établi près du port. Ils prendraient ensuite le premier passage pour Civitavecchia, par le service régulier de bateaux qui assurait la traversée jusqu'aux côtes italiennes.

9

Il fallait donc se forcer à l'espoir.

Emile ZOLA, *Rome*

Léontine connaissait l'ennui de l'hiver à la campagne, au contraire d'Arthur, qui l'avait fui depuis bien longtemps. Elle savait d'expérience la lumière qui manque, quand les journées s'amenuisent, entre les brouillards du matin et la nuit d'après-midi ; elle savait la monotonie des semaines, parce que les chemins détrempés assignent à l'écurie voitures et chevaux, rendant impossibles les visites, les courses à Périgueux. Elle savait le froid insinuant, particulièrement dur à ceux qui ont grandi sous des climats plus doux.

Seul le facteur bravait à pied la boue des chemins, et représentait parfois l'unique visite de la journée.

Tout cela, elle l'avait appris l'année précédente, au retour de sa famille en Périgord. Et tout cela, elle avait cru l'oublier en se mariant.

Mais, ce qu'elle n'imaginait pas alors, c'est combien cela comptait peu comparé au bonheur de partager la vie d'un homme, de cet homme. De guetter son grand rire dans la cour, mêlé aux jappements de Kosak, de sentir son regard glisser sur elle, l'envelopper, dans les moments où elle s'y attendait le moins ; de rire ensemble des mêmes choses, de se comprendre sans mots. Et surtout, parce que les courtes soirées leur laissaient de longues heures d'intimité, de s'offrir l'un à l'autre sous les courtines. Arthur s'endormait tout net après l'amour ; elle, longuement, savourait le plaisir de s'adosser au grand corps tiède de son prince charmant, d'entremêler leurs respirations, leurs rêves, leurs mains.

Alors, en échange de ces bonheurs-là, elle voulait bien accumuler les lainages, hanter les coins de cheminée, rester aimable, et supporter le reste du temps en lisant les romans qu'elle commandait auprès du libraire de Périgueux.

Les regrets n'étaient pas dans sa nature. Mais que se serait-il passé, se demandait-elle parfois, lorsque les pages d'un livre l'emmenaient vers des horizons lointains, si le sous-lieutenant n'avait pas démissionné de l'armée ? A quoi aurait ressemblé cette vie parisienne, dont elle avait tant rêvé jeune fille ? Vers quelles autres garnisons, quels autres cieux plus larges aurait-elle suivi son mari ?

De ce retournement de situation des premiers jours de leurs fiançailles, il n'avait jamais été question entre eux, comme de tant d'autres choses. Lui seul décidait du terrain de leurs conversations, et préférait souvent les gestes aux mots.

Avec l'hiver, elle avait tenté aussi de reprendre la correspondance avec ses amies d'autrefois : mais celles-ci désormais parlaient principalement de soucis domestiques et de nourrissons malades. Léontine refusait la désillusion, de toutes ses forces.

Alors elle s'obligeait à la bonne humeur, et à tenir compagnie à sa belle-mère, dans la petite bibliothèque où l'on se réfugiait durant l'hiver. C'était la seule pièce du château qui par ses dimensions restreintes réussissait à conserver un peu de chaleur dans ses murs ; le reste de la maison, hormis la cuisine réservée aux domestiques, devenait glacial.

Arthur avait, lui, conservé l'habitude militaire de se lever avant l'aube, de faire sa toilette à l'eau froide, et de sortir quel que soit le temps, par nécessité d'exercice physique. Avec la mauvaise saison, les travaux agricoles étaient ralentis ; mais, sitôt avalé son lait, il rejoignait Alcide à l'écurie, tenant avec lui de longs conciliabules sur les plantes et les bêtes, flattant la croupe de son Cavallo. Puis, suivi de Kosak, il partait à cheval battre la campagne. Léontine ne l'accompagnait plus dans ces courses. Parce qu'Arthur lui-même lui avait demandé d'y renoncer :

« Les personnes d'expérience vous diront que les mouvements violents de l'équitation sont dangereux pour les femmes, surtout dans les débuts d'une grossesse. Imagine que sans le savoir encore, tu attendes notre héritier ? »

Et il avait murmuré, en se penchant pour baiser sa main :

« Ce qui n'aurait rien d'étonnant, n'est-ce pas, étant donné l'énergie que nous mettons à le faire venir ? Il serait dommage de ne pas prendre toutes les précautions.

— Qui t'a dit cela ? »

Arthur paraissait comme un enfant en faute.

« Ma mère m'a conseillé de te persuader, pour laisser toutes ses chances à la nature... »

Cette conversation avait eu lieu une nuit d'automne, alors qu'il était incliné vers elle, le nez dans ses cheveux, au creux des oreillers. Un de ces moments précieux où, l'exigence de leurs jeunes corps apaisée, rien ne semblait encore pouvoir les séparer. Sa gorge s'était nouée.

Elle aussi, depuis sept mois maintenant qu'ils étaient mariés, guettait vainement les signes d'une grossesse. Sur les indications d'Elina, beaucoup mieux renseignée qu'elle sur la question, malgré sa jeunesse.

« Avec la belle constitution que vous montrez, peut-être n'éprouverez-vous même pas de nausées dans les débuts. Mais, soyez-en sûre, vous vous en apercevrez ! Et moi aussi, quand votre poitrine aura tant forci que je ne pourrai plus fermer le lacet de votre corset... »

Et la jeune fille, encourageante, indiquait avec des gestes suggestifs les formes avantageuses que sa maîtresse allait certainement acquérir bientôt.

Léontine avait renoncé à l'équitation. Mais pour la nouvelle petite jardinière, légère et bien suspendue, qu'Arthur lui avait appris à mener, elle avait tenu bon. Jusqu'à ce que la boue argileuse des chemins de Bramefons finisse par la retenir prisonnière...

Et les journées s'étiraient, dans la petite bibliothèque à la lampe opaline vacillante dans les courants d'air. Depuis des semaines, une pluie froide tombait sans discontinuer. La baronne, pour distraire sa bru, étalait ses journaux devant elle.

— Savez-vous ce qu'écrit monsieur Veuillot cette semaine, à propos de Garibaldi ?

— Dites-moi donc, ma mère...

Léontine avait reçu en cadeau de mariage une très jolie corbeille à ouvrage, remplie de ce qui était nécessaire pour coudre et repriser. Pour preuve de bonne volonté, la jeune femme avait entrepris de broder au point de croix des porte-serviettes. En commençant par le nom de son époux, avec un *A* majuscule grandiloquent, pour le plaisir intime de ne pas quitter sa pensée, lorsqu'il partait galoper au loin.

Mais le résultat n'était pas à la hauteur de ses espérances, et Arthur n'y accordait de toute façon pas plus qu'un coup d'œil moqueur.

« Nous en sommes toujours au *A* ? »

Ce jour-là, il était apparu en coup de vent au déjeuner, parce que sa mère y tenait, puis avait filé dès la cérémonie du café accomplie, en laissant Léontine continuer à se piquer les doigts. Dès le milieu de l'après-midi, elle relevait sans cesse la tête, guettant son retour.

Après la lecture du journal, la baronne passait à celle des lettres de Guyon, en les déclamant à voix haute et solennelle.

La sœur du jeune homme, Marie, qui montrait du talent pour la calligraphie, les recopiait pieusement en plusieurs exemplaires. Et semaine après semaine, à Bramefons comme à Forcegrive, on en faisait le commentaire.

Me voilà donc zouzou, comme nous nous surnommons entre nous ! J'ai reçu à mon arrivée l'uniforme des zouaves, dessiné par les anciens d'Algérie : courte veste grise avec soutaches et passementeries rouges ; sans col, pour dégager le cou ; c'est une tenue de campagne adaptée au climat méditerranéen. Gilet gris à boutons de cuivre, serré aux hanches par une large ceinture rouge, culotte bouffante, guêtres blanches et bandes molletières, enfin petit képi à la française, avec bandeau rouge et visière carrée. Ainsi vêtu, je me trouve assez fière allure ! Comme tous mes camarades, j'ai commencé par aller me faire tirer le portrait chez les frères Alinari. Je vous l'enverrai dès que la photographie sera prête.

Il avait solennellement prêté serment sur la place Saint-Jean-de-Latran : « Je jure à Dieu tout-puissant d'être obéissant et fidèle à mon souverain, le Pontife romain. Je jure de le servir avec honneur et fidélité et de sacrifier ma vie même pour sa personne auguste et sacrée, et pour le maintien de ses droits. » Et reçu en retour, à genoux, la bénédiction de Pie IX.

Puis sa compagnie avait été mise à l'exercice, dans un bataillon qui partait stationner sur les marches des Etats pontificaux.

« Il s'agit d'occuper les zouaves pour l'instant privés de combat, et d'éviter leur confrontation avec le corps expéditionnaire français. »

Arthur, en connaisseur des choses militaires, était prolixe en commentaires.

La baronne continuait, sur le ton de l'épopée :

Les courages les mieux trempés s'usent dans l'inaction. Certains sont mécontents d'être ainsi éloignés de Rome : eux qui ont tout quitté pour se mettre au service du pape se retrouvent à mener la monotone vie de garnison, dans une province romaine. Nous apprenons le maniement des armes et la marche de flanc.

— Cela leur fera le plus grand bien : comme il n'y a pas eu de confrontation depuis Mentana, la plupart des volontaires n'ont jamais vu un ennemi du pape, ni jamais tiré un coup de fusil...

Notre souverain pontife a quitté le palais du Quirinal pour s'installer dans la cité du Vatican, mieux défendue par ses remparts. Vous verriez ce spectacle, lorsque sur la grand-place, les troupes défilent devant ses fenêtres ! A côté des trois à quatre mille chasseurs romains, il y a des Autrichiens, qu'on appelle les *bersaglieri*. Et puis trois cents Suisses formant un corps de carabiniers, huit cents Irlandais dans le fameux bataillon de Saint-Patrick... Et enfin les zouaves : de six cents hommes à leur création, nous sommes désormais plus de deux mille, un régiment à quatre bataillons ! Mais ce n'est pas encore assez, face aux dizaines de milliers d'Italiens...

Guyon, fils attentionné, faisait aussi son possible pour rassurer sa famille :

Les officiers sont en majorité français, issus pour la plupart de la vieille noblesse légitimiste. Mais il règne parmi nous un tel esprit de camaraderie que les distinctions sociales sont abolies : le fils du marquis ne croit pas déroger en s'asseyant à table avec le fils de son fermier ! Voici d'ailleurs une anecdote qui vous réjouira ; un général piémontais, voyant la liste des morts à Castelfidardo, s'écria : « Cela aurait pu être celle des invités d'un bal de Louis XVI ! » C'est dire si je me sens en famille, ma chère maman, ne vous inquiétez donc pas pour moi...

Lors des déjeuners du jeudi, la tante Jeanne apportait toujours la dernière lettre arrivée d'Italie. Dès qu'elle franchissait le porche de la cour, elle tapotait son réticule avec un sourire entendu, pour signifier qu'il contenait le trésor. Et dès le café servi, elle dépliait les feuillets, ne laissant à personne l'honneur de faire la lecture à haute voix :

> Vous me pardonnerez si je n'ai pas donné de mes nouvelles, mais nous sommes toujours par monts et par vaux. Avec un sac de soixante livres sur le dos, sans exagération aucune, nous avons dû traverser les bois, les rivières, gravir les montagnes, à raison de huit lieues par jour, pour arriver à destination... Les exercices militaires rythment les journées, et le clairon sonne les prières du matin et du soir, que nous récitons dans nos chambrées, comme à Sarlat. Il y a messe et vêpres le dimanche, personne n'est obligé d'y assister, mais tout le monde s'y trouve. Je n'ai jamais rien vu de plus beau, un bataillon entier debout ou à genoux, chantant les psaumes et priant Dieu de bénir ses armes !

— Guyon est en train de se rendre compte que la caserne ressemble terriblement au pensionnat !

Léontine écoutait, tout en massacrant son ouvrage. Sa réflexion ironique tomba dans un silence gêné.

Madame de Laubarède, qui avait bon cœur, soupira en forme de pardon, avant de reprendre sa lecture :

> On nous a remis un carnet de confession dans toutes les langues. Ce qui fait qu'avant les combats nous pourrons nous confesser quelle que soit la langue de l'aumônier du moment, seulement en pointant nos fautes sur le papier.

Arthur, que seule la lecture de ces lettres pouvait retenir, se levait ensuite, appelait son chien, sans s'encombrer d'aucun prétexte pour partir vers la campagne vide, emportant avec lui des senteurs de feuilles mortes.

La vie ne reprenait sens qu'avec son retour. A lui seul, il repoussait au loin le froid et la nuit, en remuant les journaux, tisonnant le feu, demandant des nouvelles du menu, répondant d'un grand rire à une plaisanterie d'Elina.

Il chuchotait à l'oreille de sa femme, bousculant sa bergère, cherchant à faire revenir son sourire :

— Es-tu toujours amoureuse de ton mari ? Voudrez-vous de lui ce soir ?

Il n'était pas dans la nature de Léontine de bouder, et ces mots-là la faisaient fondre. Alors bientôt elle répondait, riait, et tout redevenait simple, le temps d'une soirée. Elle l'attirait dans la grande bergère, se lovait contre lui, sous le regard un peu offusqué de sa belle-mère.

— Je ne suis pas certaine que le fauteuil puisse résister à vos poids conjugués...

— Pardon, maman !

Arthur se levait aussitôt, et s'étirait, avant de prendre congé.

— Viens-tu, *amore* ?

Elle tenait sa revanche, et le suivait, après une petite révérence à la baronne.

Mais les jours suivants, tout recommençait. Son mari disparaissait, se faisait attendre jusqu'après souper. De plus en plus tard. De quoi provoquer l'ire de sa mère, et de Léonie, pour qui l'heure des repas était chose sacrée.

« Pardonnez-moi, je me suis arrêté à Forcegrive en rentrant, et l'on m'a retenu... »

Qu'y trouvait Arthur, de mieux qu'aux côtés de sa femme ? La question lui brûlait les yeux, lui tordait le ventre.

Certainement pas les conseils de son oncle pour la gestion des terres ! Il était de notoriété publique que celui-ci les laissait quasiment à l'abandon, n'en retirant que des ressources trop maigres pour une famille si nombreuse.

Arthur avait tenté de lui proposer une association, pour essayer ces nouvelles cultures qui réussissaient si bien au maréchal Bugeaud, un ancien d'Algérie, établi là-haut dans le nord du département. En vain : augmenter les rendements de fourrage, ou bouturer les arbres fruitiers n'intéressait pas monsieur de Laubarède.

Mais Léontine ne le savait que trop : ce qui attirait son mari là-bas, dans cette maison de Forcegrive, c'était la vie, tout simplement : il y avait là des enfants, des joies et des tristesses, les voix entrecroisées des petits admiratifs, qui se pendaient aux basques de leur oncle dès son arrivée. Et désormais les lettres de Guyon, qu'il déchiffrait en expert.

— Notre tante s'inquiète beaucoup pour son fils. Il est vrai que, tôt ou tard, les combats vont reprendre à Rome. Ces garçons, malgré leur bonne volonté, ne sont pas des soldats très aguerris...

La baronne acceptait l'explication et les excuses, mieux que sa belle-fille. Léontine, silencieuse, frissonnait.

Tirant sur sa moustache, Arthur arpentait de long en large cette pièce trop petite pour lui, dont il paraissait vouloir pousser les murs.

— Assieds-toi donc, mon ami, tu me donnes le vertige à virer ainsi !

— Pas de nouvelles de Rougerie ? Je l'ai attendu pendant deux heures. Il semble impossible de réveiller ce pays...

— C'est l'hiver, chacun reste chez soi...

— Justement, voilà le moment ou jamais de remettre en état l'exploitation. Il faut réviser les outils, recenser les travaux à prévoir sur les toits des granges, nettoyer les haies... Dans l'armée, c'est entre deux campagnes militaires qu'on prépare la victoire, et dans les accalmies qu'on définit une stratégie...

— Rougerie est un vieux malin, qui connaît son affaire mieux que personne. Ton père savait ne pas le brusquer, pour en obtenir ce qu'il voulait. Et les choses, ma foi, ne vont pas si mal que tu le dis...

Une dispute feutrée reprenait, comme chaque jour ou presque désormais, entre la mère et le fils, accentuant leur ressemblance. Sur les traits crispés de celui-ci, il n'y avait plus rien du jeune homme charmeur de l'été passé.

Léontine se gardait bien de se mêler de la conversation ; elle comprenait, pour l'éprouver elle-même, que son époux n'avait pas les coudées franches, qu'il débordait d'une énergie inemployée. Aussi, même si elle en souffrait, prit-elle le parti de l'encourager à quitter Bramefons dès que possible.

Il y eut ainsi une foire agricole à Excideuil, l'enterrement d'une tante dans les Charentes, plusieurs réunions d'anciens combattants aux quatre coins de la province...

Et les autres jours, il sifflait son chien :

« Kosak a besoin d'exercice... »

Le chien et le cheval faisaient la course, sous les ordres du sous-lieutenant. Celui-ci mettait d'autant plus d'énergie à être obéi des bêtes qu'il ne l'était guère des hommes.

Même dans les moments de bonheur qui leur restaient, avec un instinct sûr de femme éprise, Léontine savait son époux malheureux. Et se heurtait à la barrière invisible derrière laquelle il se retranchait : il y avait en lui quelque chose de sauvage, d'inaccessible, même dans la plus grande intimité, qui désarçonnait sa propre générosité. Elle lui avait tout donné d'un coup, dans le oui de leur mariage. Lui ne se contentait pas de ce qu'elle lui offrait.

« Les hommes sont ainsi ! »

Elina, voyant le front assombri de sa maîtresse, donnait son avis d'une voix légère. Et Léontine riait de soulagement.

10

Aime-moi comme tu m'aimes, et laisse-moi t'aimer, laisse-moi t'aimer !

Emile ZOLA, *Rome*

Léontine, fenêtre ouverte sur les bois, s'agaçait des criailleries de tous ces oiseaux réjouis par le printemps. Elle était installée devant le bureau qu'Arthur n'avait jamais utilisé, entourée des souvenirs d'une vie qu'elle n'avait pas connue, et elle avait posé sa lettre sur le chêne ciré. Dépliée et repliée, lue et relue, comme si entre les lignes se trouvait cachée la réponse à ses questions.

Cette lettre, elle l'avait trouvée posée sur sa coiffeuse, bien en évidence, ce matin de printemps neuf, alors qu'elle émergeait du sommeil. Sur l'enveloppe cachetée de cire rouge, un seul mot : « *Amore* ». De la grande écriture d'Arthur, couchée vers la droite, comme courant toujours en avant.

Comme à l'ordinaire, il avait quitté très tôt le lit, laissant sa femme endormie, et un creux tiède dans les oreillers. Sans égard pour la peau tendre de son cou, il avait au moment de se lever frotté contre elle une joue râpeuse de barbe ; avant de partir dans un grand remue-ménage de draps. Elle gardait de ce geste, dans son demi-sommeil, un souvenir si précis, si charnel, que sans doute il s'y était attardé plus longtemps qu'à l'ordinaire.

> 12 mars 1870,
> *Amore...*

... répétait le corps de la lettre, dont elle avait brisé le cachet, juste un peu étonnée de ces manières. Qu'avait-il à lui dire de si pressé, qui ne pouvait attendre le déjeuner ?

Les larmes brouillèrent vite sa lecture.

> Il était inutile que tu souffres par avance... Pardonne la peine que je vais te faire... C'est pour une cause juste que je m'arrache à toi... Ce sera sans doute l'affaire d'un engagement de six mois, je reviendrai à temps pour les moissons...

Il était parti... Elle qui, à force d'observer son mari, de se nourrir de sa présence, croyait ressentir ses émotions plus lucidement que lui n'avait rien vu, rien soupçonné.

Elle en restait étourdie, sidérée de ce fossé ouvert entre eux, dont elle mesurait d'un coup la profondeur.

> Une lettre de mon camarade Clermont, envoyée aux anciens du régiment, appelle tous les hommes d'honneur au secours du pape : voilà ce qui m'a décidé à rejoindre les zouaves pontificaux.

C'est une résolution d'une portée sérieuse et profonde : quand un père demande son fils pour le défendre, il n'y a qu'une chose à faire, c'est d'obéir...

Les ennemis de la papauté se multiplient, et se rapprochent chaque jour des portes de Rome. Je ne puis demeurer ici, inutile, alors que l'on va se battre là-bas, pour Dieu et la justice. On ne peut pas non plus laisser des enfants inexpérimentés comme Guyon se faire tuer seuls ! Quand tu liras ma lettre, je serai déjà sur la route. Sache combien il m'est difficile de briser les chaînes qui me retiennent à toi. Mais en défendant la cause de la civilisation et de la liberté du monde, crois-le bien, c'est notre bonheur et celui de nos futurs enfants que je protège.

Ces phrases qu'elle avait entendues mille fois, tant elles faisaient le fond des conversations à la table familiale, prenaient maintenant, couchées sur le papier, une réalité nouvelle, une acuité douloureuse.

Je sais, continuait Arthur, que tu seconderas ma mère de la meilleure façon. Elle approuve mon départ ; c'est avec son consentement que j'ai engagé les frais indispensables ; puisqu'il est demandé aux officiers de s'habiller et s'équiper...

Léontine se figea à cette dernière phrase, qui était comme un coup de grâce : il y avait eu alliance de la mère et du fils, dans un secret gardé en dehors d'elle, et sans doute avec ses propres fonds !

De lecture en relecture, elle était passée de la stupéfaction au chagrin, de l'humiliation à la colère : la baronne avait évidemment poussé son fils au départ. Elle-même avait été trahie, qui avait accepté de vivre à Bramefons pour l'amour d'Arthur, qui lui avait donné d'un coup, entiers et pour toujours, son cœur et sa confiance.

On toquait à la porte ; Elina passa la tête, un broc fumant à la main.

— Madame n'a pas appelé encore ce matin ? Vous ne voulez pas votre eau pour la toilette ?

Léontine releva la tête, resserra sur elle son châle, sans chercher à dissimuler ses larmes.

— Entre ! Nous allons regarder ensemble la garde-robe de Monsieur...

La femme de chambre ne se laissait désarçonner par aucune situation. Elle posa son broc, son paquet de linge, s'essuya les mains, et obéit.

— Madame, tout ce qui était si bien rangé... il n'y a plus rien !

Ce n'était donc pas seulement un cauchemar. A quelques mètres à peine de sa chambre, quelqu'un avait vidé les étagères, transporté des effets à travers le château. En se cachant.

La surprise d'Elina lui fit un peu de bien. A moins d'être une bonne comédienne, celle-ci ne faisait pas partie de la conspiration. Léontine prit le parti de la croire, et d'en faire son alliée.

— Je viens de recevoir une lettre : mon mari est parti s'engager dans l'armée du pape. Sans me prévenir.

— Je comprends...

— Tu comprends quoi ?

— Depuis deux jours, Alcide ne laisse entrer personne dans l'écurie. Il lui fallait bien préparer la voiture et la malle !

Ce qu'avaient été ces premières journées d'absence, sans repères et sans but ! Elle ressentait avec une violence nouvelle l'humidité des murs, l'hostilité des lieux, les longues journées inutiles. Léontine éprouva, s'il en était encore besoin, quelle place son époux avait prise dans sa vie, en moins d'une année. Chacun de ses gestes, chacune de ses pensées se heurtaient à cet insupportable vide. Le printemps commençait, et pourtant elle ne parvenait plus à se réchauffer.

Les airs triomphants de sa belle-mère lui étaient odieux, autant que ses péroraisons sur le courage du sous-lieutenant :

« Il en faut, n'est-ce pas, de la bravoure et de la foi, pour partir ainsi risquer sa vie, en abandonnant une jeune épouse charmante, un domaine où il s'est rendu indispensable, un pays qu'il adore ? »

Devant ce déploiement de paonne, Léontine ne cillait pas. S'exaspérant sans mot dire de la ressemblance entre la mère et le fils. Et croisait en silence le regard malicieux d'Elina.

Les qualités d'Arthur, sa femme les reconnaissait volontiers. Il avait une religion sincère, qui ne s'encombrait pas de questions ; certain d'être un élu de Dieu, par ses talents et par sa naissance. Une religion baignée dans l'encens des cérémonies de son enfance et la musique sacrée. Il avait du courage, aussi : celui de ceux qui cherchent l'aventure, parce qu'elle leur est plus facile que l'ennui.

Léontine ne se payait donc pas d'illusions : son époux avait fui l'immobilité, l'inutilité, les conflits avec sa mère, pour aller déployer ailleurs sa belle énergie. Son amour à elle n'avait pas suffi à le retenir.

Seul le chien manifestait ouvertement sa tristesse de ce départ, en venant poser une truffe humide sur les genoux de Léontine, avec des yeux implorants. Elle qui n'aimait pas les bêtes lui en savait gré, et le laissait se coucher à ses pieds, la suivre partout, lécher ses mains.

Pendant les premiers jours de cette souffrance atroce, inattendue, elle avait cru sombrer. Et les nuits... ces tièdes nuits de printemps étaient terribles, désolées, interminables ! Faites de souvenirs brûlants, d'insomnies glacées dans le grand lit vide. Les yeux ouverts, elle arrivait au matin épuisée, venimeuse, tremblante.

Cette digue de bonheur qui la protégeait depuis son arrivée à Bramefons se délitait par pans entiers, découvrant une autre réalité : elle revisitait les mois passés, les décisions qui s'étaient enchaînées, ce qu'elle n'avait pas vu, pas compris.

Et puis, par un effort immense, de chaque instant, elle avait quitté le bord de ce puits sans fond et sans repos, rassemblé ses ressources, fourbi ses armes.

— Elina, qui au château, en dehors d'Alcide certainement, a été mis dans la confidence ?

— Oh, ça, Madame, je le sais bien ! Ce sont les vieux qui sont entièrement dévoués à madame la baronne. Et je peux vous dire qu'ils nous mènent la vie dure, à la Peyrotte et à moi !

Dans ces circonstances, la jeune fille s'était révélée aussi fine que loyale. Léontine, les yeux dessillés, découvrait les lignes de partage entre les habitants du château, les combats en sourdine qui s'y livraient. Sa belle-mère, avec autant d'amabilité que de fermeté, manœuvrait les gens comme les choses, à sa convenance.

Aux déjeuners du jeudi, auxquels elle devait assister seule désormais, Léontine, déférente et réservée, apprenait à maîtriser sa rage, retenir ses opinions.

Elle qui avait été élevée à l'étranger, dans un milieu cosmopolite, où les choses de la foi restaient privées, ne pouvait comprendre cette exaltation religieuse de sa belle-famille. Le dieu qu'elle remerciait dans ses prières, chaque matin et chaque soir depuis ses fiançailles, le dieu qu'elle suppliait de lui ramener son mari, ce dieu ne se mêlait pas de politique. Elle suivait les événements romains, parce qu'il était impossible d'y échapper. Et, désormais, elle s'en effrayait.

On vivait, à Bramefons comme à Forcegrive, au rythme de la Ville éternelle, et des deux héros familiaux, l'oncle et le neveu. En faisant assaut de professions de foi et de formules martiales.

Gaston de Laubarède, qui savait si mal compter ses propres deniers, présidait à Périgueux un nouveau « Comité pour le denier de Saint-Pierre ».

— Je vois venir le grand affrontement contre les forces du mal. Il faut lancer des appels à notre parenté, engager nos cousins, nos neveux, à rejoindre l'armée du pape ! Nous formons le projet de racheter des conscrits, pour les mettre à sa disposition, durant les sept ans que dure leur engagement. L'entretien d'un zouave coûte cinq cents francs par an : chaque famille qui le désire sera invitée à en parrainer un. Et ceux qui n'en ont pas les moyens peuvent se cotiser aussi pour offrir un canon rayé, des fusils, ou bien des mulets destinés à porter les cantines des troupes.

— Ma chère, à quelle bonne action choisissez-vous de participer ?

La baronne avait lancé la question à travers la table du déjeuner, comme un défi à sa bru silencieuse. Elle appuyait :

— C'est notre manière à nous, les femmes, de prendre part à la guerre ! Ce que vous donnerez ira directement à votre mari...

Léontine était préparée à affronter ce combat, et bien décidée à protéger sa rente personnelle.

— Si je dois lui donner quelque chose, ce sera en mains propres !

Son ton arrêta net la discussion. La bonne Jeanne soupira, en posant une main apaisante sur le bras de sa nièce.

Au bout de quelques jours seulement, le facteur apportait une seconde lettre, fort épaisse, adressée à Madame Arthur du Breuilh. Léontine l'avait emportée dans sa chambre. En décidant de ne la partager avec personne, et de ne pas y répondre.

> Rome, le 15 mars 1870,
>
> *Amore mio,*
>
> Me voici donc dans la Ville éternelle, la capitale chrétienne ! Quelle profusion de monuments, quelle richesse d'architecture, quelle grandeur dans les souvenirs, alliées à la plus misérable crasse...

Il écrivait comme il racontait, longuement, chaleureusement. A travers les mots courant sur le papier, elle ressentait quelque chose de cette vitalité joyeuse qui l'avait tant séduite, et qui s'était dissoute ensuite dans les difficultés de l'hiver.

> Mais commençons par le commencement ! Arrivé à Marseille, je suis allé droit me confier à Notre-Dame-de-la-Garde. Le consulat pontifical, où l'on m'a établi un passeport, est voisin du bureau d'enrôlement : j'ai été fort bien accueilli, le préposé prenant bonne note de la position de ma famille et de mes services militaires. Mais voilà que sur le port d'embarquement, il grouillait toute une foule hostile au départ des zouaves pontificaux ; c'est bien la France d'aujourd'hui !
>
> Ce désagrément passé, fort agréable traversée : souvent en cette saison la Méditerranée est mauvaise, avec un fort roulis ; mais nous étions au large des côtes d'Italie dès le surlendemain matin, soit à peine trente-six heures de mer. Je vois là l'aide de la Providence à nos projets ! A bord, parmi ceux qui venaient de s'engager comme moi, je suis tombé dans les bras de plusieurs de mes vieux compagnons d'armes, tous gentilshommes, et tous répondant à l'appel de Clermont. Il y avait également une très digne famille de Belgique, venue rendre visite à l'un des leurs, sergent au régiment des zouaves.

Léontine se crispa : comme il se trouvait bien dans ce petit monde de hobereaux ! Alors qu'elle s'en sentait toujours un peu exclue, bien qu'elle fût sa femme, et qu'ils n'en aient jamais parlé.

En regardant le soleil se lever sur la côte de Civitavecchia, nous étions plusieurs à nous rappeler notre débarquement à Gênes. Et cela me ramène encore à vous, *amore*...

Léontine nota le vouvoiement, et l'invite qu'il contenait. Son cœur se souleva.

Après le débarquement, nous traversâmes la ville : des places méridionales comme tu les connais, où se concentre l'activité, des ruelles à l'odeur de friture, remplies de gamins au museau barbouillé... A la gare du chemin de fer, enregistrement de nos cantines, par des employés qu'il faut déranger dans leur sieste. Le train nous porta ensuite jusqu'à Rome, longeant d'abord des rivages déserts, où l'on dit que les fièvres font rage. Puis à travers des herbes marécageuses, habitées par des bœufs noirs aux cornes immenses, on entre dans la campagne romaine. De très loin, visible de partout, apparaît enfin le dôme de Saint-Pierre, surmonté d'or. Et nous étions déjà à la gare, où les cochers se disputent pour servir le client. Mais, comme il est d'usage paraît-il, un piquet militaire nous attendait. Avec parmi eux, mon cher ami Clermont.

Il me conseilla de descendre à l'hôtel de la Minerve, à deux pas de là, qui offre des chambres pour vingt baïoques [1]. Ce bâtiment, situé près du couvent des dominicains du même nom, avait été acheté en son temps pour préparer l'arrivée du comte de Chambord : c'est devenu le

1. Baïoque : monnaie de cuivre en cours dans les Etats pontificaux, correspondant au centième de l'écu romain.

rendez-vous de nos concitoyens, ecclésiastiques et militaires.

A peine avions-nous déposé nos bagages que l'on nous conduisit sur la place Saint-Pierre, à l'heure où le souverain pontife vient à sa fenêtre pour donner sa bénédiction. *Ecco il Papa !* annoncent alors les bonnes gens qui attendent sur la place. Nous aurons, paraît-il, le bonheur de le voir souvent.

Puis nous allâmes avec ardeur nous faire encaserner. Près de trois mille Français engagés à ce jour ! Les hommes sont logés dans les casernes de la ville, au champ prétorien, à Saint-Calliste du Transtevere, ou près du Quirinal. Quant aux officiers, ils ont tout loisir de prendre une chambre en ville. A condition d'en trouver une, car les logeurs romains, dit-on, sont terrorisés par les menaces d'attentat, et refusent les Pontificaux... Seule la noblesse noire, fidèle au pape, ouvre volontiers ses palais. Je te préviendrai de l'adresse où m'écrire, dès que possible...

Et Léontine s'arrêtait dans sa lecture, elle aussi, pour respirer au rythme de son époux.

Un autre feuillet, froissé, et daté de deux jours plus tard, avait été ajouté à l'envoi :

Mon bataillon a l'honneur d'assurer la garde rapprochée du souverain pontife, en alternance avec une garde de Suisses, venus du canton de Bellinzona. Pour le moment, pas le moindre trouble à déplorer ! Mon service me laisse donc le temps de visiter la ville : je suis ainsi allé au Colisée, lieu du martyre des premiers chrétiens, et aux catacombes de la via Appia. Je me suis promené, avec un camarade frotté de culture latine, dans le forum antique, à la grandeur délabrée : il est transformé en pré à vaches, où voisinent colonnes brisées et herbes folles ; c'est assez peu intéressant.

Mais surtout, surtout, j'ai la chance d'arriver justement pendant le carnaval ! Et il n'a jamais été aussi beau, à cause de la réunion qui se tient depuis décembre au Vatican : nos cardinaux sont en concile, et c'est merveille que de les voir débattre, dans la situation actuelle, de l'infaillibilité des décisions du pape.

Le peuple romain préfère décidément s'amuser plutôt que de faire la révolution : ici, on aime à la folie les divertissements ; le fort Saint-Ange fut hier au soir entièrement illuminé par des *girandole* [1], une spécialité italienne. Certains de ma compagnie, costumés en Pierrot de la commedia dell'arte, défilaient sur leur char. Cela s'est terminé en joyeuse bataille de confettis. Puis il y a eu course de chevaux le long du Corso, du nord au sud de la ville. Les cavaliers galopent à cru, jusque sous les fenêtres du palais de Venise, et le vainqueur est promené en triomphe, comme aux temps anciens. Et encore, la course des Moccoletti, tenant dans une main une bougie qu'ils doivent maintenir allumée, tout en essayant d'éteindre celle des autres. Ces jeux sont pratiqués depuis toujours, mais les garibaldiens n'en veulent plus : cela se passait donc sous les hourras des uns et les sifflets des autres. Quelle douceur de vivre ici, si les révolutionnaires ne se

1. Feux d'artifice.

mêlaient pas de tout gâcher, et si la politique n'assombrissait les fêtes !

Dans son récit, il n'y avait pas un mot pour ses sentiments, sa solitude à elle. Entièrement pris dans les plaisirs de sa nouvelle vie, il semblait avoir tiré un trait sur l'ancienne. Pire encore, la jalousie la piquait, à la lecture de la suite :

> J'ai fait visite à cette cousine que ma mère m'a recommandé de voir, la vicomtesse de Loynes. Elle est venue avec ses filles, absolument charmantes, passer quelques mois auprès de son gendre, lui aussi officier dans l'armée pontificale. Ces dames sont installées à l'étage d'un petit palais de la place d'Espagne : on y joue de la musique tous les soirs, et monsieur Liszt, pianiste réputé, y joue parfois ses œuvres, spécialement pour les militaires. Il se fait ici beaucoup de mondanités, du fait de l'afflux des familles. Une princesse Riccioli tient un salon réputé, où je vais tâcher de me faire introduire…

Si les familles des zouaves étaient à Rome, pourquoi n'avait-il pas emmené sa femme ?

Elle enferma les feuillets dans son secrétaire, et se composa un visage pour affronter le dîner, et les questions.

En même temps que le printemps s'affermissait, les chemins s'asséchaient. Quand Léontine décida de reprendre ses expéditions vers Champcevial et Périgueux, la baronne remit en débat la question de la jardinière.

— En l'absence d'Arthur, Alcide a le temps de vous accompagner, et ce serait plus prudent... Votre époux vous a confiée à moi, comme il m'a confiée à vous, n'est-ce pas ?

Il n'y avait pas manière plus élégante de signifier qu'elles étaient prisonnières l'une de l'autre.

— Inutile, ma mère, je vous laisse Alcide. Qu'il attelle Aïda, et ce sera bien ainsi.

Elle savait se faire respecter. Mais cette première fois où, par un ciel bas et gris encore, il lui avait fallu reprendre seule les rênes, avec une jument qui n'avait pas été montée de l'hiver, resterait un souvenir effrayant.

Jusqu'alors, c'était Arthur qui de toute son autorité présidait aux départs de la jardinière, tenait la bride, caressait le chanfrein, vérifiait les harnais, rassurait ensemble Aïda et Léontine.

— Allons-y !

Elina lui emboîta aussitôt le pas, un sourire en coin.

Bravache dans son amazone couleur feu, celle des jours heureux de l'automne, il lui avait fallu descendre le perron sous l'œil de sa belle-mère, prendre sans trembler le fouet que lui tendait le garçon d'écurie.

— Avance donc la jardinière devant le porche...

Tous les regards étaient braqués sur elle, y compris sans doute depuis les fenestrous de la cuisine. Il lui fallait donc éviter de se couvrir de honte dès le départ, par une volte mal négociée.

— Allez !

La badine caressa la croupe, et la brave Aïda partit droit devant elle, au petit trot guilleret. Léontine avait gagné au prix fort sa liberté.

11

Cette Rome violente, dure...

Emile Zola, *Rome*

Le soleil était de plomb, la route blanche de poussière. En tête du cortège, monsieur de Laubarède conduisait le deuil. Suivaient les femmes, Jeanne, Adélaïde, Lucienne. Elles avançaient de front, courbées sous leurs voiles, deux d'entre elles soutenant la troisième, jusqu'au havre de fraîcheur de la petite église. Ensuite venait Léontine, qui tenait par la main les deux plus petits, Henri et Athanase, et entraînait le groupe des enfants, un peu hébétés, serrés les uns contre les autres. Les filles avaient des rubans noirs dans leurs tresses, et les garçons portaient un brassard de deuil au-dessus du coude.

Ce n'était pas un enterrement, en l'absence de corps ; pas non plus une cérémonie officielle, puisque le doyen du canton et son clergé n'y assistaient pas. Seulement un service funèbre, douloureux et angoissé.

La famille remplit le haut de la petite nef, en s'agenouillant sur les prie-Dieu.

Derrière, avec des reniflements discrets dans des grands mouchoirs à carreaux, s'installaient tous ceux qui avaient vu partir, à la Noël dernière, le gentil petit monsieur Guyon. C'était des femmes surtout, car on était au milieu des moissons, et il n'y avait pas de temps à perdre, avec l'orage qui tournait autour depuis plusieurs jours.

— Cette pauvre madame Jeanne, qui pleure son fils aîné en même temps qu'elle va accoucher du dernier...

Au village, on aimait particulièrement madame de Laubarède, toujours attentive à chacun. Et c'était pour elle qu'on était venu ce jour-là.

Devant l'autel, une gerbe de roses blanches, cueillies dans la grande corbeille de Bramefons. Et sur un pupitre, un daguerréotype encadré. Guyon de Laubarède y regardait droit devant lui, dans sa tenue de zouave. Képi fièrement planté à l'arrière du crâne, guêtres éblouissantes, le coude appuyé sur une colonne de marbre antique, surplombée d'un buste du pape Pie IX. L'autre main serrant bravement le pommeau d'un sabre. Un mince collier de barbe lui avait poussé, depuis qu'il avait quitté le Périgord, et tout cela contrastait avec un air encore si tendre, des yeux si clairs et confiants.

Et désormais, il était mort...

Le télégramme était arrivé deux jours plus tôt, en provenance d'Albano, petite bourgade des monts Albains étirée au bord d'un lac volcanique, où était cantonnée la 2e compagnie du 1er bataillon des zouaves pontificaux.

Dans cette région de collines, fraîche et aérée, dominant Rome, on venait depuis l'Antiquité faire villégiature. Au fil des siècles, les familles fortunées y avaient construit de somptueuses villas. En cet été de 1870, nombre de nobles et de prélats romains, et notamment la famille régnante de Bourbon-Siciles, exilée de son royaume napolitain, se retiraient dans leurs délicieuses résidences d'Albano. Cet été-là, comme les autres, le choléra sévissait dans la touffeur de Rome, avec une violence particulière du fait de grandes chaleurs : dès juillet, la température était montée déjà jusqu'à 35° à l'ombre. Jamais jusque-là on n'avait vu la maladie à Albano ; mais ceux qui fuyaient la contagion l'avaient sans doute apportée avec eux.

Quand les zouaves, arrivant de Velletri pour rejoindre Nemi, entrèrent en ville pour y passer la nuit, il y avait déjà dix-neuf morts recensés, et plus de trente lorsqu'ils s'éveillèrent le lendemain matin.

Que fallait-il faire ? Les habitants s'enfuyaient dans les bois pour échapper à l'épidémie, abandonnant dans les maisons les malades et les morts en putréfaction. Fallait-il évacuer les lieux au plus vite ? Les *contadini*[1], qui faisaient tour à tour alliance avec les Pontificaux et les nationalistes, selon la raison du plus fort, les auraient sans doute rendus responsables de la propagation de l'épidémie.

Les morts se multipliaient : on en comptait quatre-vingt-dix au bout de deux jours, deux cent quatre-vingts le troisième jour. Alors ce petit peloton de zouaves, mené par un lieutenant de vingt-cinq ans, heureux de se dévouer, vola au secours des cholériques. Sous un soleil de feu, dans des exhalaisons

1. Paysans.

pestilentielles, les jeunes recrues se firent infirmiers pour les malades, dont le contact dégoûtant pouvait leur être mortel ; ils se firent fossoyeurs des cadavres abandonnés sur les places publiques, et aussi police contre les pillards. On en vit un donner du lait à la cuiller à un poupon orphelin, un autre réciter les actes de foi, d'espérance et de charité, au côté d'un mourant...

Le cardinal Altieri, resté lui aussi dans la ville avec son clergé, pour donner les derniers sacrements à ceux qui le réclamaient, le paya de sa vie, avec cinq autres prêtres. Le roi de Naples échappa au fléau, mais son jeune frère ainsi que la reine mère furent emportés en quelques heures. En tout, il y eut plusieurs centaines de cadavres, qu'on transportait la nuit, à la chaleur tombée, sur des charrettes à bras, pour les enterrer pêle-mêle dans une fosse commune. Au bout d'une semaine, dix-sept zouaves avaient succombé aussi. Dont Guyon.

Et c'était pour lui, pour sa famille, que l'on se rassemblait aujourd'hui, dans cette touffeur d'orage. Chacun pleurant à la fois sur le jeune homme, et sur la mort qui guettait toujours, frappait où on ne l'attendait pas.

Le sous-lieutenant du Breuilh, parti aussi pour l'armée du pape, risquait-il de même sa vie, dans cette affaire dont les villageois ne voyaient pas bien l'importance ? Pour eux, le pape serait toujours le pape, avec son camail rouge et son rochet de dentelles, qui tenait son pouvoir invincible de Dieu et non des hommes.

Sa jeune dame, si souriante d'ordinaire, qui donnait la main aux enfants, restait muette, et livide. Etait-ce la douleur de cette mort, l'inquiétude pour le survivant ? Ou peut-être y avait-il une raison plus heureuse à son indisposition ? Léonie, la cuisinière du château, qui depuis toujours se chargeait de donner au village les nouvelles qu'elle voulait bien, restait mystérieuse sur ce point.

Devant le portrait du jeune homme, l'abbé Roux, très ému, entreprenait de rendre un dernier hommage à son élève, dans le style fleuri qu'il affectionnait.

— Il était prêt à mourir, à la fleur de l'âge, loin de sa mère et de la France. Mourir ainsi par le martyre, c'est vivre pour les siècles des siècles. La mort des défenseurs du Saint-Siège ne peut être que sainte et agréable aux yeux de Dieu...

Le frère cadet de Guyon, à ces paroles, se pencha pour chuchoter à sa sœur Marie :

— Bientôt, j'irai à Rome pour le remplacer, et le venger !

— Moi aussi ! répéta le petit Athanase.

Marie prit une mine outragée, en mettant un doigt sur ses lèvres.

— Chut ! Maman ne voudra jamais, et toi au moins, tu obéiras !

Léontine, qui avait suivi l'échange entre les enfants, ne put retenir un sanglot. Et tous le remarquèrent.

L'abbé Roux marqua une pause, dépliant le papier qu'il serrait dans ses doigts. Puis il reprit :

— Par le plus extraordinaire des hasards, où je ne peux que voir la main de Dieu, une consolation offerte à ses parents, la dernière lettre de Guyon est arrivée exactement ce matin, après plus de dix jours de voyage. Notre cher enfant n'était alors pas encore parti pour cette cité funeste d'Albano, ni atteint par la maladie qui devait l'emporter, et parlait encore de batailles et de victoires. Madame sa mère a bien voulu nous communiquer ces pages, et je vous en donne lecture : « Nous attendons avec impatience de voir enfin l'ennemi en face. L'on sait que lorsque ces brigands entrent dans une ville, ils commettent des horreurs : les églises sont pillées, les calices, les patènes brisés, les statues mutilées, et les pauvres religieux torturés. Nous aurons à cœur de les arrêter. Pardonnez-moi, ma bonne mère, de la peine que cela va vous donner. Mais si je succombe dans cette lutte si disproportionnée, vous trouverez une grande consolation dans la religion… »

L'abbé laissait s'installer le silence.

— Eh bien, je vous le dis, soyez heureux, et remerciez Dieu. Il y a désormais un saint, un martyr dans cette famille, en la personne de cet admirable jeune homme, qui pourra intercéder au ciel pour elle.

Il se fit un remue-ménage dans les premiers rangs, autour de Jeanne. Les femmes penchaient leurs voiles noirs les unes vers les autres, formant comme des jeux d'ombres, pour chuchoter entre elles, malgré la solennité du moment. Leurs gestes se faisaient soudain plus vifs, elles n'écoutaient plus l'orateur, ne pleuraient plus : les hoquets retenus, les larmes essuyées, les gémissements murmurés, tous ces petits bruits du chagrin se taisaient peu à peu, l'un après l'autre, remplacés par les raclements des prie-Dieu sur les tommettes de terre cuite.

L'officiant, le percevant sans comprendre, tentait vainement de terminer son prêche. Il avait encore une communication d'importance à faire, qu'il expédia dans l'indifférence :

— Selon nos informations, la famille devrait bientôt recevoir de Rome une indulgence plénière, *in articulo mortis*, à l'article de la mort.

Il se fit enfin un grand bruit de chaises repoussées. On dégageait le passage devant madame de Laubarède. Celle-ci, abandonnant la cérémonie, descendit la travée entière au bras de Lucienne. Le regard creux, tourné en elle-même, cambrée, une main soutenant son ventre, à peine proéminent sous les voiles.

L'abbé, qui s'adressait principalement à elle, en perdit tout à fait le fil de son discours, et continua à prononcer des phrases désordonnées. Plus personne ne l'écoutait. Les matrones présentes, elles, avaient compris qu'un heureux événement s'annonçait.

— Un signe du bon Dieu ?

On se poussait du coude, en cherchant ce qu'il était convenable de faire dans une situation aussi inédite ; que valait la prière, sans la principale intéressée ? Guyon en était presque oublié.

12

Et dans le visage si calme, si raisonnable, d'une délicatesse d'enfance... la tension intérieure de l'orgueilleuse et de la volontaire.

Emile ZOLA, *Rome*

Le ton de Léontine avait été sans appel.

— Je partirai tôt demain ! Avec Elina, bien sûr. Bonsoir, mère...

— Vous voudrez bien saluer vos parents pour moi ?

Ces visites filiales à Champcevial étaient les seules sorties auxquelles la vieille dame ne pouvait décemment s'opposer. Même si elle les désapprouvait, à cause de cette insupportable indépendance qu'elles donnaient à sa bru, et des « à-côtés » qu'elle soupçonnait évidemment, puisqu'on les lui rapportait.

— Je n'y manquerai pas...

On venait de passer la Saint-Jean d'été. Dans sa chambre, la belle chambre d'angle encore baignée de lumière du soir, Elina l'attendait. Depuis plusieurs semaines maintenant, les deux femmes préparaient en secret leur départ, et la servante rassemblait avec sa méticulosité coutumière tout ce qui serait nécessaire au grand voyage. Elles arrivaient à la dernière étape, selon une stratégie déjà employée à Bramefons : Elina et Peyrotte avaient ainsi peu à peu transporté, pour les ranger dans la malle de la jardinière, vêtements, linge, chapeaux... A chaque voyage vers Périgueux, on s'arrêtait aux Versannes, chez le cousin d'Elina, remplir les bagages cachés au fond de sa grange.

« Té, racontait Elina à Peyrotte, c'est un magnifique assortiment, en cuir grainé, que Madame a acheté chez Brenac Frères : sac de voyage, carton à chapeaux, malle-cabine, trousse de toilette à compartiments... »

Le charron avait accepté de cacher la jardinière dans cette grange, et soignerait la bonne Aïda le temps qu'il faudrait.

Dans cette aventure, Léontine n'avait pas eu besoin de solliciter Elina. C'était la servante qui, dès le début du printemps, avait elle-même pris les devants, résolument :

« Madame, si vous décidez de partir rejoindre Monsieur, je vous accompagnerai. Une dame ne voyage pas seule, il vous faut une femme de chambre...

— Merci, Elina ! »

Aujourd'hui, elle souriait, en parcourant des yeux la chambre désertée par ses objets familiers, déjà un peu étrangère. La mort de Guyon avait seulement retardé son départ, et renforcé d'autant sa résolution.

Et ce matin d'été, Léontine donnait sèchement ses ordres à Alcide. Cet homme n'y pouvait peut-être rien, mais c'était lui qui lui avait arraché son mari, trois mois auparavant.

— Tu attelleras Aïda, je te prie !

Elle glissa doucement sa main baguée d'émeraude, le bijou de son mariage, sur le double rang de perles à son cou. Tout, elle avait tout emporté, comme si elle ne devait jamais revenir. Puis, assurant le ruban de son chapeau, et sans un regard pour le vieux château, prit sa cravache, monta en voiture.

L'air était encore tiède, chargé de rosée et de senteurs. Les moissons avaient commencé, et la dernière lettre d'Arthur ne parlait pas de retour.

Au pas, à cause de la jardinière trop chargée, la jument prit le chemin qui mène à la grand-route. Une fenêtre se referma à l'étage, alors qu'elles abordaient le premier virage.

Il fallait d'abord en passer par le déjeuner rituel à Champcevial, et relever ce défi de rester impassible sous le regard de ses parents. A Bramefons, Léontine savait maîtriser ses sentiments ; mais devant eux, plus d'une fois elle avait laissé couler des larmes, montré sa colère. Depuis, à chacune de ses visites, elle sentait peser sur elle les bons yeux inquiets de son père : sa fille chérie souffrait ; il souffrait avec elle.

Les Colliac avaient résolument pris son parti : ils ne comprenaient pas cette disparition subite de l'époux, si respectable qu'en soit la cause. Et se reprochaient d'avoir engagé trop vite leur fille dans ce mariage :

« Si prestigieux était-il, si amoureuse étais-tu...

— Mais je ne regrette rien ! »

L'intéressée n'avait aucun doute sur ce sujet, et le répétait avec son assurance coutumière.

Elle avait décidé, autant pour ménager père et mère que pour éviter de se laisser entraver par leur inquiétude, de ne rien dire de ses projets. Il serait temps, une fois arrivée au but, d'écrire à ses parents pour les rassurer.

Et ce jour-là, celui du grand départ, elle ne pouvait que se féliciter de sa décision. Car le consul honoraire, en vieillissant, paraissait verser dans un pessimisme exacerbé. Ce dernier déjeuner en avait été traversé :

— Nous allons vers la guerre ! La France a tout à craindre de la Prusse, car non seulement elle veut faire l'unité des Etats allemands autour d'elle, ce qui représenterait un danger considérable à nos frontières, mais Guillaume de Prusse brigue aussi le trône d'Espagne pour son cousin. Ce serait alors l'encerclement de notre pays.

— Papa, ne voyez pas tout en noir !

— C'est la réalité ! Le chancelier von Bismarck connaît parfaitement la situation de la France, et risque fort d'en profiter : notre empereur n'a aucune ligne de conduite ; et qui plus est, on le dit malade. Il laisse notre armée, démoralisée par l'échec de l'expédition du Mexique, sans préparation et sans chefs de valeur. Dans ces conditions, s'il y a la guerre... En tout cas, il ne ferait pas bon voyager pour des Français, par les temps qui courent !

Dans le salon aux persiennes fermées, abrités du soleil cruel de la mi-journée, les Colliac avaient passé en famille un très doux moment. Que Léontine, toujours pressée, abrégeait une fois de plus.

— A la semaine prochaine, ma chérie !

— Oh, chère maman, j'allais oublier... ne m'attendez surtout pas lundi prochain, ni même peut-être le suivant ! Ma belle-mère reçoit de la famille à Bramefons, et m'a demandé de ne pas m'absenter. Vous la connaissez assez... Promettez de ne pas vous inquiéter, même si vous êtes sans nouvelles ?

Elle embrassait affectueusement ses parents.

— Mon Dieu, fais attention avec ce cheval...

Madame Colliac soupira en silence.

Comment un mari pouvait-il abandonner ainsi une si charmante épouse, en la laissant seule courir les routes... ?

Mais déjà Léontine rendait les rênes à Aïda, pendant qu'Elina agitait encore la main.

Ce jour-là pourtant, après le départ de leur fille, les parents se réjouirent ensemble : elle leur avait paru très en beauté, ses traits fins dorés par le grand air. Moins mélancolique, plus raisonnable aussi, et résignée, que lors de ses visites précédentes.

Au sortir du chemin, les deux femmes, à peine émues, avaient pris la direction de Périgueux.

Il restait encore à passer par la banque de la rue Saint-Front.

Depuis un an que la jeune madame du Breuilh gérait elle-même sa rente, plaçant adroitement ses économies, et enjôlant les employés aux écritures, on l'y connaissait bien. Assez en tout cas pour exécuter sans poser de questions les ordres donnés un mois auparavant.

« Ce sera prêt, madame, comptez sur moi ! »

Des lettres de change étaient préparées, qui lui permettraient de toucher l'argent qu'elle demanderait partout en France, et même en territoire étranger. Des sommes importantes, de quoi pourvoir aux frais d'un long voyage.

Au même moment, à la gare de Périgueux, des billets de chemin de fer étaient retenus, à destination de Marseille, sur la nouvelle ligne contournant le Massif central, pour des places dans un compartiment fermé, à l'intention des dames voyageant seules. Léontine savait parfaitement, pour avoir autrefois franchi bien des frontières, et si souvent entendu son père s'occuper de laissez-passer et de passeports, qu'on ne les laisserait pas embarquer sans les papiers nécessaires.

Elle comptait donc sur un de ses trésors de petite fille, précieusement conservé à travers tous les déménagements : un document, sur papier chiffré et timbré, « requérant toutes les autorités civiles et militaires de bien vouloir laisser passer et porter assistance à Mademoiselle Léontine Colliac, fille de Monsieur Casimir Colliac, représentant de l'empereur des Français dans la ville de Gênes ». Le document était signé et daté de 1861, sans autre mention. On pouvait donc considérer qu'il était toujours valable. Elina, quant à elle, n'avait qu'un carnet de domesticité, visé par le préfet de la Dordogne.

Dans ces conditions, la jeune femme avait soigneusement évalué la situation : plutôt que de tenter le passage par bateau, où chaque passager était recensé, mieux valait continuer en diligence jusqu'à Nice. La ville était nouvellement rattachée à la France, mais l'administration, disait toujours son père, y avait des faiblesses coupables.

Depuis le comté de Nice, elles pourraient prendre une de ces voitures qui assuraient les liaisons de proximité avec Gênes, par la côte : il apparaîtrait normal qu'une dame et sa servante, après une visite touristique, rejoignent leur ville d'habitation.

Léontine croyait parler encore assez d'italien pour rendre la chose plausible, et se débrouiller dans ces circonstances. Surtout, elle se sentait capable d'amadouer toutes les autorités du monde, quand il s'agirait de les rendre à ses raisons !

Une fois à Gênes, elles devraient pouvoir poursuivre jusqu'à Rome sans autres difficultés.

Hormis les cahots, la chaleur étouffante, la fatigue, les mauvaises auberges, les frais et les retards imprévus, l'insécurité nouvelle, et encore bien d'autres désagréments, tout était allé exactement comme elle l'avait décidé, donc fort bien : l'hôtel de bord de mer, à Nice, la route de la corniche, aussi superbe que vertigineuse, avec des milliers de lucioles voltigeant autour de la voiture, à la nuit tombée. La douane fort peu regardante, sur cette petite route peu fréquentée, et Gênes enfin, avec ses églises dorées et ses vieux palais : les Génoises portaient toujours, comme sa nourrice d'autrefois, des voiles de mousseline blanche qu'Elina admira beaucoup. Les deux femmes firent un pèlerinage discret à la légation française, avec sa terrasse dominant le port : là où quelque dix années plus tôt, sous les yeux de la petite Léontine d'alors, son prince charmant débarquait, sans qu'elle sache le reconnaître !

« *Amore, amore mio…* »

Elle croyait sentir mieux sa présence, déjà, en se rapprochant de Rome.

Puis cela avait été les immenses champs d'iris de la campagne toscane, avant d'entrer à Florence, la ville aux pavés de marbre. Et enfin la traversée des vallées sombres des Apennins, sous l'escorte de gendarmes pontificaux, fusils chargés, par crainte du brigandage. La langue changeait aussi, et dans le parler rapide et modulé des *contadini*, elle ne reconnaissait pas les mots de son enfance.

La diligence avait passé l'imposante porte du Peuple à la descente du soleil, le premier jour du mois de septembre 1870.

13

A ses pieds... la ville basse, la vieille cité rousse, comme cuite par des siècles d'étés brûlants.

Emile ZOLA, *Rome*

Le lieutenant du Breuilh émergea de l'église de la Trinité-des-Monts, couvent des dames du Sacré-Cœur, où il venait d'entendre la messe. Sur le parvis dominant la ville, il ôta son képi et s'inclina profondément devant la supérieure, madame de Coriolis, sœur et tante de plusieurs zouaves. Celle-ci était en grande conférence avec la princesse Chigi, belle-sœur du cardinal-nonce à Paris, et l'une des figures de l'aristocratie noire.

Par les marches monumentales qui permettaient de rejoindre la place d'Espagne, il descendit d'un pas de promenade. Enfin, les grandes chaleurs s'achevaient. Restait la lumière romaine, à nulle autre pareille, les dômes et les toits ocre dessinés sur un ciel pur, l'odeur douce-amère des orangers de la villa Borghèse, toute proche.

— Mesdames, bonne journée !

Une fois encore, il porta la main à son képi, pour répondre au salut de deux personnes, une mère et sa fille, qui s'apprêtaient à entrer dans le magasin d'objets de piété, tenu par mademoiselle Bérard. « Chapelets, camées, images, statuettes et tableaux », indiquait la devanture.

— A vous aussi, lieutenant !

Ce brevet de lieutenant, qu'on lui avait conféré d'emblée dans les troupes pontificales, au vu de ses états de service, le réjouissait, parce qu'il le savait mérité depuis longtemps. Restait à démontrer son art militaire, ses talents de meneur d'hommes. Et rien que pour cela, depuis son arrivée, il espérait la reprise des hostilités.

En attendant, il avait belle allure dans son uniforme neuf : tunique sans col bleue, à soutaches et passementeries de soie noire, galons dorés en forme de huit sur les manches jusqu'au milieu du bras, ceinture en drap écarlate, saroual et hautes bottes de cuir sombre. Ce bleu des officiers composait une palette agréable avec le gris des simples soldats.

L'armée du pape lui avait permis aussi de retrouver les services d'un homme du rang, même s'il devait lui-même le rémunérer : on trouvait ici assez de braves paysans flamands, contents de gagner quelques baïoques à brosser les tuniques des officiers, ou porter leur paquetage...

Il avait belle allure et ne pouvait l'ignorer, grâce aux œillades qu'on lui lançait. Dans ce quartier proche des ateliers d'artistes de la via Margutta, les jolies filles ne manquaient pas, qui cherchaient à se faire remarquer des peintres étrangers, pour se faire engager comme modèles rémunérés.

Il y avait aussi sur les marches des dames de la colonie française, qui logeaient au couvent ou aux alentours de la place d'Espagne. Celles-ci gardaient plutôt les yeux baissés, et ne répondaient qu'aux saluts des militaires. Elles étaient venues visiter un fils, un époux, recevoir pour elles et leurs familles la bénédiction du Saint-Père. Ou bien apporter une contribution à l'armée pontificale, en même temps que leur dévouement.

Hélas, certaines déjà portaient le deuil, alors même qu'aucune bataille significative n'avait eu lieu depuis des années. Les « fièvres romaines », la gangrène, la variole, le choléra remplissaient les hôpitaux, et pouvaient emmener en quelques jours au tombeau ; bien plus encore que les accrochages aux frontières, et les attentats des révolutionnaires.

C'est ici, à Rome, qu'Arthur avait appris la mort de Guyon. Il en avait été très affecté : ce n'était pas dans l'ordre des choses que le neveu disparaisse avant l'oncle, le collégien avant le militaire de carrière. Jamais, durant les deux mois qu'ils avaient passés ensemble en Italie, les deux parents n'avaient pu se revoir : le bataillon du jeune homme étant en garnison dans les monts Albains, tandis que lui-même commandait un détachement au Vatican, en suppliant pourtant qu'on l'envoie aux frontières. Et puis, au cœur de l'été, le drame du choléra était survenu à Albano.

Les soldats du pape formaient communauté, et parmi eux les Français, unis par mille liens de cousinage et de traditions : personne n'ignorait la courageuse conduite de Guyon de Laubarède, mort à dix-sept ans, après quelques mois d'engagement. Cela lui valait à lui, lieutenant du Breuilh, à peine arrivé, le respect et l'honneur dus aux familles éprouvées.

Au service funèbre célébré pour Guyon et ses compagnons, hollandais, autrichiens, belges, il était au premier rang, dans sa cape de grand uniforme. Les dépouilles des défunts étaient restées dans la fosse commune d'Albano ; impossible, à cause de la contagion, d'offrir aux parents cette consolation qu'ils espéraient : l'embaumement des restes pour un dernier voyage en mer, et le repos éternel dans les caveaux de famille de leurs provinces.

Passé la cérémonie, Arthur avait pris le temps d'écrire longuement, tendrement, à sa tante Laubarède, pour lui répéter le bien que l'on disait ici de son garçon ; en redonnant le ton des mots de consolation, d'espérance, de remerciement prononcés dans cette occasion.

Aucune réponse ne lui était parvenue. Pas plus que de la part de sa femme, à qui il continuait d'écrire fidèlement. Recevait-elle ses lettres ? En écrivait-elle ? Dans ces temps troublés où toute l'Europe était traversée par des troupes en campagne, il était impossible de le savoir.

Il chassa vigoureusement ses idées noires : un tel désagrément faisait partie des sacrifices à consentir pour la bonne cause !

Le lieutenant continua son chemin vers la fontaine posée au centre de la place, une barque à demi immergée, où il acheva de les noyer dans l'eau fraîche. A la manière des vieux Romains, en obstruant le jet, pour faire jaillir l'eau jusqu'à sa bouche.

Passa alors, au trot, un carrosse à quatre chevaux et deux laquais ; ce qui selon l'étiquette romaine indiquait un occupant au moins du rang de cardinal. Arthur se figea, tête nue, comme les autres. Derrière la vitre, une main âgée, veinée de bleu, bénissante.

— *Viva Pio Nono ! Viva il papa-re !* Vive Pie IX, vive le pape-roi !

La voix d'une femme fut reprise en écho autour de la place, tandis qu'on mettait genou en terre. Rien ne pouvait laisser penser qu'il s'agissait du pape lui-même. Mais Pie IX avait des manières simples, et circulait volontiers, en voiture ou même à pied, dans les rues de sa capitale. Si ce n'était lui, c'était un de ses proches ; qui ne serait en aucun cas mécontent de la confusion.

Puis le lieutenant enfila la via Condotti, pour rejoindre le café du Corso où il avait ses habitudes.

Ces rues étroites, faites pour garder l'ombre durant la journée, étaient bordées de palais monumentaux, dont on devinait le luxe replié à l'intérieur, cours, jardins, vergers et fontaines. Avec par trouées, des places spacieuses, à l'élégante harmonie de marbre, noyées de soleil ; et des églises, partout. Sur les parvis se croisaient les mendiants et les femmes, graves et belles. Au moment d'entrer, elles se couvraient la tête d'un voile, jusqu'à la dernière pauvresse repliant son châle. Les solennités religieuses étaient les réjouissances du petit peuple romain : bougies, reliques, chapes dorées et chorales donnaient à entrevoir le paradis !

Pour ce qui était des hommes, en dehors des cochers et portefaix, on ne voyait dans ce quartier de la ville qu'uniformes et soutanes.

Il releva la tête, redressa les épaules, effila sa moustache ; parce qu'une volée de cloches éclatait, rythmant joyeusement son pas. « La ville sonnante », disait déjà Rabelais !

Sur son chemin, au coin de deux rues, un petit attroupement s'était formé face à la « statue parlante ». L'un de ces bustes de marbre qui depuis des siècles servent d'exutoires aux sujets du pape. Chaque nuit on y dépose des messages, critiques ou satires à l'encontre des gouvernants. Et chaque jour ils sont arrachés, ou remplacés par de nouveaux billets contradictoires.

Ce matin, une affichette placardée de frais attirait l'attention des passants. A l'arrivée de la silhouette bleue du lieutenant des zouaves, on s'écarta vigoureusement. Il put lire : « Evitez de rencontrer les zouaves, désertez les théâtres s'ils y vont, sortez des cafés s'ils y sont, ne vous exposez pas à respirer le même air que cette espèce venimeuse. »

Un homme ventru observait du coin de l'œil sa réaction. Le lieutenant sourit, et des mains se tendirent pour serrer la sienne. C'étaient donc là des « papalins », fidèles au pape. Il n'aurait pas à flanquer son sabre dans le ventre de l'un ou l'autre, pour se faire respecter, comme cela était arrivé parfois à certains de ses camarades.

Ces temps derniers, les provocations semblaient se multiplier envers les militaires, et ses compatriotes en particulier. Trois jours plus tôt, deux de ses hommes rentraient tranquillement à la caserne : dans une rue obscure, on avait tiré sur eux en criant « Mort aux Français ! » avant de s'enfuir. Heureusement, les balles s'étaient perdues.

Arthur, en serrant les mains, s'impatientait en lui-même : « Il serait temps d'en découdre enfin… Voyons donc ce qu'en pense Clermont. »

Et à grandes enjambées il se hâta sur les pavés disjoints, ses bottes résonnant entre les vieux murs.

— *Salve !*

Cet établissement, au coin du Corso et de la place Colonna, servait d'annexe au cercle Saint-Michel, institué pour les Français, comme celui de Saint-Joseph l'était pour les Belges. Chaque nationalité avait ainsi le sien, où l'on se retrouvait entre soi, pour lire les journaux de son pays et parler sa langue ; remède à la nostalgie et au désœuvrement.

Le *padrone*, le patron, était un Corse jovial, immigré dans les bagages des Bonaparte. Et tous usaient de l'antique salutation romaine.

— *Salve, salve !*

Le lieutenant, après un coup d'œil circulaire sur les soldats attablés au soleil du matin, se dirigea vers l'arrière-salle, par une enfilade de galeries voûtées et peintes à fresque. L'établissement, à peine délabré, datait des plus belles heures de la ville, sous les papes de la Renaissance.

Ses amis, déjà assis autour de leur table attitrée, lui firent place, dans un raclement de tabourets sur les carreaux de terre vernis par la crasse des siècles. L'air était tout chargé d'arômes : comme la société romaine, ils usaient en alternance de l'infusion de café et de grains à mâcher. Le soir, ils reviendraient encore là pour souper ; on y proposait, pour quinze baïoques, la meilleure cuisine du monde, *porchetta* parfumée d'herbes, ou rognons à la salade *puntarella.*

— *Salve !*

Dès l'arrivée d'Arthur à Rome, Charles de Clermont l'avait traité avec une sympathie appuyée, autant à cause de leurs communes origines périgourdines, de leurs vagues liens de parenté, que de leur passé militaire. Et du Breuilh, avec ses grands rires joyeux, avait de toute façon ce talent d'attirer l'amitié.

Ces messieurs, la pipe à la bouche, écoutaient dans un silence respectueux les propos d'un « Vieil Antique ». On appelait ainsi ceux qui, au début des années 1860, avaient inauguré le bataillon des tirailleurs franco-belges, devenus plus tard zouaves pontificaux, en hommage aux anciens d'Algérie. Le major Boissac, homme râblé et grondeur, était l'un des plus anciens compagnons du colonel de Charette, désormais commandant en second, réputé autant pour sa bravoure que pour ses convictions. Il avait gagné galons et blessures à Ancône, Castelfidardo, Lorette, Mentana ; et sa veste en faisait foi : la fameuse *bene merenti*, la médaille de Pie IX, celle de Mentana, au ruban moiré à raies bleues, ornée de l'inscription *fidei et virtuti*, celle de Saint-Grégoire-le-Grand, surmontée de lauriers, et celle de Saint-Sylvestre.

L'homme racontait comment il avait vu se transformer la petite armée pontificale, sous la gouverne du ministre Mérode, et de son ambitieux programme de réorganisation :

— Pensez ! La troupe n'était plus qu'un instrument de parade. Les fortifications étaient abandonnées, les munitions rongées d'humidité, conservées dans des magasins dont on ne pouvait déranger les gardiens à l'heure de la sieste ! En fait d'entraînement, on ne sortait que par beau temps…

La tablée s'esclaffa.

— Mérode a instauré une discipline stricte, ce qui était fort nouveau pour les Romains ! Il a créé une fonderie de canons, construit des écuries, rénové les routes. On lui doit aussi les lignes télégraphiques à l'intérieur des Etats pontificaux, capables de transmettre les ordres de l'état-major.

Depuis ces années 1860, Ernest Boissac avait renouvelé régulièrement son engagement, vivant entre la France et la Ville éternelle, se donnant pour mission d'appeler au combat tous ceux qui partageaient sa foi et ses idées.

— Les promesses de non-intervention faites par les ennemis du pape sont sans cesse remises en question... Ne nous y trompons pas, sous le calme précaire d'aujourd'hui, la « question romaine » n'est pas réglée pour autant !

On soupira discrètement. En 1865, monseigneur de Mérode et sa ligne belliqueuse avaient été évincés du gouvernement de la guerre, au profit du général Kanzler. Un Allemand du grand-duché de Bade, tout dévoué au pape, mais acquis à une obéissance pacifique. Les zouaves les plus intransigeants le regrettaient.

Du Breuilh ôta son képi pour le suspendre à une patère, à côté des autres, et attendit un silence pour poser sa question.

— A propos de calme, avez-vous vu cette affiche, en ville ?

Un jeune sergent-major, haut et blond, récita :

— « De tous ces beaux zouaves qui ont défilé si fièrement, dans quelques jours il n'en restera pas un », c'est cela ?

— Non, encore une autre, mais de la même eau...

Boissac dînait régulièrement au palais Salviati, à la table de Charette, et y recueillait des informations de première main. Il balaya le sujet, et prit une mine sombre pour annoncer :

— Des nouvelles sont arrivées aussi de France...

Chaque jour se diffusaient ainsi à travers la ville entière les dépêches ouvertes par le « Coppiere », le secrétaire chargé de décacheter le courrier du pape, que le maître des postes pontificales apportait au Vatican dans un grand portefeuille scellé.

— Bonnes ou mauvaises ?

Sur la déclaration de guerre de la France à la Prusse, on savait désormais à quoi s'en tenir. Au mois de juin précédent, la candidature d'un prince allemand au trône d'Espagne mettait le feu aux poudres entre les deux pays. Ensuite, l'humiliante « dépêche d'Ems », envoyée par le chancelier Bismarck, avait fait casus belli : le 19 juillet 1870, la France entrait en guerre ; veille du jour où, à Rome, le concile du Vatican proclamait le dogme de l'infaillibilité du pape. « Nous sommes prêts, archi-prêts, il ne manque pas un bouton de guêtre à notre armée », écrivaient alors les journaux français.

Dans la torpeur de l'été romain, l'on se préoccupait plus de l'épidémie de choléra, et d'une éventuelle attaque des bandes garibaldiennes, que des rapports franco-prussiens, et l'événement était alors passé presque inaperçu.

— Mauvaises nouvelles pour l'empereur, en tout cas ! Strasbourg est perdue, à ce que dit la dernière dépêche ; et l'armée du Rhin, commandée par

Bazaine, serait assiégée dans la ville de Metz... Malgré une résistance héroïque : dans les houblonnières du village de Reichshoffen, les cuirassiers à cheval ont chargé sabre au clair, plutôt que de mourir enfermés...

Chez les zouaves, on n'était en général pas mécontent de voir l'usurpateur du trône de France mordre la poussière.

— Mais comment se réjouir de ces revers, si la France est en danger ?

C'était le jeune sergent-major qui avait parlé, résumant le sentiment général.

— Et que ferons-nous, si la patrie nous demande ?

— Le général Kanzler a déjà relevé de leur serment solennel ceux qui souhaiteraient rentrer défendre leur patrie. Certains de nos amis bavarois sont repartis dans leur pays, pour se battre contre nous...

— Si le corps expéditionnaire français est rappelé, nous resterons pourtant seuls...

— Bon débarras !

C'était Boissac qui s'esclaffait. Entre les troupes françaises envoyées par Napoléon III pour la protection du pape et les Pontificaux du même pays, les relations étaient fort mauvaises. Régulièrement, des rixes éclataient, dans les cafés de la ville où ils ne manquaient pas de se croiser. Et lorsqu'ils étaient de service ensemble au Vatican, les officiers des deux corps refusaient de se saluer.

A l'armée française, les zouaves reprochaient sa mollesse, et la valse-hésitation de son commandement :

— Ils ont ordre de s'interposer entre nous et les Italiens, et c'est tout ! Pendant ce temps leur entretien, intégralement à la charge de l'Etat pontifical, coûte cent cinquante mille écus par an…

Dans l'autre sens, ces messieurs le savaient bien, la troupe régulière considérait comme des mercenaires ces hommes venus de leur propre chef se mettre au service du pape.

— Fi ! Singuliers mercenaires, qui payent cinquante-cinq francs leur engagement, et pour certains s'équipent à leurs frais ! Dans chaque compagnie, on compte parmi les simples soldats une douzaine de millionnaires, issus des meilleures familles de France. Qui ont quitté un milieu brillant, une existence agréable, une carrière d'avenir, pour se dévouer selon leurs convictions religieuses.

— Savez-vous que parmi les nouvelles recrues arrivées cette semaine se trouve Alphonse de Bourbon, cousin de don Carlos, prétendant au trône d'Espagne ? Il a vingt-neuf ans et s'est engagé comme zouave…

La discussion reprenait vite un tour romain, parmi ces hommes éloignés de leur pays depuis souvent longtemps.

— Encore une incursion au-delà de la frontière, il y a quelques jours ! Où il apparaît évident que ces brigands sont armés en sous-main par l'armée du Piémont…

— Victor-Emmanuel, au mépris de ses engagements, sème partout des émissaires et de l'argent, laisse ses soldats réguliers s'enrôler dans les bandes garibaldiennes.

— Et notre pape, dans sa trop grande bonté, pense que jamais ils n'oseront entrer dans la ville, que les choses s'arrangeront par la diplomatie, et répugne toujours à verser le sang…

Un mouvement se faisait, qui vidait le café. Il était l'heure pour les hommes de rejoindre chacun ses quartiers, dans les différentes casernes de la ville, pour les instructions du jour.

Charles de Clermont prit du Breuilh par le bras.

— As-tu enfin reçu des nouvelles de ton épouse ?

— Toujours aucune...

— Si tu y pensais, je ne te conseillerais plus de la faire venir ! La situation devient décidément trop dangereuse en ville : on croise, ces derniers jours, des inconnus de mauvaise mine, évidemment des partisans de sectes révolutionnaires, qui vont tenter de fomenter des révoltes. Qu'on mettra ensuite sur le compte des habitants, et dont on tirera prétexte pour intervenir...

Clermont avait lu dans les pensées de son ami, et prononcé exactement la phrase qu'Arthur redoutait. Son premier engagement de six mois se terminait, et il ne voyait pas le moyen de tenir sa promesse de retour. Les récoltes étaient sans doute finies en Périgord, alors que tous les congés étaient suspendus depuis plusieurs semaines.

Boissac, les rejoignant, le confirma en chuchotant :

— Les télégrammes sont prêts : on rappelle tous les permissionnaires à leurs postes. Ils sont codés, pour éviter d'alerter les chancelleries des pays concernés. Voici ce qui a été convenu pour la France : « Le jeune Allard est parti ; prévenez parents. »

Le major vit passer une ombre au-dessus de la moustache de son ami, et lui donna une bourrade affectueuse sur l'épaule.

— On a beau servir le pape et vouloir combattre en héros, nous ne sommes pas des moines-soldats, n'est-ce pas ?

Ils rirent ensemble, plutôt que de s'étendre sur le sujet, et se séparèrent.

14

Brûlés de haine contre l'étranger...

Emile ZOLA, *Rome*

Elina était revenue découragée de l'exploration menée à travers le palais Scarelli.

— C'est tout simplement une prison. Des murs immenses, infranchissables, des portes fermées et gardées, des fenêtres grillagées, un peuple dedans qui va et vient, et vous observe, et vous parle dans une langue où je ne comprends goutte. Surtout, Madame, il y a partout des groupes d'hommes noirauds, l'air à faire peur, qui ne quittent pas leurs fusils. Impossible de sortir...

Elle qui trouvait toujours des solutions à tout ne pouvait qu'avoir raison, Léontine dut s'en convaincre. Mais elles n'avaient pas traversé la moitié de l'Europe pour se laisser ainsi enfermer, si près du but ! Alors qu'Arthur était là, elle le sentait, juste au-delà de ces murs.

— *Amore...*

Cette proximité, après tant de mois de séparation, enfiévrait la jeune femme. Et affermissait sa résolution.

— Bien, j'attends de voir notre marquis, puisqu'il a annoncé sa visite...

Les deux femmes étaient installées très à l'écart du bâtiment principal, dans une dépendance ouvrant sur une loggia. C'était une suite de petites pièces voûtées, harmonieuses, blanchies à la chaux et pavées de tommettes, où une jeune fille souriante était aussitôt venue leur apporter de l'eau pour la toilette, et un grand plateau d'osier recouvert d'une serviette blanche.

— *Grazie !*

— Dînons au moins ! Tu dois mourir de faim...

Elina avait toujours faim, rançon de son activité inlassable ; elle ne se le fit pas dire deux fois, souleva la serviette, énuméra :

— Des petits pains, du fromage de chèvre, des fèves, un plat de viande, de minuscules artichauts violets, un pichet de vin...

— Au moins, nous ne sommes pas trop maltraitées, dans notre geôle !

Et parce que la journée avait été longue, trop remplie d'émotions, elles mirent une sourdine à leurs inquiétudes. Depuis des semaines, elles avaient pris le parti de rire de leurs mésaventures, et s'y appliquèrent d'un solide appétit.

— Ce sont des tripes accommodées aux olives : ma nourrice nous préparait cela, autrefois. Maintenant, Elina, grande toilette ? Je dois séduire notre hôte, pour lui dérober les clés de Rome...

— Té, alors, si je repasse votre robe de plumetis, vous les obtiendrez !

Il faisait absolument nuit, et les deux femmes s'étaient à demi endormies dans des fauteuils, quand on toqua à la porte.

— *Il marchese aspetta fuori*, le marquis vous attend dehors.

Un domestique, en s'inclinant, désignait derrière lui la petite loggia illuminée par des flambeaux.

Il était courtois de la part du marquis, et elle lui en sut gré, de ne pas entrer chez elle ; et de ne pas l'obliger à garder sa femme de chambre comme chaperon. Les deux valets, debout devant une table dressée, joueraient ce rôle.

L'homme l'attendait en effet ; sa chemise blanche à larges manches, sous un gilet de soie brillante, se détachait dans la nuit.

— Pardonnez-moi de vous faire veiller tard. C'est une habitude ici, à cause de la chaleur...

Il lui baisa la main, en la prenant dans les siennes, et en s'inclinant bas, de cette manière un peu appuyée qui semblait être sa marque.

A la lueur des flambeaux, quand il se releva, son visage apparut à Léontine plus jeune, et plus souriant, qu'elle ne l'avait vu au grand jour : cet homme n'avait pas plus de quarante ans. Tout était plein chez lui, son front bombé, sa bouche un peu épaisse, son menton marqué d'une fossette, une chevelure très brune, abondante, rejetée en arrière.

« Le contraire d'Arthur, qui est tout en carrure et en angles. »

La jeune femme s'étonna de cette remarque intérieure qui lui était venue, et s'en voulut un peu d'oser une comparaison entre les deux hommes.

Le marquis faisait un geste vers son valet.

— *Vino Frascati ?*

Devant tant d'amabilité, il était difficile de marquer d'entrée de jeu son mécontentement.

Elle accepta avec un sourire poli, et ils levèrent ensemble leurs verres vers les étoiles. De ravissants verres à pied biseautés, en cristal de Venise, couleur rubis.

Bien vite, tous deux s'accordèrent sur la meilleure manière de se comprendre : lui parlait un français très pur, émaillé d'expressions romaines, ponctuant ses phrases de larges effets de manches. Elle répondait en mêlant à sa langue des mots de son enfance. Un parler « florentin », qui n'était pas d'usage à Rome, il le remarqua aussitôt.

— A voir l'élégance de votre robe, je croyais plutôt passer la soirée avec une Parisienne ! Vous venez donc du nord de l'Italie ?

Avec la griserie du vin blanc, et la tiédeur de l'air, Léontine, contre ses résolutions les plus fermes, s'entendit éclater de rire de bon cœur.

— Navrée, je n'ai jamais mis un pied à Paris, à mon grand désespoir ! Et mes souvenirs génois sont bien lointains...

— Vous faites illusion dans les deux cas, *cara signora* !

— Trop aimable...

C'était si bon et si facile de renouer avec cette légèreté oubliée, ce badinage sans conséquence. Depuis combien de temps n'avait-elle pas goûté à cela ? Près de quatre mois qu'elle vivait sous la surveillance de sa belle-mère, et plusieurs semaines qu'elle voyageait, avec la gentille Elina pour seule compagnie, les deux femmes se gardant prudemment des yeux étrangers.

Léontine ne résista pas au plaisir oublié d'affiner ses traits d'esprit, de jouer de la connivence des mots. Surtout, sans se l'avouer, elle retrouvait le trouble délicieux de sentir un regard masculin posé sur elle, l'envelopper, la caresser. Et elle se laissait aller à goûter ce regard, même à le provoquer.

On apportait un assortiment de petits gâteaux fourrés, disposés sur une assiette de vermeil.

— *Dolci !* Des douceurs, du nord au sud de l'Italie. En désirez-vous ?

Léontine réprima un sourire joyeux ; et serra les lèvres : elle savait bien qu'elle laissait cette conversation sucrée s'égarer très loin de son sujet. Il fallait se décider à y retourner.

— Alors, qu'avez-vous donc contre les zouaves ?

— Contre les zouaves, *cara signora*, je n'ai rien ! S'ils voulaient bien cesser de se mêler des affaires de mon pays, auxquelles ils ne comprennent rien, et rentrer chez eux.

— Ils sont là pour défendre le pape, injustement attaqué…

Voilà qu'elle s'entendait reprendre elle-même les phrases tant et tant rabâchées à Bramefons. Léontine s'arrêta net, en en prenant conscience.

D'autant qu'elle était en Italie, et l'invitée de cet homme.

Le Romain passa la main dans ses cheveux si noirs, comme pour se décider lui aussi à changer le registre de leur dialogue, et reprit un délicieux petit gâteau avant d'attaquer :

— Depuis les événements de 1848, que vous avez connus aussi en France, l'Italie aspire à son unité, et à un gouvernement moderne. Victor-Emmanuel II, prince de Savoie, et roi de Piémont-Sardaigne, représente une chance historique d'y accéder. Les provinces du Nord sont déjà rassemblées sous son égide ; et celles du Sud se sont ralliées à lui, depuis la fin du royaume de Naples. C'est le même mouvement historique qui unit les Etats allemands sous l'autorité de la Prusse. Seule la papauté s'y oppose encore.

— Vous êtes donc des ennemis de Pie IX ?

Il mit la main sur son cœur, dans un geste un peu mélodramatique ; ses dents très blanches luisaient dans l'obscurité.

— Madame, ma famille et moi-même sommes de bons catholiques, depuis la nuit des temps ! Les grandes familles romaines, auxquelles j'ai l'honneur d'appartenir, ont donné à la chrétienté la plupart de ses souverains. Mais nous croyons qu'il faut maintenant un véritable Etat, fort et moderne, pour sortir l'Italie de sa misère. Ce n'est pas une affaire de foi, voyez-vous, ni de fidélité au pape, mais seulement de politique. Une théocratie peut-elle encore gouverner aujourd'hui ? Faut-il au chef spirituel de l'Eglise un territoire, une armée, des finances, que sais-je encore... ? Seule la diplomatie pourra résoudre la question romaine, avec la protection légitime des grandes puissances.

— Et comment faudrait-il s'y prendre ?

Sa question avait jailli, gaiement.

Si l'on comptait désormais sur la diplomatie, alors Arthur reviendrait vers elle...

A cause de son regard passionné, l'homme prit la peine d'expliquer la complexité des choses, cherchant les mots justes de la langue française.

— Pie IX est un homme pieux et débonnaire. Mais il est incapable d'autorité, et sans ligne politique claire. Il y a vingt ans, c'était un libéral, élu pour ses idées nouvelles. Puis il y a eu des troubles, et il a pris peur. Désormais, il refuse toute évolution. Tandis que nous allons à la dérive : la police est inefficace, l'absence d'impôts grève le développement économique, le tiers de la population romaine vit de mendicité, notre capitale se délabre... Il faut en finir avec le gouvernement des prêtres, et laisser l'administration aux hommes du siècle !

Les flambeaux allumés sur la terrasse jetaient des lueurs changeantes sur leurs deux visages également sérieux, tendus par leur conversation. Il n'était plus question de badinage.

— Vos amis, les zouaves pontificaux, sont l'incarnation d'une politique que justement nous combattons : la résistance du Saint-Siège en face des irrésistibles aspirations du peuple italien. Jusqu'à verser le sang pour la défense de la souveraineté temporelle. *Pio Nono*, Pie IX pour vous les Français, est prisonnier d'une faction intransigeante et belliqueuse.

Le vocabulaire était précis, les idées aiguisées. Il marqua une pause.

— Les catholiques français, pourtant...

— Une certaine opinion catholique, en effet, glorifie les soldats du pape comme de nouveaux croisés ! Mais ils confondent leurs intérêts avec ceux du souverain pontife et de ses Etats. Ils œuvrent avant tout pour le rétablissement en Europe d'un principe monarchique absolu, dont les peuples ne veulent plus. Reconnaissez-le : ce sont des adorateurs impénitents du drapeau fleurdelisé des Bourbons ! Pour la presse italienne, ils sont plutôt des mercenaires apatrides...

— Pourtant, il y a bien des Italiens à la cour du pape, qui sont les défenseurs du pouvoir temporel ?

— *Certo !*

La langue italienne lui revenait à la bouche, tandis qu'il continuait, guidé par l'intérêt dans les prunelles de sa jolie invitée. En général, ce n'était pas avec de tels discours qu'il séduisait les dames !

— Depuis dix ans, chacun a choisi son camp. Les libéraux, menés par les princes Doria, Colonna, Pallavicini... et votre serviteur, désirent le triomphe de Victor-Emmanuel, avec Rome pour capitale, dans le prolongement de notre ancien empire. La société noire, conservatrice, que nous appelons aussi « papaline », ne voudrait rien changer, et s'enfonce doucement dans la décadence. Dans certaines familles, les anciens restent noirs, tandis que les jeunes, formés à Turin ou à Florence, sont devenus libéraux, « blancs », comme nous disons. Mais cela, à mon sens, n'est plus qu'une affaire de temps : l'unité italienne est inéluctable. Nous combattons à dix contre un, le peuple est avec nous, et nous sommes décidés à aller jusqu'au bout...

Il y avait de la menace dans cette dernière phrase. Léontine avait posé son verre, et renversé son opinion : elle pensait aux dangers que courait son mari, à un contre dix. C'est donc une question presque enfantine qu'elle formula :

— Les soldats du pape ne sont pas très forts ?

La chemise blanche restait seule visible dans la nuit, avec les reflets des flammes dans les yeux du marquis.

— Quand ont-ils combattu, *cara signora* ? Où ont-ils montré leur valeur ? Si ce n'est peut-être à Mentana, une demi-victoire de la *furia francese* ? Certes, on peut leur reconnaître du courage, et de la conviction. Mais leur rôle militaire est fort peu significatif : il y a pléthore de jeunes volontaires sans formation, mêlés à des mercenaires d'Afrique du Nord attirés par toutes les aventures. Quelques officiers de valeur aussi, je vous le concède. Cela relève surtout de la gesticulation diplomatique : ces appels au secours, ce recrutement de volontaires à travers l'Europe... Les familles viennent en visite à Rome, sont reçues en audience, émues de la bonté du vieux pontife. Les mères en ressortent persuadées que leurs fils sont indispensables, et ont déjà gagné leur paradis. Quant au corps expéditionnaire, avec la guerre franco-prussienne...

Léontine releva brusquement la tête.

— La guerre franco-prussienne ?

— Ne savez-vous pas qu'à la fin du mois de juillet l'empereur des Français a déclaré la guerre à la Prusse ? Et qu'il se trouve en fort mauvaise posture ?

Elle murmura, en pensant au dernier déjeuner de Champcevial, et aux prédictions de monsieur Colliac :

— Mon père avait raison...

Elina et elle avaient donc passé la frontière juste avant le début des hostilités ; juste avant sa fermeture, sans doute.

Cette lettre qu'elle s'était promis d'écrire dès ce soir, pour rassurer ses parents, elle ne l'enverrait pas, pour ne pas ajouter à leur inquiétude.

— Que va-t-il se passer ici maintenant ?

L'un et l'autre étaient revenus d'instinct sur le terrain romain. La France apparaissait si lointaine...

— La bataille décisive approche, entre les Italiens et les Pontificaux. De chaque côté, les troupes se préparent...

— C'est pourquoi vous avez transformé votre palais en camp retranché ? Dont il est impossible de sortir, malgré tous les efforts de ma femme de chambre ?

L'homme rit, et se leva pour lui baiser la main, manière de prendre congé.

— J'espère, *signora*, avoir l'honneur de vous présenter bientôt moi-même les merveilles de Rome ; le jour où elle sera libérée, et en paix. Mais aujourd'hui c'est impossible : les camps s'affrontent, les étrangers se comportent comme chez eux, il y a des manifestations et des attentats chaque jour, et la police pontificale est incapable de maintenir l'ordre. Tout se sait : on vous a vue arriver piazza del Popolo, monter dans ma voiture. Je ne peux garantir votre sécurité en dehors de ces murs...

Et il planta ses yeux noirs dans les siens.

— Si vous décidiez de prendre contact avec les Pontificaux, je serais dans l'obligation de vous retirer ma protection. C'est la guerre, et à Rome, il faut choisir son camp...

Léontine botta en touche, avec son plus charmant sourire. Dans l'obscurité, elle mûrissait son plan :

— Croyez-vous cependant possible, *signor marchese*, vous qui êtes si bon chrétien, de m'obtenir une audience du pape ? Je serais tellement heureuse de pouvoir faire mes dévotions...

Elle pensait aux dernières lettres d'Arthur : « Nous sommes préposés à la garde rapprochée du pape... »

Il nota peut-être l'ironie de la question, et répondit avec un clin d'œil :

— Est-ce bien le moment ?

— *Caro marchese ?*

Elle jetait tout son charme dans la balance, habituée à obtenir des hommes ce qu'elle désirait.

— Je vous en prie, *prego...*

— *Cara signora, buona notte !*

D'un geste ample, il signifia aux deux laquais de moucher les flambeaux. Le décor de la loggia s'éteignit d'un coup, et il se retira après un dernier salut, ses bottes dansant sur le marbre. Le cœur de Léontine battait comme celui d'une première communiante.

15

Les absents ont toujours tort... dit-on !

Emile ZOLA, *Rome*

Bramefons, le 29 août 1870
Mon pauvre et cher enfant...

La baronne avait longuement réfléchi aux mots qu'elle devait tracer. Une fois terminée sa conférence du matin avec Léonie, à propos des menus de la journée, elle avait mené sa canne dans la bibliothèque, en priant qu'on ne la dérange point. La petite pièce, derrière les contrevents à demi fermés, gardait une fraîcheur relative. Depuis le 15 août, fête de Notre-Dame, on attendait en vain que l'orage éclate. Le tonnerre grondait chaque soir, énervant les gens et les bêtes, sans apporter de pluie. Papier, encre, plume, cire à cacheter, il fallait maintenant écrire...

C'est un devoir bien difficile qui m'échoit aujourd'hui. Et pourtant, je te dois la vérité, mon pauvre enfant... Comme si les dangers que tu braves courageusement à Rome ne suffisaient pas ! J'ai repoussé ce moment autant que j'ai pu. Hélas : les lettres que tu adresses avec une fidélité si conjugale à ton épouse s'empilent ici, à Bramefons, sans être jamais ouvertes.

En effet, Léontine a quitté le château voici deux mois, pour s'en retourner chez ses parents. Sans même m'en avertir. Un lundi, elle est partie déjeuner à Champcevial, comme à l'accoutumée, et n'en est jamais revenue. Il n'a pas été difficile de nous rendre compte que cette fuite avait été préparée : sa garde-robe était vide, ses papiers personnels – ainsi que nos bijoux de famille – disparus, vos appartements rangés comme si elle ne devait jamais y revenir.

T'en souviens-tu, ta mère t'avait prévenu de ne pas laisser une telle liberté à ton épouse ? Ces caprices d'enfant trop gâtée, cette jardinière, sa manie de vouloir la conduire seule, ce goût de la ville qu'elle avait nous vaudraient le pire, je le savais. Voilà où mène ta générosité envers elle, et une trop grande largeur de vues.

Pendant quelque temps, j'ai espéré que les Colliac auraient la politesse de me prévenir, et de me présenter leurs excuses. Il n'en a rien été. Sans doute ces gens n'ont-ils pas assez de finesse d'éducation ; ce n'est tout de même pas à moi de quémander des nouvelles, tu en conviendras ? Je n'ai donc pas donné signe de vie, et certainement ce silence indigné aura été compris.

Un tel événement m'a évidemment beaucoup secouée ; et mon cœur en est bien fatigué, avec des palpitations. Chaque jour je récite pour toi le rosaire, et je médite sur la signification de ces choses.

Sans doute avons-nous pris trop rapidement la décision de ton mariage ! En oubliant de considérer qu'il y avait peut-être de bonnes raisons à ce que cette jeune personne ait atteint son vingt-cinquième anniversaire sans être demandée... Vois-tu, ma longue expérience de la vie m'a appris que les alliances doivent être soigneusement assorties ; la plus infime différence de condition, et d'éducation, entre deux époux expose à des difficultés. C'est ce qui se passe aujourd'hui, alors que nous avons fait le possible pour accueillir cette jeune personne dans notre famille. Voilà ce que nous obtenons en retour !

Par discrétion, je n'ai pas voulu jusqu'ici aborder avec toi le sujet de la stérilité de votre union, au bout d'une année de mariage. Il est clair maintenant que Dieu n'a pas voulu la bénir. Moi-même, au printemps suivant mes épousailles, j'avais déjà donné un beau garçon à ton père...

Te voilà donc prévenu, pauvre et cher enfant. Je sais à quel point il te sera dur de te voir ainsi trahi par celle à qui tu avais offert ta foi et ton nom ; au moment même où tu lui donnais tous les motifs d'être fière de son époux.

Par cette lettre, je veux aussi t'inviter à la réflexion : ta femme s'est mise dans un grand tort en abandonnant le domicile conjugal, dans des circonstances particulièrement indélicates. Peut-être faut-il prendre acte de cette séparation et faire dès maintenant reconnaître une annulation par les autorités de notre sainte Eglise ? Tu es sans doute bien placé pour introduire une demande auprès de la cour de Rome.

Alors, relevé de ton engagement, il deviendrait possible à ton retour d'envisager l'avenir avec une autre jeune fille, plus conforme à nos vœux. Tu dois te rappeler toujours que ton devoir premier est d'assurer l'honneur et la continuation du nom que tu portes.

Il faut encore que je te donne des nouvelles de Bramefons, qui ne sont évidemment pas bonnes. J'ai dû demander à ta sœur Lucienne de venir s'installer ici en attendant ton retour, car je ne peux demeurer seule. Les petites sont donc là également, avec leur institutrice ; ce qui fait bien du dérangement au milieu de nos soucis. D'évidence, Kosak se languit de toi, et Cavallo n'est pas assez monté, même si Alcide lui donne tous ses soins.

Ta tante Laubarède se remet mal de son accouchement. L'enfant, une fille baptisée Guyonne, est née très petite, et le docteur ne se prononce pas sur son état : on lui conseille donc de ne pas trop s'y attacher. Cette enfant ne peut évidemment remplacer dans son cœur notre ange-martyr, ce pauvre Guyon. Tous les jours, nous offrons ce terrible malheur à Dieu pour qu'Il te préserve, et pour le salut de la Ville éternelle.

Prends bien soin de toi, mon cher enfant, réfléchis à ce que ta mère t'écrit, avec le souci de ton avenir et l'expérience d'une vie bien remplie. Tu me feras savoir ta position dès que possible. Et tu voudras bien veiller désormais à envoyer tes courriers à mon nom, de manière à ce que je puisse transmettre de tes nouvelles à notre parenté, qui en demande régulièrement. On dit que le Saint-Père est heureux d'offrir des chapelets bénis de sa main aux familles des zouaves morts à son service. Pourrais-tu m'en obtenir deux : l'un pour ta tante Jeanne, l'autre pour moi ?

Ta mère affectionnée,
Adélaïde, baronne du Breuilh

Elle leva la main après avoir tracé son paraphe, sur la longueur de la page. Puis hésita un instant et reprit la plume :

Post-scriptum :

Etant donné les circonstances, et ta position, il semblerait légitime que tu conserves la dot.

16

Rome, Rome ! la ville des papes, la Ville éternelle qui deux fois a conquis le monde...

Emile ZOLA, *Rome*

« Les dames sont astreintes au costume et à la mantille noire », disait le billet déposé à la porterie du palazzo Scarelli. Deux journées à peine étaient écoulées depuis qu'elles en avaient franchi le portail que déjà Elina avait surmonté ses préventions. Mêlant allègrement le langage universel des gestes avec son patois périgourdin, une langue d'oc guère éloignée du romanesco, elle s'était fait de précieuses relations parmi les domestiques.

C'est donc à elle qu'avait été confiée, à l'intention de sa maîtresse, l'enveloppe frappée des clés de saint Pierre qui avait été déposée à la porterie.

— La portière s'appelle Maria-Maddalena. Té, ce n'est pas difficile à comprendre, c'est le même mot, prononcé différemment, en appuyant sur la fin : *porti-e-ra* !

Madame Champcevial était donc conviée à l'audience générale du souverain pontife, qui se tenait le lendemain dans les salons du palais pontifical, au Vatican.

— Donc, Maria-Maddalena m'a bien expliqué : voici une corbeille...

Avec une mine gourmande, Elina souleva le linge blanc qui la recouvrait.

— Des camées et des chapelets à faire bénir par le pape, et à distribuer ensuite dans la maisonnée. Elle en a ajouté un spécialement pour moi : celui-ci, de nacre grise, ravissant... Bon, je m'en vais vous préparer votre toilette ? Les costumes clairs et les chapeaux sont proscrits, m'a-t-on dit. Que pensez-vous de votre robe noire, avec une petite tournure, celle que vous portiez pour le service funèbre de Guyon ? Avec vos bijoux, tout de même !

Elina était prête à faire plier l'étiquette selon ses vues.

— Tout ce que tu décideras...

Pour l'événement, précisa encore la servante, une calèche fermée, une *carrozza*, serait mise à la disposition de madame Champcevial. Le cocher l'attendrait dans la cour d'honneur, dès sept heures le matin, à cause de la terrible circulation dans le quartier du Borgo les jours d'audience.

Ainsi fut fait, sans que Léontine puisse remercier le marquis, qui demeurait invisible. Et sa porte défendue par une troupe d'hommes au regard farouche, établis dans la cour principale, filtrant l'allée et venue incessante de visiteurs, à cheval et en voiture.

Ce jour-là, elle s'était levée avant l'aurore ; heureuse, tellement heureuse, comme pour un rendez-vous d'amour.

Même la guerre en France était presque oubliée : son combat à elle se déroulait ici. En chantonnant, elle laissa sa femme de chambre ajuster soigneusement la mantille sur un chignon des grandes occasions.

— Voilà !

Sous cette dentelle noire, la finesse de ses traits, son cou gracile, ses yeux mauves enamourés lui donnaient des airs de madone. Elina se recula, ravie de son œuvre.

— Quand Monsieur verra Madame, il sera plus charmé encore qu'au temps de Bramefons ! Vous me raconterez, n'est-ce pas ?

La brave fille, après avoir accompagné partout sa maîtresse durant ces longues semaines de voyage, devait maintenant rester en arrière, et s'efforçait de faire contre mauvaise fortune bon cœur.

— Promis !

La ville aussi s'offrait à Léontine, pour sa première visite, dans une lumière rose et bleu de petit matin. Passé le Corso, le cocher avait pris à vive allure un lacis de ruelles sales, trouées de places grandioses et délabrées. Au son des cloches et de l'eau frémissante des fontaines, la cité se réveillait. Cahotée sous la capote, retenant des deux mains le précieux petit corbeillon qu'on lui avait confié, elle avait tiré les rideaux de la calèche, et écarquillait les yeux. Rome !

— Via dei Coronari, indiqua l'homme de son fouet, quand on déboucha sur une rue longue et droite.

Le cheval l'aborda au trot, au milieu des pèlerins, des mendiants, des vendeurs de reliques. Aux encoignures des maisons, des femmes aussi, agenouillées devant les *madonelle*, ces petites statuettes de Marie peintes au creux de leurs niches, et honorées par les flammèches tremblantes des lanternes.

— Oh, mon Dieu, faites que je le retrouve ! priait Léontine elle aussi, dans le fracas de la voiture.

On atteignit la rive du Tibre face au fort Saint-Ange, qu'elle reconnut au premier coup d'œil, grâce aux gravures du petit salon de Bramefons. C'était la prison où, depuis des siècles, on enfermait les ennemis du pape. Tour massive, murs nus et briques talées par le soleil, brrr... Le pont était gardé par les célèbres anges de pierre, qui lui semblèrent également familiers, et bienveillants.

Puis la voiture ralentit, prise dans les encombrements du *borgo* du Vatican. Léontine sentait, sous le satin et la dentelle noire, son cœur battre la chamade : cette fois-ci, elle était vraiment au cœur de la Ville éternelle, elle respirait le même air que son mari, entendait le même brouhaha de cris, de sabots et de roulements. Tant d'efforts, tant de volonté, tant d'angoisses aussi ne pouvaient qu'aboutir.

A la fenêtre, avec une attention forcenée, elle guettait les uniformes. Cherchant à distinguer parmi eux celui qu'elle se représentait sans l'avoir jamais vu, autrement que sur la photographie d'un garçon de dix-sept ans, mort sans avoir combattu. Répétant doucement pour elle-même : « Courte veste bleu clair, passementeries noires ; képi à la française, bandeau rouge et visière carrée... »

Dans la marée humaine que le cheval ouvrait à la force du fouet, elle s'attachait à chaque détail, à chaque personne : des femmes à coiffe blanche et tabliers colorés, des enfants mal vêtus, semblables à ceux des villages périgourdins, une vieille mendiante cassée en deux sur sa canne ; plus loin un barbier opérant en plein air, des gendarmes au baudrier croisé sur la poitrine, un âne miteux ployant sous son bât, une petite fleuriste proposant des bouquets. Tout ce monde de joyeuse humeur, s'interpellant et commerçant.

Où étaient donc les bruits de guerre, les menaces des révolutionnaires agitées par le marquis, dans cette foule de bon aloi ?

Les murailles du Vatican apparurent, hautes et lourdes. L'escouade de dragons pontificaux qui leur barrait la route lui fit changer d'avis : des regards soupçonneux, aux aguets, sous les houppes de plumes noires.

Sur la foi de son invitation, la calèche fut pourtant autorisée à prendre la file qui se formait en direction de la porte de bronze. Les majestueuses colonnades de la place Saint-Pierre apparurent.

Plus de peuple, mais une multitude mouvante et chuchotante de chapeaux noirs, de képis, de mantilles, de cornettes et de bures religieuses ; tous munis comme elle, en plus du précieux sésame, d'autant de corbeilles, paniers, pochons.

Léontine, mue par une impulsion, prit la décision de renvoyer sa voiture. Fermement, elle indiqua au cocher, de sa main gantée, l'enseigne d'une auberge. Et y ajouta un sourire enjôleur, parce que l'homme protestait. Faute de mots, pour finir de le persuader, elle glissa dans sa main une de ces pièces de vingt baïoques qu'elle avait reçues contre une lettre de change, à l'entrée des Etats pontificaux. Il écarta un bras en signe d'impuissance, mais leva les rênes de l'autre, pour faire demi-tour, et s'en alla donner à boire à son cheval, sur la petite place attenante.

Et Léontine s'immergea dans la foule, pour arriver au plus près de la porte monumentale. Elle était close encore. Des camériers du pape montaient la garde, en collerette tuyautée, pourpoint de satin noir, et toque à longue plume. Plus loin, une escouade de gardes suisses, dans leur costume Renaissance, jaune et bleu. Mais où étaient donc les zouaves pontificaux ?

Les lettres de Guyon et d'Arthur évoquaient si volontiers leur proximité avec le pape que Léontine s'était imaginé qu'ils étaient seuls à l'entourer. Et qu'au premier coup d'œil, entre tous, se distinguerait parmi eux la haute stature de son mari. Elle avait vu Rome à la taille de Périgueux, où, pour peu que l'on emprunte une des rues principales à l'heure du marché, l'on croisait toujours une personne de connaissance. Et voilà qu'elle se trouvait face à cette foule étrangère et solennelle, à ce portail aveugle, à cette colonnade montant jusqu'au ciel ; et à sa solitude...

Par-dessus cela, les démonstrations du marquis, la veille, en éclairant la réalité de facettes si différentes, avaient creusé en elle le doute qui la taraudait déjà. Question de politique, disait-il, et non pas de foi...

Enfin vint le moment où les battants de bronze tournèrent sur leurs gonds. Et le monde s'engouffra, chacun décidé à passer le plus rapidement possible devant les gardes, pour monter l'escalier d'honneur, volée de marches majestueuses, vers l'étage noble, où se donnait l'audience. Léontine suivit le mouvement, un peu gênée par son élégante tournure, agrippant ses jupons d'une main, son précieux panier de l'autre ; croyant qu'elle serait mieux placée en arrivant dans les premiers.

Mais les places étaient assignées autour de trois immenses salons, tout de stucs, de marbres et de tableaux, et chacun voyait parfaitement, n'ayant personne devant soi.

Une heure d'attente passa, que la prétendue madame Champcevial, exaltée, ne vit pas s'écouler. Après la ville misérable, ces lieux signifiaient la puissance, la majesté, l'histoire.

Devant elle, c'était un défilé permanent de dignitaires, l'air affairé, foulant les marqueteries de marbre lustrées par la lumière : des prélats, chanoines, des moines à la coule blanche, ou brune, ou noire ; des chevaliers de l'ordre souverain de Malte, grande croix sur la poitrine, qui semblaient converser en français. Si elle n'avait eu peur de perdre sa place, Léontine aurait voulu courir derrière, pour profiter de leur science des lieux, et poser la question qui lui brûlait les lèvres.

— *La Principessa !*

Cela au moins, elle le comprit. Un murmure se répandit, alors que passait, saluant de son éventail, une grande femme au profil de patricienne romaine, avec un teint admirable, et des cheveux brillants sous les flots de dentelle de la mantille. D'autres dames suivaient, à distance respectueuse. Et en écho :

— *Contessina Zarrompi...*

Un pincement de jalousie la traversa : si Arthur côtoyait cette société-là, comment ne tomberait-il pas sous de tels charmes ?

Vers midi, un coup de canon retentit depuis le fort Saint-Ange. Un long frémissement courut à travers l'assistance. Puis d'un coup le silence, et les lourdes portières se soulevèrent, tandis que les soldats présentaient les armes. Apparurent les gardes-nobles, casqués, l'épée au poing. Léontine, tendue, se dressa sur la pointe des pieds : à tout moment, elle s'attendait à voir apparaître du bleu, du gris, des zouaves, son mari.

La cour pontificale !

Deux par deux entrèrent les prélats camériers, annoncés par des chuchotements : le maître de l'antichambre, le préfet des cérémonies, en grands habits de protonotaires apostoliques. Aux costumes violets des *monsignori* succéda le rouge vermillon des cardinaux, avec leurs grands chapeaux plats : ils étaient réunis là pour le concile. Enfin tous et toutes tombèrent à genoux, pendant que s'agitaient les grands éventails de plumes d'autruche : le pape lui-même, en camail rouge bordé d'hermine, avec sa tiare.

Pie IX, vieillard bonhomme et rond, faisait le tour des salons, s'arrêtait un instant devant chacun, bénissait, donnait sa bague d'améthyste à baiser, disait parfois un mot. Lorsque le souverain pontife parvint à la hauteur de Léontine, celle-ci était baignée de larmes, et ne put que tendre sa corbeille à deux mains, l'air suppliant. Longuement, il posa sa main sur la tête de la jeune femme, en disant « *figlia mia, figlia mia* », puis bénit les objets de piété.

Cela avait duré moins de deux minutes ; le cortège poursuivait son chemin, et Léontine, les yeux baissés, pleurait en répétant :

— *Amore, amore mio.*

La procession prit fin, les draperies et la musique retombèrent. Tant de chagrin, au milieu de cette foule joyeuse, assurée…

Depuis le trône doré situé au fond des salons résonnaient des paroles en latin :

— *Oremus*, prions…

Certaines personnes d'importance, sous la direction des gardes-nobles, faisaient mouvement, pour aller embrasser la mule de velours du pape. L'audience était terminée.

Il se fit un mouvement de reflux, dans lequel la jeune femme se laissa emporter, jusqu'en bas des marches, et jusqu'à la plage de lumière dessinée entre les colonnes, la place Saint-Pierre. Obligés d'aller au rythme de la foule, ses pas la portèrent au pied de l'obélisque, et elle échoua là, pendant que l'on se dispersait autour d'elle.

Arthur était invisible, l'évidence lui vrillait le cœur. Mais où se trouvait-il donc ?

Le soleil à son zénith chauffait les pavés carrés comme dans un four. Un sentiment de vide incommensurable l'envahit. Et maintenant que faire, où chercher, dans cette foule indifférente ?

— *Signora ! Signora !*

Le cocher du palais Scarelli faisait de grands gestes, soulagé d'avoir retrouvé sa passagère.

Il était donc toujours là ? Cela ressemblait bien à une surveillance, ou au moins à une garde rapprochée.

Voilà quelque chose au moins contre lequel elle pouvait se battre. Alors, madame Champcevial oublia son angoisse. Et expliqua, avec force gestes pour être bien comprise, qu'elle souhaitait visiter la basilique avant de rentrer.

— *Perfetto !*

Cela au moins n'était pas interdit. L'homme se posta aussitôt sur le parvis, bien planté sur ses deux jambes, avec une inaltérable bonne humeur.

D'un pas lent, prenant soudain conscience des lieux où elle se trouvait – la « cathédrale du monde », disait la tante Laubarède en commentant les tableautins de Bramefons –, elle pénétra dans l'immense église, à la suite d'un flot de pèlerins. Se retrouva dans la nef principale, dont les dimensions dépassaient ce qu'elle avait imaginé, leva la tête vers la voûte vertigineuse, se signa d'eau bénite prise dans une vasque de marbre rouge plus haute qu'elle.

Loin, très loin devant, dans l'abside, une trouée de lumière l'attirait : un vitrail, une colombe dorée par le soleil, autour de laquelle tout s'ordonnait. Elle s'avança vers le baldaquin central, dans une profusion de colonnes, statues, dorures, tableaux et tombeaux. La fraîcheur silencieuse, les odeurs d'encens et de cire la réconfortèrent.

« Prions », avait dit le pape… Et c'était cela dont elle avait besoin.

En Italie, elle le savait déjà, il n'y a pas de chaises dans les églises : les fidèles se tiennent debout, ou à genoux sur les pavements de marbre ajourés. Alors elle avisa une chapelle latérale, avec des bancs de bois semblables à ceux des petites églises romanes de la campagne française. Des femmes y étaient en prière.

— Mon Dieu, oh mon Dieu, où est-il ?

Toutes ses forces, tendues depuis des semaines vers ce moment des retrouvailles, s'écroulaient d'un coup, dans une plainte qui ne lui ressemblait pas.

Agenouillée, les mains jointes, Léontine suppliait, comme en une mélopée, à voix haute :

— Où est-il, mon Dieu ?

Jamais, même après la mort de Guyon, elle n'avait imaginé qu'il puisse arriver malheur à son prince charmant. Pour la première fois, elle doutait. En trois mois sans nouvelles, et pour cause, il avait pu se passer tant de choses.

Une de ses voisines s'approcha et, posant amicalement la main sur sa manche, murmura dans un français parfait, hormis un léger accent chantant :

— Voulez-vous que nous récitions ensemble un chapelet, aux intentions qui vous sont chères ?

La jeune femme releva les yeux. C'était l'une des dames qui une heure auparavant se trouvaient avec elle dans les appartements du pape. Avec son élégante mantille de cérémonie, la dentelle abaissée sur ses yeux et ses boucles.

Elles égrenèrent ensemble : « Ave Maria… »

Les mots familiers, la sérénité de celle qui les prononçait firent peu à peu leur effet sur Léontine.

— Amen ! acheva-t-elle plus fermement.

Puis la femme se releva, et fit mine de s'éclipser discrètement.

Mais c'était la Providence qui la lui envoyait !

Léontine, après un dernier signe de croix, la suivit vers la sortie, dans le silence qui convient aux églises, et de ce pas dansant qu'on y emploie, pour éviter de faire trop résonner ses pas sous les voûtes.

Elles étaient arrivées dans le narthex, haut vestibule à l'air libre qui précède l'église. La place Saint-Pierre y réfléchissait la chaleur vibrante de ce début d'après-midi de septembre.

— Puis-je vous demander un service ?

— *Prego !* Si je puis vous être utile, ce serait avec joie...

— Peut-être connaissez-vous les Français de Rome ?

— *Si !*

Comme le marquis, elle mêlait étroitement les deux langues cousines.

— Et les zouaves pontificaux ?

— *Certo !* L'un de leurs aumôniers était justement là il y a un instant, à côté de nous, dans la chapelle Sainte-Pétronille, qui est dédiée à la France.

Le cocher, en faction sur le parvis, s'approchait déjà. Il était à moins de trois pas, écoutant la conversation. Pourquoi l'espionnait-il ainsi ?

— Je souhaiterais beaucoup rencontrer l'un d'eux...

— S'il est à Rome, rien de plus facile ; à qui ai-je l'honneur ? *Signora... ?*

— *Signora...* Champcevial.

— Où peut-on vous trouver ? *Dove ?*

Léontine hésita un instant, moins d'une seconde.

— Palazzo Scarelli ! tonitrua le cocher à sa place.

La femme se figea instantanément, salua aussi poliment que froidement, et s'éloigna. Léontine eut le sentiment que cette adresse représentait pour elle une injure, ou un danger imminent.

C'était bien la guerre en effet, entre les « papalins » et les « Italiens », et voilà qu'elle se retrouvait prise au milieu.

Ne restait plus qu'une chose à faire, même si elle avait le sentiment ainsi d'aller se constituer prisonnière : rentrer au palais, pour retrouver Elina. Pouvait-elle s'échapper, abandonner sa petite servante, avec tous leurs bagages ? Et pour aller où ?

Au retour, dans la voiture, alors qu'elle laissait vaguer son regard sur le Corso, une affiche placardée, mal imprimée d'encre noire bavante, lui sauta aux yeux :

« De tous ces beaux zouaves qui ont défilé si fièrement, dans quelques jours il n'en restera pas un… »

Léontine frémit : son hôte avait raison au moins sur ce point ; les zouaves n'étaient pas bienvenus en ville.

Alors qu'elle tentait de lire la suite, le cheval partit au galop, dans un brusque écart. Le cocher ne fit rien pour le retenir, au contraire.

— *Vaï, vaï !*

Sur la gauche du Corso, qu'ils remontèrent ainsi à vive allure, on entendait distinctement des claquements de coups de feu. Le calme ne se fit qu'après avoir quitté les alentours de la place de Venise. L'animal écumait encore, les yeux fous, quand le portail du palais s'ouvrit devant eux.

17

Il trouvait à l'air qu'il respirait un goût de fruit.

Emile ZOLA, *Rome*

Le vaguemestre pontifical apparut sur la crête, tirant sur le licou de son âne.

— Bravo !

Des képis volèrent dans les airs, et de tous les recoins du camp, sous les longs berceaux de feuillages, on accourut à sa rencontre. Il avait fallu à l'homme, avec son animal chargé, plusieurs heures de marche sous le soleil pour rejoindre le détachement. Celui-ci était cantonné dans le repli d'une montagnette, face à Viterbe, à la frontière des Etats pontificaux, entre Latium et Ombrie.

— *Vino ?* demanda en s'esclaffant un jeune zouave, qui ne semblait pas avoir plus de seize ans.

L'homme acquiesça, sortit de ses bâts une amphore bouchée à la cire, et remplie de liquide ambré.

— *Bravissimo !* reprirent en chœur et avec le même entrain les soldats, le sous-officier et l'officier.

Le cantinier s'engouffra dans sa tente, et en ressortit portant embrochés sur un bâton une collection de gobelets de fer-blanc.

— *Salute !*

Il se mit à servir à la cantonade, en commençant par le plus haut gradé, le lieutenant du Breuilh. Celui-ci n'était pas le dernier à apprécier un verre de vin, ni à attendre son courrier.

— *Salute ! Salute !*

On choqua joyeusement les timbales, en regardant l'horizon, où se dessinaient les montagnes violettes du Latium. Les trente garçons étaient ici parfaitement heureux. Et Arthur tout autant, loin de la politique et des escarmouches romaines.

A force de plaider sa cause, d'invoquer ses états de service dans l'armée d'Italie, il avait enfin reçu un ordre de mission pour Viterbe. Et rejoint le détachement qu'on lui confiait, en grand-garde sur la frontière : un groupe additionnant des paysans bretons et des fils de bonne famille, dont aucun n'avait plus de vingt ans ; avec un sous-officier aguerri, légionnaire venu d'Afrique du Nord répondant au nom d'Abdou. Tous fiers de se trouver affectés dans un poste avancé, et ne rêvant que d'en découdre.

Le lieutenant retrouvait ici avec bonheur l'atmosphère de ses campagnes passées : une vie au grand air, les nuits sur des paillasses de foin odorant, dans des huttes faites d'écorces entrelacées par des zouaves venus du Canada ; des veillées en chansons, les feux de camp se répondant de colline en colline. Sous la voûte constellée, les voix viriles résonnaient largement, pour éloigner à la fois les chacals, les brigands, et la nostalgie du pays :

« En avant ! Marchons,
zouaves du pape, à l'avant-garde,
En avant ! marchons,
le pape nous regarde, en avant bataillon !
Ah, si jamais l'Eglise
Fait appel à vos bras,
Gardez notre devise :
Le zouzou ne recule pas !
Répétons tous en chœur :
Perdre la vie, sauver l'honneur ! »

Arthur et ses hommes n'avaient pas encore vu le moindre brigand. Mais au bout d'une semaine, ils avaient l'air plus brigands que ceux-ci, avec leurs barbes broussailleuses, leurs mouchoirs blancs déployés sous les képis, contre le soleil brûlant, et leurs chaussants rustiques. Tous avaient adopté les chaussures du pays, larges morceaux de cuir retenus par des lanières en guise de semelle. Elles faisaient le pied sûr et léger, pour courir la montagne.

Arthur aimait commander, et appréciait d'être là le seul maître, en parfaite communion avec ses hommes. Les exercices, la théorie militaire, les corvées et les tours de garde n'occupaient qu'une partie de leurs journées. Pour le reste, chacun avait sa manière de tuer le temps, en espérant une hypothétique rencontre avec l'ennemi. On s'adonnait à la chasse au renard, et aussi aux alouettes, pour améliorer l'ordinaire ; on jouait de la flûte, ou aux cartes ; on s'essayait à la stratégie militaire, à partir des relevés de cartes géographiques. Et on allait le plus souvent possible au village chercher jolie compagnie, sous prétexte de s'exercer au romanesco.

A Capriolo, la bourgade en nid d'aigle où ils trouvaient leur ravitaillement, les zouaves étaient accueillis comme des libérateurs ; la présence de ces jeunes gens exubérants éloignait d'autant les garibaldiens.

« *Viva i zuavi !* »

Les garçons levaient haut leurs armes, pour répondre aux sourires généreux des jeunes filles du lieu. Les dimanches et jours de fêtes votives, ils enlaçaient aussi leurs tailles, pour leur enseigner les danses de chez eux, la bourrée auvergnate ou la gigue bretonne.

« Point d'illusions, maugréait pourtant Abdou, le vieux caporal de la légion d'Afrique, revenu de tout, les villageois festoient toujours avec les plus forts. Aujourd'hui, c'est nous... »

L'un des Français, un jeune Angevin dénommé Limeray, Théodore de son prénom, qui avait abandonné ses études à l'Ecole polytechnique pour s'engager, s'isolait durant des après-midi entières, avec son chevalet et ses couleurs. De ces expéditions dans la montagne, de cette observation aiguë, il tirait des tableaux qui traduisaient aussi finement les nuances des paysages que les expressions des soldats en campagne. Arthur admirait le talent, et plus encore la sensibilité du garçon. Un jour Limeray, touché par ses compliments, lui avait offert une aquarelle.

Le vaguemestre, une fois applaudi et rafraîchi, déposa son sac de toile devant le lieutenant. Instantanément, les rires étaient descendus d'un ton. On attendait la distribution des lettres, ces lettres trop rares en montagne, surtout depuis que les Piémontais arrêtaient les convois de chemin de fer, et déchargeaient les wagons pour y faire monter leurs troupes.

Les Français originaires des régions directement menacées par la Prusse attendaient avec inquiétude de savoir comment tournaient les événements. Et tous avaient de bonnes raisons d'espérer des nouvelles, de la part d'une mère, d'une sœur, d'une fiancée.

Arthur commença la distribution, solennellement, glissant de temps en temps une plaisanterie pour détendre l'atmosphère.

— Jeanblanc, une enveloppe bien lourde, ma foi ! Baillon, veinard, deux lettres d'un coup, et, tiens donc, de la même écriture ? Baumgartner, voici ! Et Limeray. Bourbon, un courrier de roi...

On s'esclaffa à la plaisanterie. Le cousin du prétendant au trône d'Espagne était parmi eux.

Le lieutenant ralentit encore en arrivant au fond du sac. Il y aurait toujours des déçus... Il portait la responsabilité du moral de sa troupe, et connaissait le poids de ces choses-là, pour en avoir souvent fait amèrement l'expérience lui-même...

Cette fois, il s'attribua à lui-même un pli, parti quelques jours auparavant de France. Un seul, cacheté aux armes des Breuilh, où il reconnut l'écriture de sa mère. Et rien d'autre.

— Rompez ! Pour ceux qui ont la chance d'avoir des mots doux à lire, vous pouvez disposer ! Quant aux autres, je propose de noyer notre chagrin dans un deuxième verre...

Glissant son courrier sans l'ouvrir dans les profondeurs de sa large ceinture rouge, il leva haut sa timbale de fer-blanc pour donner l'exemple. Il avait cette convivialité, cette chaleur humaine qui donnaient à ses hommes des raisons d'obéir.

— Lieutenant ?

— Oui ?

— Il y a aussi une dépêche du capitaine, à remettre en main propre...

Arthur arrêta net son geste. Instinctivement, il avait rectifié la position pour recevoir les ordres de son supérieur.

Il déchira l'enveloppe tendue par le vaguemestre. La réaction ne se fit pas attendre. D'une voix de stentor, il lança :

— Changement de programme, messieurs, rassemblement dans dix minutes !

Exclamations, froissements de papier, course à travers le camp. Les hommes avaient compris, à l'énergie du ton de leur chef, qu'il se passait quelque chose d'important.

Pendant que le vaguemestre, placidement, débarrassé de ses sacs et bouteilles, montait à califourchon sur son âne, pour s'en retourner dans la vallée.

Les garçons se mirent en rang, sous le regard d'Arthur, anticipant la nouvelle avec une excitation joyeuse.

— Message du capitaine : réunion de tous les détachements, au lieu-dit de Montiglione. Nous allons prêter main-forte à la seconde compagnie, qui y est stationnée. Il s'agit de déloger une bande de pillards installés depuis hier au couvent franciscain de la ville. Nous levons donc le camp ! Dans une demi-heure, en rang par deux, avec les paquetages. L'attaque aura lieu demain.

Au silence succédèrent les apartés des préparatifs.

— Depuis le temps que l'on attendait cela !

— Défendre un couvent, il n'y a pas de plus belle cause ! Ils violent les religieuses, incendient les églises...

— On va leur en mettre une belle, à ces maudits !

— Eh, eh ! Il se dit que, parmi les brigands, il y a des personnes du beau sexe, portant leur poignard à la jarretière...

Et les rires reprenaient.

Arthur, rentré dans sa hutte, donnait des ordres brefs à l'ordonnance.

— Vérifiez la graisse de fusil, les boîtes de cartouches... Et j'ai besoin de ma cantine, aussi !

En attendant son retour, il décacheta négligemment la lettre de sa mère. Puis la posa devant lui, à distance, comme un objet dangereux, et la parcourut de bout en bout. Immobile, les lèvres serrées, jusqu'à laisser tomber un mot étouffé :

— Léontine...

Deux garçons revenaient, agrippés aux poignées de la cantine militaire. Il se redressa pour les accueillir, fourrant trop brusquement les feuillets de papier dans sa ceinture.

A la minute dite, le détachement était prêt au départ, en tenue de campagne, sabre au côté, gourdes et musettes remplies.

Le lieutenant approuva d'un regard.

— Nous serons dans la vallée avant la nuit.

Le tambour ajusta son instrument de quelques coups de baguette, et tous entonnèrent l'hymne du régiment :

— « En avant ! marchons, zouaves du pape, à l'avant-garde... »

Les hommes abordaient la sente de montagne d'un bon pas régulier, mais le cœur moins léger qu'auparavant. La plupart n'étaient jamais allés au feu ; peut-être certains d'entre eux ne reviendraient-ils jamais au campement.

La chaleur et l'humidité pesaient ; l'orage éclata au débouché dans la vallée, en une pluie torrentielle qui emportait le chemin, brouillait les repères. Sous les capes gris fer, qui leur donnaient des airs de moines, les marcheurs peinaient sur le chemin glissant.

Tendu, plus brusque qu'à l'ordinaire, les yeux fixés sur sa carte, le lieutenant du Breuilh menait sa troupe à vive allure. Sans permettre de halte assez longue pour faire sécher les vêtements devant un feu de broussailles.

Deux fois de suite, ils rebroussèrent chemin, perdus dans l'obscurité et les rafales de pluie : c'est bien après la nuit qu'ils trouvèrent enfin le bivouac de la seconde compagnie. Celui-ci était établi dans le renfoncement d'une ancienne voie étrusque, creusée dans le tuf tendre, profonde et rectiligne. Seules étaient visibles les colonnes de fumée, montant dans le ciel après l'extinction des feux.

— Qui va là ?

— Armée du pape !

— Dieu vous bénisse...

La langue française retentissait dans la bouche des sentinelles, heureuses de voir arriver du renfort.

Fourbus, trempés, les hommes s'enroulèrent dans leur couverture humide pour dormir, à côté des camarades déjà étendus.

Le camp exhalait tous les bruits d'une armée en campagne : soupirs échappés des dormeurs, raclements des chaînes, piétinements des chevaux. Après la pluie, qui s'arrêta enfin au milieu de la nuit, montait encore l'odeur puissante des feuilles en décomposition sur le sol.

Arthur, dans le carré des officiers, ne s'endormit pas, malgré la fatigue. Il se répétait sans comprendre les mots écrits par sa mère, qui finissaient toujours par se résumer en une phrase : Léontine l'avait abandonné.

Cette évidence le laissait totalement démuni, désemparé, vidé de son énergie vitale ; sans même de colère à remâcher. Il lui semblait tout simplement impossible de vivre sans elle, qu'il avait pourtant quittée de son plein gré, et dont il était sans nouvelles depuis des mois. Car jour après jour, sans le dire ni à lui-même ni encore moins à elle, chacun des actes qu'il accomplissait se plaçait sous son regard, pour mériter la fierté et l'amour de sa femme.

Trois brèves sonneries de clairon réveillèrent les hommes, dans une grisaille nuageuse. Le lieutenant du Breuilh fut le premier au rassemblement, la nuque courbatue, la paume raidie de douleurs. Mécaniquement, il distribuait aux soldats des fusils Remington juste sortis de leurs caisses, qu'une grosse paroisse de Nantes venait d'offrir à la compagnie, et que le capitaine destinait à l'attaque.

La plupart des anciens en connaissaient la manœuvre : graissage et nettoyage, rechargement du barillet en cartouches métalliques. Mais pas ses jeunes recrues, s'inquiétait-il.

Déjà à son poste, le jeune aquarelliste contemplait, songeur, l'appareil de pierres taillées à l'abri duquel ils avaient dormi. Leurs regards se croisèrent.

— Rendez-vous compte, lieutenant, plus de deux mille ans avant nous, les Etrusques étaient là, construisant ces admirables ouvrages, sans doute pour défendre le même territoire.

Et il ajouta, le regard au loin :

— Les hommes meurent, les pierres demeurent...

Arthur répéta cette phrase qu'il n'avait d'abord pas écoutée, pris par ses propres pensées.

— Les hommes meurent, les pierres demeurent...

Puis il en mesura le sens, et s'inquiéta de la gravité du garçon. Etait-ce une prémonition de la part de cette âme si sensible ? Il se tut, faute de courage pour trouver un propos encourageant à lui offrir. Rien ne lui importait plus.

Un soleil embrumé se levait lentement. Et les hommes arrivaient l'un après l'autre, bouclant leur ceinturon, le regard un peu fixe. Deux jeunes porte-drapeaux déroulaient la hampe de bronze de la bannière pontificale, blanc et jaune, brodée d'or, derrière laquelle se rangerait le bataillon. Puis l'aumônier se montra, pour l'office du matin. Et le lieutenant Fournel, de la deuxième section, qui salua Arthur d'une bourrade affectueuse.

— Le capitaine nous attend après la messe, pour les ordres...

C'est alors que, venant du surplomb de la voie étrusque, des bruits se firent entendre, mélange reconnaissable entre tous de piétinements d'hommes et de cliquètements d'armes. D'un coup, tous se mirent en garde.

— Vive la république, à bas les prêtres, il n'y a plus d'enfer !

Au lieu d'être délogés, les révolutionnaires venaient sur leur terrain, pour attaquer les premiers.

En une fraction de seconde, le bruit envahit le camp : l'ennemi devait être à moins de cinquante mètres.

— En avant, zouaves, pour Pie IX, pour le pape-roi, pour la France, en avant !

Le cri d'Arthur avait jailli. En même temps qu'il ajustait son képi et tirait son sabre. Ses hommes étaient tous là, faisant rempart autour de lui.

Alors que les premières balles sifflaient, le prêtre ordonna :

— Vite, tout le monde à genoux ! Absolution générale...

— Amen !

Au pas de gymnastique, les zouaves menés par Arthur remontèrent la pente, pendant que les balles pleuvaient de tous les côtés. Ils atteignirent ensemble des meules à foin, derrière lesquelles ils se mirent en position.

A perte de vue, des vignes, un champ de mûriers, et des agneaux qui s'enfuyaient, affolés par le bruit de la mitraille. Devant eux, le couvent franciscain, avec son clocher découpé dans l'aurore.

La mousqueterie redoubla des deux côtés. Un jeune zouave hollandais s'écroula, la poitrine transpercée. Cela décupla la rage des garçons menés par le lieutenant. Ils avançaient, de meule en meule, tandis que les autres ne reculaient pas. On allait en venir au corps à corps, pour vaincre ou mourir.

Le capitaine, qui observait à la jumelle le déroulement des opérations, fit alors ordonner le repli. Il était soucieux de protéger la vie de ses hommes, et l'objectif ne valait pas un tel risque.

— Il est devenu fou, ou désespéré… gronda l'officier, l'œil fixé à sa lunette.

Alors même que le clairon sonnait la retraite, le lieutenant du Breuilh s'était, dans un geste insensé, élancé en avant, à découvert, le sabre en avant.

— Non, lieutenant, non !

Abdou le légionnaire suppliait, la voix couverte par le roulement des pièces d'artillerie que l'on mettait en batterie, sur des chariots de bois tirés en avant par les hommes.

Son chef l'entendit, mais ne voulut pas reculer. Pourtant il n'avait aucune chance, et le savait. Sa main droite engourdie par l'humidité de la marche d'approche, la veille, ne répondait pas, ou si peu, à ses ordres. Les zouaves, eux, l'ignoraient, et se groupèrent autour de leur lieutenant, en sabreurs courageux. Quelqu'un tira pourtant en arrière le jeune prince de Bourbon.

Le choc fut impétueux, la mêlée confuse. L'aquarelliste céda le premier, et tomba à la renverse, bras en croix, les yeux ouverts vers le ciel.

C'est alors que les pièces d'artillerie, dont ils avaient ainsi protégé la montée, entrèrent enfin en action. Avec les nouveaux fusils Remington en appui. Un adjudant, visant avec une admirable justesse, renversa le drapeau flottant au vent sur le couvent. Tous les regards se portèrent vers le clocher. On vit alors distinctement apparaître à la porte un frère franciscain, le froc consumé par le feu.

Pendant ce temps, les garibaldiens avaient décroché. Et la mitraille se tut. Sous le soleil encore léger du matin, les flammes couraient autour du bâtiment. La bataille était finie.

A son tour, l'aumônier gravit la pente, penchant son surplis blanc devant chacun, ici pour extrémiser un mourant, là pour fermer les yeux d'un mort. Appelant une infirmière pour étancher une plaie, consolant un adjudant cireux, perdu dans son sang.

— Mistress Stone va venir vous chercher, mon brave...

Il n'y avait pas plus belle parole d'espoir. Mistress Stone était une forte femme dévouée à la cause, qui à la tête d'un petit groupe de courageuses Anglaises se tenait à l'arrière des champs de bataille. En vertu de la Convention de Genève, signée en 1864, après le désastre humain de Solferino, pour l'amélioration du sort des militaires blessés dans les armées en campagne, elles secouraient les hommes des deux camps en présence, visitant les blessés et traînant jusqu'aux ambulances ceux que l'on pouvait sauver, avant que la gangrène ne les achève.

18

Il vient toujours une minute où l'on succombe.

Emile ZOLA, *Rome*

Léontine ouvrit les yeux sur le plafond à caissons de cette immense chambre carrée, haute d'au moins six mètres, et les referma aussitôt, prise d'effroi. Les anges dorés qui couraient autour de la corniche semblaient l'observer, et la juger bien évidemment.

— *Mi chiamo Dario*, je m'appelle Darius.

En réponse à cet infime mouvement, lui, allongé à ses côtés, s'était dressé sur un coude, et la regardait. L'air autour d'eux était moite et sucré, et le silence total, en ce début d'après-midi assoupi. Un courant d'air, provoqué avec science par les fenêtres entrouvertes, faisait balancer les voiles du baldaquin, et face à elle, tinter les pampilles d'un imposant lustre de Venise.

Avec sa couronne de cheveux désordonnés, son torse glabre, ses muscles longs et saillants jouant sous la peau à chaque mouvement, il accusait une ressemblance étonnante avec les statues de marbre de son palais. Penché sur elle, d'un doigt précis et léger, il dessinait les contours du visage de la jeune femme. Le front, avec une mèche de cheveux collée à la tempe, le nez aquilin, la bouche, le cou long et gracile ; il repoussait le drap, caressait sa gorge. Avec cette précision qui l'avait fait succomber... Alors que très délicatement il atteignait la pointe de ses seins, elle avait crié.

— Mon Dieu, non, non, NON !

Le cri se propageait en écho à travers la pièce, jusqu'aux angelots du plafond. Effrayée, perdue, autant que torturée de désir encore, sa tête roulait sur le drap blanc.

L'homme s'était aussitôt écarté ; mais sa chaleur demeurait, la brûlant, la consumant. Il avait encore murmuré :

— *Amore, amore mio...*

A ce mot, Léontine avait éclaté en sanglots, les poings pressés sur ses yeux, jusqu'à se faire mal, pour ne surtout rien voir. Dario Scarelli se glissa hors du lit. Il n'était pas homme à forcer une femme, et encore moins à la supplier. Entre ses paupières, dans la lumière tamisée des voilages, elle vit sa silhouette un peu lourde se redresser, et disparaître.

Alors, les heures passant, elle avait pu reprendre ses esprits. Très lentement, les sanglots s'espacèrent, la panique céda. Les yeux toujours soigneusement clos, elle avait déroulé dans sa tête l'enchaînement des événements.

Elina, d'abord, qui sans le savoir l'avait poussée dans les bras de cet homme.

Elina, accourue au retour de l'audience générale du Vatican. Derrière sa maîtresse assise à la coiffeuse, la servante, qui ne perdait jamais de temps, retirait une à une les épingles du chignon de cérémonie, libérait les volutes de cheveux sur ses épaules.

Elina n'avait pas posé de questions sur le pape, avait à peine remercié pour le chapelet bénit, et affirmé péremptoirement :

« Madame, nous sommes sauvées !

— Que Dieu t'entende... »

Au moment de faire le bilan de sa propre journée, Léontine oubliait sa belle résolution de rester optimiste en toutes circonstances.

« Aurelia, la cousine de Maddalena, est venue en visite, aujourd'hui, à la porterie. Et j'étais invitée !

— Fort bien ?

— Aurelia est blanchisseuse, et travaille au palazzo Riccioli. Comme sa mère, sa tante, et sa grand-mère avant elles. La princesse Riccioli, à ce que j'ai compris, est une des reines de la société noire, par sa grâce et sa piété. Elle a plus d'influence sur les cardinaux, dit Aurelia, que tous nos bons prêtres réunis. Chaque après-midi, la princesse réunit des dames... »

Elina marqua une pause, prenant le temps de préparer son effet :

« ... pour faire de la charpie... »

Un éclat de rire lui répondit. Pour le coup la bonne humeur naturelle de Léontine lui revenait. Même si elle savait la petite servante trop fine mouche pour s'égarer dans des détails inutiles.

« Alors ?

— La charpie, ce sont des fils tirés à partir d'étoffes usagées, qui servent à faire des pansements.

— Je le sais, figure-toi, même si je brode moins bien que toi...

— Et ces pansements sont destinés au régiment des zouaves ! »

Elina était déçue : sa maîtresse ne manifesta pas l'enthousiasme attendu.

Pour celle-ci, ce n'était plus le tout d'approcher l'armée pontificale : les choses étaient devenues plus compliquées, depuis sa conversation sous les étoiles. Mais fallait-il le dire à Elina, qui déployait tant d'énergie pour l'aider ?

« Tu as compris cela, dans leur romanesco ? »

La servante sortit triomphalement sa botte secrète.

« Aurelia a accompagné la princesse à Paris, à la cour de notre empereur, pour s'occuper de son linge, et elle parle français aussi bien que moi le patois. Voilà pourquoi nous sommes sauvées, avec quelqu'un dans la place pour nous aider !

— Comment ferais-je sans toi ? »

Léontine était à la fois attendrie et admirative devant cette petite paysanne ronde, qui, sans avoir reçu aucune instruction, si loin de son pays, arrivait pourtant à ses fins.

« Ecoutez donc : cette Société des dames romaines, présidée par la princesse Doria et la duchesse Torlonia, appelle toutes les personnes de bonne volonté à les rejoindre, pour aider les soldats du pape. Il s'agit aussi bien d'organiser des concerts de bienfaisance, de préparer des pansements, que de servir dans les ambulances et les hôpitaux de l'armée. »

Elle reprit son souffle, et se planta devant sa maîtresse, pour gagner en persuasion.

« Il suffirait de vous présenter chez la princesse, l'après-midi, à quelques centaines de mètres d'ici. Elle s'entoure de dames bénévoles pour tenir compagnie aux blessés, et leur rendre tous les services possibles. En appui à une certaine Mistress Stone, qui se dévoue auprès des zouaves, et officie à l'hôpital du Saint-Esprit, sur l'autre rive du Tibre… »

Comme à Bramefons auparavant, devançant tout le monde, Elina avait déjà imaginé une stratégie : une fois sa maîtresse engagée comme dame infirmière, ou visiteuse, pour l'armée pontificale, ce dont elle ne doutait pas un instant, elles plieraient bagage.

La servante ne pouvait envisager de fuir en abandonnant les valises de cuir grainé, les robes et les chapeaux si bien entretenus.

« Nous pourrons alors nous installer enfin à l'hôtel de la Minerve, puisque c'est une adresse recommandable… »

Madame du Breuilh ne répondit rien. Elle doutait désormais des appuis qu'elle recherchait : son amour pour son mari demeurait intact, et sa résolution entière de le retrouver. Mais le combat qu'elle envisageait serait plus difficile encore, pour l'arracher à cette cause perdue d'avance, avant qu'il ne soit trop tard. Mais de cela, elle ne pouvait parler.

C'était donc Elina qui lui avait demandé de retourner voir le marquis.

« Maria-Maddalena dit que parmi les invités de son maître, vous avez droit à des égards très particuliers ; et que vous pourriez vous permettre de tout lui demander. Ce cocher qui vous a conduite aujourd'hui, par exemple, n'est guère occupé, car le marquis va à cheval le plus clair de son temps, à des rendez-vous mystérieux où il ne veut personne. S'il pouvait le mettre à notre disposition...

— Certainement pas ! »

Comme souvent, sa réponse avait franchi trop vite ses lèvres.

Léontine n'avait pas parlé de l'interdiction du marquis concernant les zouaves, puisqu'elle était décidée à ne pas y obéir. Elle rectifia donc :

« Cet homme reçoit ses ordres directement du marquis, et nous surveille. »

Le lendemain de l'audience, elle s'était donc installée longuement sous la loggia, avec pour prétexte un ouvrage chiffonné à la main ; pendant qu'Elina continuait à entretenir ses relations à la porterie.

A force d'observer, immobile, les allées et venues dans les jardins, entre les cours et les bassins, les galeries et les multiples portes dérobées, d'un bâtiment à l'autre, elle avait dû se rendre à l'évidence : des hommes en armes circulaient, qui ne les laisseraient pas aller bien loin, si elles tentaient de fuir. Mais le marquis lui-même demeurait invisible.

Attendre ainsi n'étant pas dans sa nature, Léontine, au bout de deux heures, s'aventura dans la bâtisse d'honneur, aisément reconnaissable à sa façade finement sculptée. Le vestibule en était grand, haut et sonore comme une église.

A peine avait-elle fait résonner quelques pas sur les marqueteries de marbre qu'un valet s'inclinait devant elle, barrant son chemin.

« *Il signor marchese ?* »

On l'avait introduite dans un grand salon, après lui en avoir fait traverser trois tout aussi imposants. Le plafond était peint à fresque, d'un ciel nuageux habité par les figures de la mythologie romaine. Le nez levé, elle reconnaissait la belle Vénus, Mercure le messager des dieux, Diane avec son arc, Mars le dieu de la Guerre, Vulcain empoignant son marteau... Cette peinture éclatait dans des pigments de bleus et de rouges profonds. Elle attendit.

« *Cara signora !* »

C'était le marquis, essoufflé et riant, tête nue, dans son éternelle chemise blanche, ses boucles noires moins ordonnées que dans son souvenir.

Léontine n'avait pu s'empêcher de répondre à son hilarité, pendant qu'il s'inclinait si cérémonieusement sur sa main.

Entre eux, décidément, tout apparaissait joyeux, facile.

Il avait repris ses deux mains, cette fois, et les avait baisées une fois, deux, trois, jusqu'au poignet. Elle avait laissé faire.

Ce qui en se remémorant cet instant la troublait, ou bien la désespérait, c'était ce frémissement sauvage qui l'avait alors parcourue, et qu'il avait évidemment saisi.

Un frémissement venu du fond d'elle-même, qui faisait trembler ses mains entre les siennes. Qui la poussait vers lui, vers son visage, son front plein, vers ses lèvres et le velours de ses yeux.

Léontine était honnête envers elle-même : non, il ne l'avait pas provoquée ; non, il n'avait pas agi contre son gré. Une force supérieure à sa volonté s'était emparée d'elle, pour la jeter vers lui. Une force sans doute refoulée depuis trop longtemps, depuis la disparition de son mari.

Il l'avait alors renversée dans ses bras. La portant devant lui comme une relique précieuse, avec sa robe balayant les chambranles. Et la conduisant ainsi jusqu'à une pièce voisine, sur un lit haut, large, immense, aux montants sculptés comme jamais elle n'en avait vu.

Ensuite... ses souvenirs étaient confus, ou plutôt faits seulement de sensations, si violentes qu'elles effaçaient le reste. L'odeur poivrée, les mains fortes et délicates le long des boutons de son caraco, leur manière à tous deux de rouler et s'enrouler dans la moiteur de cette après-midi-là. Cette jouissance oubliée ; décuplée, toute pareille et si différente. Il avait susurré, soupiré, crié dans son oreille, sa nuque, entre ses seins :

« *Amore, amore mio...* »

Et elle n'avait pas dit non.

Combien de temps cela avait-il duré ? La lumière déclinait. Elle était restée seule, le corps épuisé mais encore frémissant, après avoir enfin réussi à crier ce « Non » libérateur. Et pourtant elle se sentait abandonnée.

Léontine s'était alors obligée à penser à Arthur, pour se donner le courage d'échapper à l'envoûtement de cet homme : ce que son mari lui avait appris, ce qu'il avait éveillé en elle, tout cela lui appartenait, à lui. Et elle voulait le lui restituer.

Léontine referma les yeux, pressa ses paupières aussi fort que possible, dans l'espoir de fuir la réalité. Et s'endormit, avec la pensée qu'Elina, seule dans leur petit appartement, devait déjà s'inquiéter.

Quand elle avait rouvert les yeux, sans doute alertée par un pas, la nuit était tombée.

Dario Scarelli, dans une nouvelle chemise immaculée, au jabot de dentelle, les cheveux disciplinés, rentrait dans la chambre, portant lui-même un chandelier à six branches. Les flammes creusaient d'ombres son visage.

Sans un regard pour la forme du corps à peine voilée par le drap, il s'était assis à son chevet, cherchant le violet de ses yeux.

— Nous avons reçu des nouvelles de France. Napoléon III a capitulé à Sedan. Un gouvernement de Défense nationale est constitué, qui a proclamé la république, le 4 septembre...

C'était comme s'il ne s'était rien passé d'autre entre eux, et qu'ils reprenaient la discussion politique entamée sous la loggia, quelques jours auparavant.

Léontine laissa ces mots pénétrer dans son esprit, et jaugea leur poids. Pour Dario, qui proclamait son attachement à l'empereur des Français, cette chute était un deuil ; mais qui laissait le champ libre à ses amis libéraux, ici, en Italie. Et elle, dont la famille et la belle-famille avaient tant souhaité ce jour, que ressentait-elle ? Rien. Et elle choisit de ne pas aller sur ce terrain-là, en répétant la même question que sous la loggia :

— Que va-t-il se passer maintenant ?

— La marche sur Rome est commencée... répondit-il gravement, ajoutant : Victor-Emmanuel veut aller vite, car il sait la force du parti catholique en France. Cinq divisions sont massées aux frontières du Latium.

Il y avait de l'agitation dans sa voix ; l'heure n'était plus aux jeux amoureux. Quand il se leva, lui abandonnant le chandelier, elle comprit qu'il s'agissait d'une manière élégante de la laisser se retirer.

— Bien entendu, vous demeurez mon invitée ; quoi qu'il arrive, considérez cette maison comme la vôtre...

Léontine joua son va-tout :

— Je vous en sais gré, dans ces circonstances. Merci ! A une condition toutefois : que vous nous laissiez libres de sortir, ma servante et moi-même, sans espion à nos trousses.

Il fit un geste agacé de la main.

— Comme il vous plaira...

La jeune femme ne cillait pas, attendait mieux.

— Vous avez ma parole. Mais le danger va grandissant... *Cara signora*, mon valet va vous raccompagner jusqu'à vos appartements...

Le congé était signifié.

19

Ah, ces Français ! Ils se gâtent la vie à plaisir, avec leur amour des spectacles tristes.

Emile ZOLA, *Rome*

Mère Marie de l'Assomption avait son bureau établi derrière un paravent de toile bise, posé au coin de la longue salle. Laquelle s'étirait sur un étage de l'asile du Saint-Esprit, avec ses hautes fenêtres en berceau disposées le long du fleuve, sur trois architraves. Au pied de la colline du Janicule, dans le plus ancien hôpital de Rome, le pape Pie IX, sur ses propres deniers, avait fait ainsi aménager de nouvelles salles pour ses vaillants soldats. Là, à l'abri des rideaux blancs tirés sur le spectacle de la ville, plus de la moitié des blessés et des malades de l'armée pontificale venaient guérir, ou mourir.

Il régnait ce jour-là une chaleur sans air, et un silence fragile, troublé par les mouches bourdonnantes, la rumeur montant du Tibre ; et puis les soupirs, les gémissements, les rires, parfois un cri de cauchemar, provenant des étroits lits de fer.

Une converse napolitaine, tablier blanc croisé sur son habit, poussant sur les dalles un chariot de remèdes et de linges, s'activait silencieusement au chevet de ceux qu'on venait d'amener. Des soldats blessés à Montiglione, du côté de Viterbe. Il y avait eu là, la veille au matin, un accrochage sanglant, et ces hommes venaient de passer plus d'une journée sous la bâche surchauffée d'une ambulance cahotante.

Sur son registre d'entrée, mère Marie de l'Assomption récapitulait le drame : outre les sept morts sur place, trois hommes n'avaient pas survécu au voyage. On avait déjà dirigé leurs brancards vers l'église des Saxons, à proximité, où ils seraient veillés par la reine de Naples, fidèle visiteuse, et ses dames.

En revanche, pour les quatre qui étaient ici, déjà endormis d'épuisement, il semblait n'y avoir plus rien à craindre.

La sœur Annunciata les avait déshabillés et lavés. Ne restait plus qu'à brûler ce qui restait de leurs uniformes déchirés, raidis de sang, infestés de vermine.

Sous sa haute cornette amidonnée, mère Marie de l'Assomption prit le temps de réciter à mi-voix une prière, pour les défunts et pour ceux qui souffraient encore. Puis elle entreprit de classer le courrier, déposé sur sa table dans un sac avachi.

Il arrivait de toute l'Europe, bien souvent plusieurs mois après avoir été écrit, lorsque le vaguemestre, ne trouvant plus les destinataires dans les casernes ou les cantonnements, le rapportait ici.

A l'aide de son registre, la religieuse française classait les lettres : décédé, inconnu, en convalescence, déserteur...

Puis elle ouvrait les enveloppes des malades de sa salle : il était en effet sage de veiller à leur moral en filtrant les nouvelles, les émotions trop violentes, le mauvais esprit qui pouvait être contenu dans certaines missives.

« Ceux qui écrivent ne savent pas la gravité de l'état du destinataire, ni l'effet malencontreux que leurs paroles peuvent avoir sur des organismes affaiblis », expliquait cette femme d'expérience, de jugement et de discrétion, à l'intention des dames chargées de faire la lecture aux blessés.

On ne laissait donc passer que les phrases de réconfort, les prières, et les nouvelles familiales propres à favoriser la guérison. Elle-même se chargeait, avant la distribution, de parcourir les lettres en provenance de la France, son pays d'origine.

Une voix impérieuse chuchotait devant elle. C'était la princesse Riccioli, membre éminent de la Société des dames romaines, parfaitement polyglotte. Son frère était cardinal et son gendre engagé dans les dragons pontificaux.

— Ma mère, le courrier des nouveaux blessés ?

— Voici !

Elle jeta un œil pressé sur le paquet qu'on lui tendait.

— Ah, il y a quelque chose pour le lieutenant du Breuilh ! Tant mieux, car il a déjà demandé plusieurs fois son courrier, depuis son arrivée.

Puis réfléchissant :

— Il faudra quelqu'un pour lui en faire la lecture. Il est encore terriblement choqué, et ne serait pas en état de répondre lui-même. Je regrette bien de ne pouvoir le faire moi-même, car je suis attendue au couvent de la via Giusti. On manque décidément de monde ici, pour tout... Voyons ? Je vais faire demander cette jeune Française, madame Champcevial. Absolument charmante, en voyage d'agrément à Rome ; elle s'est présentée spontanément à l'ouvroir, dans l'espoir de rendre service à nos pauvres Français...

— Tt, tt, ttut, *signora* !

Mère Marie de l'Assomption regardait sévèrement son interlocutrice, un doigt levé et morigénateur pour appuyer l'interdiction :

— Laissez cela aux dames d'âge ! Le lieutenant du Breuilh est un homme marié, et nous devons préserver la vertu de nos soldats.

Il lui fallait décidément batailler ferme, pour défendre les militaires des assauts féminins, sous prétexte de sollicitude. C'était à croire que les révolutionnaires payaient des femmes de mauvaise vie, pour venir corrompre les soldats du pape !

— Rappelez-vous le mois passé, ce garçon de Nîmes, originaire d'une pieuse famille, qui, à peine arrivé, a mis une petite du Transtevere dans l'état intéressant que vous savez. Si vous n'avez personne d'autre pour le service du lieutenant du Breuilh, je m'en occuperai moi-même.

La princesse répondit de manière un peu sèche.

— Fort bien, ma mère ! Nous continuerons donc à employer madame Champcevial à préparer de la charpie, ce qu'elle fait déjà très bien. Et nous nous passerons d'elle au Saint-Esprit, alors que nous manquons de bonnes volontés...

Et elle ramassa le courrier, en abandonnant l'objet du litige sur la table.

Que cette Française s'en débrouille ! Malgré tout le respect dû à la religieuse, il lui était désagréable, dans sa position, de se voir dicter ce qu'elle avait à faire.

Mais elle ne résista pas au plaisir d'ajouter, en forme de leçon :

— Mistress Stone, qui a vu le lieutenant ensanglanté sur son brancard, appelant sa femme au secours, peut vous assurer que celle-ci ne court aucun danger d'être oubliée...

Mère Marie de l'Assomption la coupa net, en ouvrant la lettre :

— C'est madame sa mère qui écrit, je m'en vais juste y jeter un œil.

La princesse était déjà repartie.

Mon cher enfant,

Me voilà bien seule à Bramefons. Ta sœur est repartie pour Angoulême, ne pouvant paraît-il laisser son mari plus longtemps. Et l'institutrice de ses filles ne s'acclimatait pas à la campagne. Tout cela étant à leurs yeux bien plus important que ma santé !

Ce n'est pas une mauvaise chose au demeurant que leur départ, car ces petites filles sont très agitées, et Lucienne est parfois d'humeur bien maussade. Dieu sait pourtant si j'aurais besoin de consolations...

Tu auras appris sans doute la capitulation à Sedan : c'est une punition du ciel, pour tous les péchés de la France. Il est clair que notre pays subit dans ce moment l'expiation de ses erreurs politiques et religieuses. Plusieurs conscrits du village ont été rappelés sous les drapeaux, et l'on parle aussi de réquisitionner des chevaux. Je crains pour ton Cavallo...

Il me faut aussi te raconter une histoire peu ordinaire, à propos de ton chien.

Peu après la disparition de Léontine, qu'il suivait à la trace depuis ton départ, Kosak s'était lui aussi évanoui dans la nature. Je n'ai pas cru bon de t'en avertir, espérant toujours qu'il réapparaîtrait. Alcide, crois-moi, a tenté toutes les battues possibles pour le retrouver.

Et puis voilà que je reçois une visite des Colliac, sans prévenir, et sans invitation. Ils ramenaient ce pauvre animal, qu'ils ont vu arriver chez eux, épuisé et affamé, avec plus de dix lieues dans les pattes. Ils souhaitaient aussi, m'ont-ils annoncé, prendre des nouvelles de leur fille, qu'ils n'ont pas vue depuis la fin du mois de juin. Tu imagines comme nous sommes tous tombés des nues ! Alors que j'attendais d'eux la même chose !

Nous nous sommes expliqués les uns les autres : Léontine s'est fort mal conduite également avec eux, et ces malheureux parents sont morts d'inquiétude. Voilà le résultat d'une éducation trop laxiste. Ce qui est un comble, c'est que cette jeune personne prétendait être retenue à Bramefons par ma faute ! Personne ne sait donc où elle se trouve. Cependant ses avoirs en banque ayant été retirés, à ce que me dit son père, cette fuite honteuse était préméditée et organisée.

Je ne veux pas en dire plus sur ce sujet : tu connais ma position, elle n'a pas changé.

Pour couronner tout cela, Rougerie prétend que nous avons fait cette année la moitié de notre précédente récolte, à cause de la sécheresse. Quand on en viendra aux comptes à demi, à la Saint-Michel, il ne restera pas grand-chose. Puisses-tu être revenu alors, pour défendre nos intérêts !

Chez les Laubarède, la petite Guyonne, au moins, survit. Jeanne, elle, se remet péniblement de cette naissance, ainsi que de son deuil. Ton oncle Laubarède a bien travaillé pour la cause : le comité de Périgueux pour la défense du patrimoine de Saint-Pierre vient de réunir les fonds pour l'acquisition de cinquante fusils. Peut-être Gaston aura-t-il le bonheur d'entreprendre le voyage pour les apporter lui-même ?

Mère Marie de l'Assomption releva la tête.

— Que voilà une pieuse et brave femme ! Mais ces nouvelles ne sont pas gaies : une disparition, des récoltes décevantes, des soucis de santé et des deuils... Ce n'est peut-être pas le moment d'encombrer l'esprit de notre malade avec cela !

20

Et si, comme ses ennemis le prétendent, le catholicisme est frappé à mort, il doit mourir debout.

Emile ZOLA, *Rome*

— Messieurs, c'est donc la fin de l'empire ?

Un lourd silence se fit, coupé de trilles d'oiseaux, brefs et aigus.

Cette après-midi-là, le jardin d'agrément était réservé au lieutenant du Breuilh, et à ses invités.

« Nous lui devons bien cela, et peut-être sauront-ils le sortir de sa mélancolie… »

C'était un havre de verdure et de beauté que ce jardin caché au cœur du tumultueux Borgo, à un jet de pierres de la chapelle Sixtine. Quelques orangers, des buis odorants, trois petites arcades de brique coiffées de tuiles rondes pour donner de l'ombre, le tout enchâssé entre le chevet de l'hôpital et les murs d'un couvent de capucins. Dans la douce lumière de l'automne romain, les fruits joufflus arrivaient juste à maturité ; de temps en temps, l'un d'entre eux s'écrasait au sol, avec un bruit sourd, écartant un instant seulement les oiseaux de leurs rondes. Pour le convalescent, une chaise longue d'osier, et des bancs pour ses visiteurs. Ceux-là, aujourd'hui, avaient apporté en réconfort des bouteilles de vin de Chianti. Et la sœur converse disposait les verres.

Arthur, confortablement installé, le bras en écharpe, écoutait ses amis romains détailler les événements survenus au début de ce mois de septembre 1870, qu'il avait passé dans la montagne, loin des dépêches, et des rumeurs de la Ville éternelle.

En dehors de sa main droite, lacérée jusqu'au poignet, plus abîmée encore qu'auparavant, il n'avait rien de grave. Des égratignures dues aux éclats de mitraille, autant qu'aux inconfortables conditions de son retour, lui valaient seulement des bandages impressionnants. Mais il y avait cette incommensurable fatigue ; ce sentiment flou d'être « ailleurs ». Dans un monde tout proche, mais défendu par une invisible barrière de ouate, qui l'empêchait de voir et d'entendre avec la précision nécessaire ce qui se disait autour de lui. Même au prix d'efforts qui l'épuisaient vite. « Le choc », disait le médecin, qui avait souvent vu cela.

Pourtant, il appréciait la présence chaleureuse des camarades rassemblés autour de lui. Et hochait la tête de temps à autre, pour le signifier.

— Le maréchal de Mac-Mahon, en capitulant à Sedan, a donné à l'ennemi six cent cinquante canons, quatre-vingt-trois mille hommes. Sans parler des cent trente-neuf mille morts déjà comptés... Et l'empereur est lui-même aux mains des Prussiens.

— Il n'est plus en état de commander ! Incapable même de monter à cheval, souffrant le martyre, à cause d'un caillou dans la vessie.

— On sait aussi que les prisonniers sont enfermés dans un camp, sous la pluie et le soleil, n'ayant à boire que l'eau de la Meuse, laquelle charrie des cadavres en putréfaction.

On soupira, en regardant les orangers.

— Autant dire que la France n'a plus d'armée... Et il y a tout autant à craindre de la nouvelle république de ce Gambetta, à Paris ! Les Prussiens se dirigent maintenant à marche forcée vers la capitale, et il n'est pas certain que ces redoutes construites à la hâte autour de la ville suffisent à la défendre...

Le silence s'appesantit de nouveau. Ces hommes, réunis par une solide détestation commune de Napoléon III, se voyaient touchés là où ils ne l'attendaient pas : lorsqu'il s'agissait de l'intégrité de la patrie, la politique ne comptait plus.

— Il faut voir les Italiens applaudir à chaque désastre français...

Clermont avoua :

— J'ai eu une affaire, pas plus tard qu'hier, dans un café, avec un garçon mal mis qui proclamait vouloir donner une saignée aux dragons du pape. Juste devant moi ! Et les filles alentour brandissaient de ces bouquets que l'on vend aujourd'hui dans la ville, aux couleurs de l'Italie, vert, blanc et rouge. Mon sang s'est échauffé, et j'aurais voulu jeter mon verre à la tête de l'impertinent. Mes camarades m'ont retenu, en arguant que j'étais ivre...

On s'esclaffa un instant, à l'idée de ce pieux camarade pris de boisson. Mais le cœur n'y était pas.

— Ici, la situation ne vaut guère mieux ; on rappelle toutes les troupes stationnées aux frontières, pour se concentrer sur la défense de la ville...

Comme de coutume, Boissac était le plus précisément renseigné :

— Des informations sûres portent que des bandes, à proximité des troupes piémontaises, n'attendent que le moment de fraterniser avec elles. Il est évident que le gouvernement de Victor-Emmanuel les arme en sous-main, malgré son engagement de respecter l'Etat pontifical.

— Et pendant ce temps Garibaldi parcourt l'Italie, pressant la foule de le suivre dans sa conquête de Rome ! Les gens de l'armée régulière prennent congé pour s'enrôler derrière lui...

— Oui, ce ne sont plus des incursions, cela prend la forme d'une véritable invasion, sans déclaration de guerre : Orte sur le Tibre est occupé, et ses accès sont coupés : les routes, le pont et le chemin de fer sont détruits. Viterbe est devenu inaccessible par la route.

Viterbe inaccessible ? A ce nom, le lieutenant frémit. Viterbe et ses montagnettes, et ses couleurs violettes. Il y avait vécu dans un temps qui lui paraissait maintenant si lointain ; un temps désormais inaccessible, lui aussi.

Une fois de plus, le regard de Théodore Limeray le transperça. A l'intérieur de lui-même, dans cette zone qui demeurait encore vivante, tellement douloureuse. Guyon et Théodore, ces deux jeunes gens nourris d'idéaux, accompagnaient ses nuits d'insomnie. Avec curieusement, le fantôme d'une jeune fille toscane, morte il y a des années, dont il conservait le portrait à Bramefons.

— Faudra-t-il choisir un jour entre servir le souverain pontife et offrir notre épée au secours de notre pays ?

Tous portaient dans leur esprit ce cas de conscience : le pape d'abord, ou la terre de France ?

— Qu'en pense notre héros ?

Arthur ferma les yeux, pour se dispenser de répondre. Son geste de folle bravoure, déjà passé dans la légende des zouaves, lui valait l'admiration de ses amis, avec les attentions des infirmières. Mais provoquait chez lui le malaise et la honte.

« Devant une telle détermination, les garibaldiens ont pris la fuite. La pièce d'artillerie, que lui et ses hommes protégeaient, a fait le reste », disait le rapport du capitaine. Qui demandait en conséquence pour le lieutenant du Breuilh la médaille de Pie IX, la *bene merenti*.

Pour lui, c'était une douleur cuisante, insupportable : ces garçons qu'il avait entraînés à la mort, parce qu'il était leur chef, et avait gagné leur confiance…

Sous son front fermé, Arthur était repris dans des pensées confuses : il n'était donc pas mort, mais était-il pour autant vivant ? Et Léontine ? Avait-il rêvé cette lettre, disparue dans les lambeaux de son uniforme, où sa mère décidait de leur séparation, comme elle avait tout décidé de sa vie ?

Durant les heures passées dans la vigne criblée de balles, au milieu du terrible silence des morts, et des mouches vibrionnantes attirées par son sang, il sentait crisser le papier dans les replis de sa ceinture. Dans l'état de demi-conscience où il se trouvait, des images de sa femme lui revenaient : son visage fin levé vers lui, lors du bal de la Société de philologie, le « oui » qu'elle avait prononcé, sur un ton impérieux et rieur, le jour de leur mariage ; la manière qu'elle avait de se déshabiller devant le feu, très lentement...

« *Amore, amore mio...* »

Sans doute gémissait-il ces mots, encore et encore, puisque au dernier passage des infirmiers, Mistress Stone avait constaté que le lieutenant était encore un peu vivant, sous le rempart des corps qui l'avaient protégé.

— *Amore, amore mio...*

Il avait murmuré de nouveau, sous sa moustache qui n'était plus taillée, ni cirée, et dont le fauve flamboyant s'était piqué de blanc, en l'espace de quelques jours.

Ses amis le virent s'échapper par l'esprit, et respectèrent sa fatigue. Ils continuèrent leur conversation, plus bas.

— Le corps expéditionnaire français rembarque...

— Nous demeurerons donc seuls pour assurer la protection du souverain pontife. Mais nous sommes si peu nombreux...

— Les chancelleries européennes pensent que le pape devra partir, maintenant que le dernier soldat français a quitté le sol des Etats pontificaux. L'on prétend que le gouvernement anglais propose déjà de l'accueillir à Malte, contre une grosse somme d'argent, et l'Autriche de mettre une province à sa disposition.

Quand on était zouave et français, on ne pouvait accepter cela.

— Mes amis, rappelez-vous notre devise : *In spem, contra spem*, « dans l'espérance, contre tout espoir ». Jusqu'au bout, nous saurons prouver notre valeur et notre fidélité...

C'était Clermont qui avait parlé, sur un ton un peu solennel. Arthur reconnut cette ardeur, cet enthousiasme et cette certitude d'être dans le vrai, qu'il admirait tant autrefois. Et qu'il ne pouvait plus partager. Parce qu'il avait voulu mourir, parce qu'il était coupable de la mort d'un innocent. Définitivement, depuis cet « ailleurs » qu'il ne savait définir, sa vision du monde se transformait.

Pour se donner du cœur, les hommes reprirent encore du vin de Chianti ; et choquèrent leurs verres.

Alors, du petit jardin d'orangers, avec les parfums, s'éleva vers le ciel bleu le chant du régiment des zouaves :

« En avant ! Marchons, zouaves du pape, à l'avant-garde... »

Le lieutenant du Breuilh sortit de sa léthargie, et se redressa, pour observer un semblant de garde-à-vous. Il avait signé une lettre d'engagement, six mois auparavant, à Marseille. Si le pape le demandait, il serait donc aux côtés de ses camarades.

21

Il est avec le ciel des arrangements...
Emile ZOLA, *Rome*

Des claquements de mains résonnèrent sous la loggia. C'était Franca, la jeune soubrette aux sourcils de charbon, qui manifestait ainsi sa présence. Aussitôt, Elina sortit de l'office : en quelques jours, elle avait investi les lieux ; et à coups de gestes et de sourires, lié connaissance avec cette fille de son âge, dont elle partageait les attributions.

Aux heures des repas, Franca se présentait ponctuellement, avec son sourire et son lourd plateau d'osier, s'essuyant le front après la traversée du jardin brûlant. Et les deux femmes y découvraient avec gourmandise les spécialités romaines : soupes de fèves, poissons grillés, artichauts violets, salade de chicorée, pâtes *fettucine*... des surprises quotidiennes.

— *Salve !*

Les leçons de Maria-Maddalena portaient leurs fruits : Elina maîtrisait déjà assez de romanesco, en plus de son entregent naturel, pour multiplier les conversations, au hasard des rencontres avec tout le peuple de domestiques allant et venant dans le palais, comme dans un village clos.

Depuis sa chambre, et la large bergère où elle aimait s'asseoir, Léontine entendait les deux jeunes femmes échanger des salutations, et d'autres phrases encore dont elle ne comprit pas le sens.

Elle s'était réveillée aux aurores, après quelques heures à peine d'un sommeil agité. L'amabilité distante du marquis, pour la faire raccompagner dans la nuit, après cette après-midi-là... Les ombres qui s'évanouissaient, le fusil à la bretelle, sur le passage de la jeune femme précédée du valet. Elle s'était glissée dans sa chambre, désormais sans illusions sur la discrétion possible dans ce palais ; mais prenant garde à n'être ni vue ni entendue par Elina. Peine perdue : une chandelle brillait dans la pièce où dormait la servante, soufflée quelques minutes après son arrivée. On la guettait.

Maintenant, les yeux clos, elle revivait les événements. Une fois de plus. Tentait de les mettre à distance, de les enfermer dans la raison, dans la morale. Mais en vain : sans cesse ils s'en échappaient. Trop brûlants, trop lourds d'émotions, trop vifs de sensations. Malgré elle, repassaient sous ses paupières chaque instant, chaque mot et chaque geste de l'homme.

Pour les chasser, elle se postait avec sévérité face à la réalité : elle, Léontine Colliac, quinze mois auparavant, avait donné sa foi à Arthur du Breuilh, en lui promettant fidélité, devant Dieu et devant les hommes. Elle aimait son mari, d'un tel amour qu'elle était venue jusqu'à Rome pour le retrouver. Des faits qui n'avaient rien à voir avec cette tornade de sensations dans laquelle elle se laissait emporter. Pourtant, d'ordinaire – mais rien depuis quelques semaines n'était plus ordinaire – elle se reconnaissait assez de bon sens et de volonté pour conduire sa vie.

Et voilà que les images de la nuit revenaient encore…

« Reprenons », se dit-elle…

Elle était devenue une pécheresse, une femme adultère, une fille perdue… Le vertige la prenait, à ces mots qu'elle s'assenait elle-même, comme des coups. Un instant seulement.

« *Mi chiamo Dario.* »

Dario, avec l'accent sur la première syllabe. Sans qu'elle le veuille, en silence, elle le nommait ainsi. Sans qu'elle le veuille, sa présence s'imposait. Et sans qu'elle le veuille, elle ressentait encore, en longs frissons sur sa peau, les gestes de ses mains bronzées, le poids de son corps, celui de son regard noir, le timbre de son rire.

Léontine ouvrit les yeux ; dehors, on avait cessé de bavarder. Le soleil dessinait des rais de lumière sur le grand lit tendu de blanc.

La douceur de cette petite chambre voûtée en berceau lui remémora par comparaison la catastrophe annoncée : l'ultime bataille de l'armée pontificale, à un contre dix…

Et pourtant, une joie sauvage qu'elle cherchait à contenir montait de son corps courbatu, bousculant tout sur son passage. Plus troublant encore, dans sa rêverie se confondaient la souple douceur de Dario avec le souvenir carré d'Arthur.

Elle retardait encore et encore le moment d'appeler Elina. Mais les bruits autour d'elle se rapprochaient, s'amplifiaient, signifiant que sa femme de chambre considérait l'heure du déjeuner, qu'elles prenaient à la même table, comme dépassée. Elle se résigna à prendre l'initiative.

— Entre, Elina !

Il fallait bien affronter la vie.

La servante ne se le fit pas dire deux fois, et jaillit aussitôt dans l'encadrement de la porte. Elle avait des nouvelles d'importance.

— Tout est arrangé !

Elina, persévérante et fidèle…

— Dis-moi donc ?

Sa voix, quand elle l'entendit résonner, lui apparut factice, d'un ton trop léger, d'une nuance trop appliquée.

— Nos bagages sont prêts. Aurelia a une sœur, qui a parlé de nous à sa maîtresse. Cette dame a été émue aux larmes par le romantisme de votre histoire !

Qui était cette Aurelia ?

Il lui fallut un immense effort pour remonter cela de sa mémoire ; hier était si lointain, et la nuit encore si proche…

— Elle a promis le secret, et se tient à votre disposition si vous souhaitez de l'aide pour retrouver Monsieur. Selon sa femme de chambre, elle serait prête à nous offrir l'hospitalité dans sa maison, dès aujourd'hui, si nous le lui demandions !

Elina se tut, pour constater l'effet de ses paroles. Et laissa tomber un reproche voilé…

— Plutôt que d'attendre le cocher d'ici…

Le silence lui répondit.

La jeune fille ne se démonta pas, et prit un ton aussi mystérieux que triomphant pour ajouter :

— Cela pourrait se faire ce soir, à la nuit tombée. Franca et moi avons déjà transporté une partie des bagages à la porterie. Et Maria-Maddalena nous ouvrira en cachette, pendant qu'elle remplacera son mari.

Un tumulte inattendu se fit en Léontine. Comme si on lui arrachait quelque chose de vivant, de vibrant, à l'intérieur d'elle-même. Pour se donner une contenance, brusquement elle s'agitait, ajustait sa robe, ses cheveux juste coiffés. Tout simplement, elle ne pouvait pas se résoudre à quitter le palais.

— Elina...

La petite servante, si fière du résultat de ses efforts, comprit de suite, au modulé de son nom, que les choses ne se passeraient pas comme elle le désirait. Elle fit face, le menton en avant.

Presque trois mois auparavant, à Bramefons, devant les mêmes initiatives, Léontine l'avait félicitée, remerciée.

— Elina, écoute-moi : l'empereur a capitulé, et la république a été proclamée en France...

Pour la jeune Périgourdine qui ne se souciait guère de l'existence d'un empereur, tout là-haut au nord de sa province, et ignorait même le mot « république », la réponse ne tombait pas sous le sens.

Elle ouvrit donc de grands yeux interrogatifs, bien décidée à ne pas abandonner son plan pour si peu.

— Sans le soutien de la France, les Etats pontificaux ne peuvent résister aux Italiens, et la ville tombera bientôt. Ici, nous sommes en sécurité.

Léontine baissa les yeux, notant qu'elle avait parlé elle-même d'Italiens, et non pas de bandits, de révolutionnaires ou de sans-Dieu. Et tellement honteuse de l'argument avancé : on ne changeait pas ainsi de camp selon le bonheur des armes...

Honteuse encore plus de la véritable raison de son refus, qu'elle ne pouvait avouer à personne, ni surtout à elle-même : elle ne trouvait pas le courage de s'éloigner de Dario.

Relevant enfin la tête, elle vit les larmes au coin des yeux de la petite servante. Elina, qui avait toujours été si loyale envers elle...

Léontine prit sa main.

— Mais rassure-toi, j'ai vu le marquis hier soir, longuement. Je n'ai pas demandé son cocher, mais lui ai arraché notre liberté : nous pouvons désormais entrer et sortir du palais comme nous le souhaitons. Il m'a donné sa parole.

Elle hésita encore :

— L'idée de ton amie Aurelia est excellente : je vais rendre visite à la princesse Riccioli, et proposer mes services comme infirmière.

Là résidait ce qu'il lui restait de sa liberté : Dario lui avait interdit de rencontrer les Pontificaux ; en n'obéissant pas là-dessus, elle refusait au moins de lui appartenir totalement. Et elle devait bien cela à Elina.

Laquelle, ne comprenant évidemment rien à ce qu'elle prenait pour une reculade, acquiesça de mauvaise grâce.

— Il faut donc que je rapporte les bagages jusqu'ici ?

— Merci, Elina.

Cela valait confirmation.

Et après un moment, sur un ton trop léger :

— Dis-moi, quelle robe vas-tu me préparer, pour aller à l'hôpital ?

La jeune fille se dispensa de répondre, affairée à remporter les assiettes à l'office.

Cette minuscule entorse au respect dû à sa maîtresse, Léontine la perçut. Et sut aussitôt qu'une faille s'ouvrait, dans cette complicité qui les unissait depuis Bramefons.

Madame du Breuilh mit un point d'honneur à exécuter sa promesse.

Quand la chaleur commença à décroître, toutes deux étaient prêtes, chapeautées et gantées.

Elina possédait un plan de la ville, dessiné par les soins de Maria-Maddalena, pour se rendre seules, à pied, au palazzo Riccioli, à moins de cinq cents mètres en direction de la place d'Espagne.

Alors Léontine ouvrit son ombrelle.

— Allons !

C'est le portier lui-même qui ouvrit aux deux femmes la petite porte cloutée, faite d'un bois usé par le temps, si basse qu'elles durent se plier pour passer. Avec un air pénétré et un demi-sourire entendu, qui signifiait qu'il avait des ordres. Dans la cour, des bancs disposés sous le portique, on les regardait passer. Et Maria-Maddalena fit un monumental signe de croix, pour implorer la protection de Dieu.

— *Signor Dio…*

Elles, au contraire, ressentaient un délicieux sentiment de liberté. C'était la première fois depuis leur arrivée qu'elles sortaient ainsi, seules et à pied, dans cette ville qu'elles avaient tant espérée. Une ville si paisible, à l'heure où la vie reprenait tout juste, après les heures brûlantes de la mi-journée.

— Via Margutta, c'est ici...

Elles s'engagèrent dans une petite rue mal pavée, Elina à deux pas devant sa maîtresse, autant pour indiquer le chemin que pour éviter la conversation. Toutes deux attentives à ce qu'elles découvraient : les chats lovés en rond dans la poussière, le linge blanc et les jupons rouges séchant dans les cours ; une auberge misérable, avec des buveurs de café, assis autour d'une statue de marbre ébréché, qui semblaient refaire le monde à coups d'exclamations ; dans la pénombre d'un atelier largement ouvert sur la rue, l'on devinait un peintre travaillant à son chevalet, avec la jeune fille qui posait pour lui assise à l'exacte jonction entre obscurité et lumière. Deux blanchisseuses emportant leurs paniers au fleuve les apostrophèrent avec bonne humeur, et Léontine leur rendit un sourire aussi engageant.

Un charme les prenait, malgré la saleté. Au contact de cette ville chaleureuse, vivante, rapide, Léontine émergeait de son trouble, reprenait courage.

Il y eut ensuite l'étal d'une fruitière, débordant d'oranges et de figues, devant lequel Elina s'extasia.

— Té, elles sont magnifiques, bien plus grosses qu'en Périgord !

La femme, au beau visage marqué par la vie, tendit à bout de bras une corbeille de ses fruits. Léontine sortit quelques baïoques de son réticule, et Elina, aussitôt, mordit dans la chair veloutée, juteuse, d'une figue ventrue.

Elles levaient le visage vers les toits, et la lumière. Les ocres des murs lézardés se répondaient, de façades en toits, de treilles en terrasses, vers les coupoles brillantes, découpées dans un ciel bleu.

Aux abords de la place d'Espagne, les maisons basses cédèrent la place aux palais monumentaux, avec leurs hautes façades presque aveugles.

— Nous y voilà !

Elles se regardèrent.

Madame Champcevial fut reçue très aimablement par une vieille cousine de la princesse ; laquelle était absente, justement occupée à l'hôpital du Saint-Esprit.

— Votre voiture n'est pas dans la cour ? Si vous voulez vous donner la peine d'entrer, nous travaillons avec ces dames…

Elle s'exprimait dans un français chantonnant.

Le salon était tout simplement grandiose. Sous les tapisseries de scènes bibliques, dames et demoiselles italiennes, en cercle dans leurs fauteuils hauts comme des trônes, se consacraient, au milieu de cascades de rires, à découper en bandes étroites des draps affinés par l'usure.

— Je parlerai de vous à ma cousine. Certainement elle sera heureuse de vous confier quelques-uns de nos pauvres chers blessés français, qui ont tellement besoin de réconfort…

On fit place à Léontine avec force démonstrations, on lui offrit un strapontin doré, et on reprit la conversation à peine interrompue par son arrivée.

Comment croire à l'imminence d'une guerre, dans un tel décor ? Ces petits tas de pansements, alignés sur une console baroque, qu'on disposait ensuite dans des boîtes de fer-blanc, étaient trop propres et trop bien rangés pour cela. Qui était dans le vrai, de ces dames ou du marquis ?

Léontine sourit avec amabilité, s'assit, accepta les ciseaux de broderie qu'on lui tendait, et baissa les yeux dessus. Elle était soulagée de s'ennuyer à ce travail de couture qu'elle détestait tant, de se trouver ainsi protégée de toute décision, de toute rencontre. Aucun militaire ne viendrait dans ce salon à cette heure, et elle-même repoussait ainsi la visite à l'hôpital des zouaves. Juste le temps de reprendre ses esprits.

En s'appliquant ainsi silencieusement à ce travail, elle se persuadait qu'elle expiait son péché ; mieux encore, qu'elle rendait service à son mari. Celui qu'elle aimait, à qui elle avait donné sa foi.

Mais par éclairs aussi, parce qu'elle était honnête, elle s'observait elle-même, construisant cette ligne de défense sinueuse. Parce qu'elle ne pouvait renoncer à aucun des deux hommes qui l'avaient comblée.

A un moment de l'après-midi, l'une de ces dames fit une allusion aux « *bravi zuavi* », avec moult circonvolutions de ses mains baguées. Léontine sursauta, rougit, les yeux fixés sur ses ciseaux dorés. Mais retint encore pour elle la question qui lui brûlait les lèvres : « Connaissez-vous le sous-lieutenant du Breuilh ? »

L'image de Dario l'en empêchait.

Et la conversation reprit, au rythme des modulations d'une langue italienne qu'elle comprenait mieux que le romanesco populaire, où les « *zuavi* » voisinaient avec beaucoup d'autres : les « *dragoni* », « *carabinieri* », « *bersaglieri* ». Lesquels, à ce qu'elle pouvait saisir, représentaient les pièces d'un immense jeu d'échecs, entre les mains habiles des « *monsignori* ». Qui paraissaient tous être intimes de ces dames ;

oncles, cousins, amis. Amants peut-être ? Les menaces sur la ville et sur la chrétienté semblaient se résumer ici à une comédie d'influences menée sous le plafond à fresques. Les Français et leurs idéaux d'un autre temps y comptaient pour bien peu...

Léontine se savait injuste, et découpa ses bandes de tissu avec une attention renouvelée.

— *A domani !* à demain...

On se congratulait sur la hauteur des piles de pansements, avant de se séparer, avec encore et encore des rires, des cliquètements de bijoux et des embrassades.

Elina, qui avait passé l'après-midi dans le quartier des domestiques de la maison, la rejoignit, toujours d'humeur un peu maussade. Sans doute avait-elle dû se justifier auprès d'Aurelia du refus de sa maîtresse ?

Et elles rentrèrent, par la même via Margutta déjà familière ; surtout lorsqu'une des deux blanchisseuses rencontrées au début de l'après-midi les salua comme de vieilles connaissances. Un soleil oblique se glissait maintenant jusque dans les échoppes, les petites cours. Léontine tendait son visage vers les rayons du soleil de son enfance, qui lui avait tant manqué à Bramefons. Les enfants en riant lançaient vers les deux dames leurs ballons de chiffons. Elle s'accoutumait doucement à ces rues sans trottoirs, à ces façades rouillées par le temps.

Pourtant toujours aux aguets, moitié inquiète, moitié espérant : plusieurs fois, une silhouette massive, une tunique de couleur claire, une moustache la firent se figer, tremblante. Mais cela ne résistait jamais à un examen plus attentif. Elina, en arrière, ne disait rien.

C'est en quittant le tranquille quartier des artistes, au moment de tourner sur le Corso, qu'elles virent débouler un groupe, d'une rue étranglée entre de hauts murs sinueux. Courant et vociférant :

— *A fondo la Francia, viva la Prussia !*

Aucune des deux n'avait besoin de traduction : « A bas la France, vive la Prusse... » A distance, des gendarmes pontificaux, reconnaissables à leur baudrier croisé, suivaient mollement.

L'enchantement était rompu ; prudemment, les Françaises se rangèrent sur un pas de porte, en se gardant bien de prononcer un mot dans leur langue. On les regardait maintenant sans aménité. Et de partout, portes basses et ruelles, d'autres hommes encore surgissaient, se regroupaient, criaient leur colère.

D'un regard, elles prirent ensemble le parti de se glisser dehors : il n'y avait guère plus de cent mètres jusqu'au portail du palazzo Scarelli. Serrées sous l'ombrelle, dans l'illusion de se cacher des regards, elles avançaient contre la foule. Au milieu de celle-ci, un arabe noir les frôla.

— C'est le marquis ! s'écria Elina, soulagée.

Léontine se figea.

— *Vaï, vaï !*

En chemise blanche, sur sa monture noire, de sa cravache il faisait dégager leur chemin, jusqu'au portail. Les deux femmes s'engouffrèrent à sa suite. Et retrouvèrent, d'un coup, la quiétude de la cour d'honneur, le portique doucement assoupi.

Un valet se présentait pour prendre la bride du cheval.

Une colère intérieure secoua Léontine, mêlée au soulagement. Cette maison devenait malgré elle son refuge, et cet homme qu'elle avait bravé son sauveur.

Comme s'il avait compris les pensées qui l'agitaient, il la salua aimablement, d'une manière où elle crut discerner de l'ironie.

Avant même de mettre pied à terre, dominant la situation, il s'adressa à ses gens, d'une voix de stentor, avec des mots que ni l'une ni l'autre ne comprirent. En quelques secondes, des dizaines de garçons étaient rassemblés autour de lui.

— *Signor Dio e Santa Maria !*

Maria-Maddalena levait les yeux et les bras au ciel, tandis que les hommes s'égaillaient, sans doute pour répercuter la nouvelle à travers les recoins du palais.

Puis, à haute et intelligible voix, au su de tous et d'abord d'Elina, il répéta en français :

— Les Piémontais marchent sur Rome, pour rétablir l'ordre dans la ville…

A l'intention de Léontine, il détailla :

— Le roi espère encore éviter la solution de force : il a envoyé un parlementaire, pour tenter d'aboutir à un accord négocié avec le pape.

— Mon Dieu !

C'était Elina qui s'était exclamée. Léontine restait silencieuse.

— Si vous le souhaitez, madame (il cherchait son regard), j'ai aussi certaines informations concernant votre pays. Quand il vous plaira, un valet vous conduira dans mon bureau…

Et dans un même mouvement élégant, Dario mit pied à terre, déposa tricorne et cravache dans les mains du valet, fit résonner ses bottes sur les marches de marbre du perron, et disparut.

— Madame, vous irez vite, n'est-ce pas ?

A l'atmosphère de drame qui s'était abattue sur le palazzo, Elina comprenait enfin ce qui se jouait. Elle dit, les mains jointes dans un geste enfantin :

— Il faut savoir ce qui arrive à la France !

22

Une mécanique si bien huilée, que malgré la rouille des siècles, elle fonctionnait sans qu'on la devinât, derrière les murs.

Emile ZOLA, *Rome*

Sur l'ordre du lieutenant du Breuilh, le piquet chargé de la protection du pape présenta les armes, en haut de la volée de marches monumentales. La porte de bronze tournait lentement sur ses gonds, pour laisser passage au comte Ponza di San Martino et à la délégation italienne, qu'on annonçait d'un instant à l'autre.

Arthur avait quitté l'hôpital l'avant-veille. Sur sa demande, avec son bras encore bandé. Car pour les estafilades, une fois le sang étanché, rien ne se voyait plus. Au médecin qui l'examinait, sans se décider à le laisser aller, il avait aisément démontré qu'il pouvait reprendre son service :

« Ma main est aussi mobile qu'avant la bataille, et guère plus douloureuse. »

Peu importait que lui seul sache dans quel sens il fallait comprendre sa phrase.

En d'autres temps, le docteur aurait été plus attentif, ou plus circonspect. Mais dans les circonstances actuelles, on ne pouvait se priver d'un seul homme valide, d'autant plus que celui-ci avait prouvé sa valeur.

Avant de réintégrer son poste, le lieutenant sollicitait seulement quelques heures de liberté.

« Je voudrais tenter de retrouver ma cantine, et les affaires personnelles qui s'y trouvent.

— Le couvent de la Trinité a été transformé en caserne pour loger les compagnies rappelées des frontières : vous y trouverez tout ce qui vient des camps évacués de la région de Viterbe. »

Une dame du Sacré-Cœur était aussitôt envoyée par la supérieure, madame de Coriolis, pour assister le valeureux lieutenant dans sa recherche.

Dominant la ville et jouxtant les hauts bâtiments du couvent, les anciens jardins de Lucullus abritaient un entremêlement de chariots aux brancards cassés, à la paille encore sanglante, un entassement de toiles de tentes, de gamelles terreuses, de gibernes et de cartouches mouillées, appartenant indifféremment aux morts et aux rescapés. Un jeune caporal napolitain en montait la garde.

« Une cantine d'officier, marquée à la peinture blanche… »

Les yeux vagues, il avait laissé le garçon se démener en vain dans cet amoncellement.

« *Niente !* »

Parmi les dizaines de cantines cabossées, parfois éventrées, il n'y en avait aucune à ce nom-là.

« Au moment du repli, l'intendance n'a pas toujours suivi… »

La jeune religieuse se voulait rassurante :

« Elle sera retrouvée, certainement ; et je peux vous promettre que nous prendrons grand soin de vos affaires personnelles, lieutenant. Elles seront à votre disposition, dès la victoire acquise !

— Je tiens surtout à une aquarelle... »

Le garçon sourit, soulagé.

« *Attimo !* Un instant... »

Des aquarelles, c'était assez surprenant d'en trouver là pour qu'il les ait remarquées.

Et du magma, il réussit à extraire plusieurs cadres de bois, sur lesquels étaient tendues des toiles ; et d'autres encore, roulées. Toutes signées du nom de Limeray.

Un long moment, Arthur se recueillit devant ces couleurs chaudes, vivantes, cette harmonie d'horizons et de ciels. Elles représentaient la vie, tout simplement. Elles faisaient monter des larmes à ses yeux, lui qui n'avait pas pleuré au jour de la mort de son père.

Mais puisqu'il n'avait plus d'avenir, elles ne lui serviraient de rien...

Il faillit les laisser là, à continuer de se décolorer sous la pluie et le soleil. Se ravisa, par respect pour le jeune homme lumineux qui les avait créées.

« Ma sœur, pourriez-vous mettre à l'abri ces peintures, au couvent ? »

Ne restait plus qu'à aller chercher son affectation. L'air était infiniment doux, la lumière claire et la ville paisible. Ses facultés physiques étaient revenues, il pouvait l'éprouver dans la vigueur de son pas, et même dans la clarté désabusée de sa réflexion ; seule demeurait cette barrière de ouate, qui brouillait ses désirs. Même les jolies femmes, dans l'escalier descendant vers la place d'Espagne, n'attiraient pas son regard.

Aucun poste ne lui importait plus qu'un autre : l'envie d'aller en avant, de se battre, de gagner, qui avait été jusque-là le ressort de sa vie, faisait défaut. Ce vide creusé en lui, il le savait, datait d'avant l'attaque et la blessure, de la disparition de Léontine. Un tel vide qu'il avait voulu mourir pour y échapper. Entraînant la mort des autres.

Dieu avait décidé de l'épargner, ajoutant la culpabilité à la douleur, pour l'expiation de son péché. Alors, il se débattait comme il pouvait, à la force de sa volonté, en essayant d'oublier celle qu'il appelait toujours sa femme. En accomplissant au moins son devoir, dans la bataille qui se préparait.

Mais tout n'obéit pas à la volonté. Et par fulgurances, l'intuition lui revenait que, paradoxalement, Léontine aurait su déchiffrer mieux que lui-même ce qui se jouait dans son esprit malade.

Au Quirinal, l'administration militaire lui fournit un uniforme flambant neuf, assorti d'une affectation honorifique : à ce convalescent courageux, on proposait un poste qui n'exigeait pas une condition physique parfaite.

« Si vous pensez pouvoir assurer un commandement au palais pontifical… »

Zouaves et gendarmes pontificaux se partageaient par roulements les factions dans l'aile construite par Sixte Quint, où les appartements du pape occupaient l'étage noble.

« J'y serai. »

Ses propres gestes, ses paroles raisonnables et posées lui paraissaient étrangers à lui-même, comme relevant de réflexes venus d'un autre temps. Un temps qui s'était arrêté sur les hauteurs de Viterbe.

Après le salut réglementaire, le capitaine autrichien serra chaleureusement la main valide du Français. Il était content de garder ainsi, en ce moment crucial, des officiers vigoureux et des soldats aguerris pour la défense des murailles. En confiant ses plus jeunes recrues à un homme d'expérience.

— Garde-à-vous !

En haut de l'escalier monumental qui menait de la porte de bronze aux appartements pontificaux, il entendit sa voix résonner. Elle semblait juste, et claire ; assez en tout cas pour être obéie. Et sa veste sans col tombait bien sur un corps musclé par les marches de montagne, asseyant encore son autorité.

Les jeunes zouaves, arrivés à Civitavecchia par les derniers bateaux que les Piémontais avaient laissés passer, se retrouvaient aussi fiers que surpris d'être aussi vite affectés au cœur même de la chrétienté, montant la garde dans ce majestueux vestibule. A droite, la chapelle Sixtine, et à gauche, le salon royal, où Pie IX devait recevoir ses hôtes du jour...

A l'étage au-dessus de leurs têtes, les pères conciliaires continuaient à tenir séance plénière, malgré les événements : après avoir défini le dogme de l'infaillibilité du pape, ils abordaient la question des fins dernières.

— Ces pieux prélats, loin de la fureur du monde, parlent d'éternité...

Malgré ses sombres pensées, la solennité des lieux impressionnait aussi le lieutenant, alors qu'il se tenait silencieux à la tête du petit détachement.

Sous les hauts plafonds, habités de fantômes, le temps s'écoulait lentement. Et la délégation n'arrivait toujours pas.

En bas de l'escalier, les gardes-nobles qui avaient la charge de conduire ces messieurs auprès du souverain pontife s'impatientaient, dans une tension grandissante : que sortirait-il de cette rencontre ?

Ils allaient et venaient dans la galerie, poursuivant entre eux des colloques enflammés, ponctués de gestes plus ardents encore.

Ceux-là seraient les premiers informés de l'arrivée du cortège, et se souciaient peu de rigueur militaire. Il fit donc rompre les rangs, pour ne pas épuiser inutilement l'ardeur des jeunes gens.

Ceux-ci reprirent aussi leurs conversations.

— Savez-vous ce que vient faire ici ce Florentin ?

— Fichtre non...

— On dit en ville qu'il veut convaincre le pape de se rendre aux Piémontais sans combattre. Et nous priver ainsi d'une belle bataille.

— Impossible ! Pie IX est résolu à défendre ses Etats, qu'il a le devoir de remettre intacts à ses successeurs.

C'était l'un des quatre frères d'une famille française, engagés en même temps dans l'armée pontificale, qui s'exprimait ainsi, résumant avec autorité le sentiment général.

— Rappelez-vous ce qu'il répète depuis des années : *non posso, non devo, non voglio !* je ne peux pas, je ne dois pas, je ne veux pas...

— Le moment est enfin venu de se battre : les permissionnaires ayant tous été rappelés, nous n'avons jamais été aussi nombreux au service du Saint-Père...

Ces garçons ne doutaient de rien ! L'officier s'éloigna de quelques pas ; il n'avait plus de goût à ces conversations guerrières, à ces mots qu'il avait tant de fois écoutés, ou prononcés lui-même.

Ses yeux se prirent à errer sur l'immense fresque qui lui faisait face ; jusqu'à la fixer, et tenter d'en comprendre le sujet. En s'approchant, un cartouche en latin le renseigna : il s'agissait d'une représentation du pape Grégoire XI rentrant solennellement à Rome en 1377, après soixante-dix ans d'exil de la papauté en Avignon.

— Déjà alors ?

Et sous prétexte de contemplation, il se perdit une fois de plus dans ses pensées. Ce n'était donc ni impossible ni impensable de quitter ce palais majestueux : la puissance spirituelle du pape n'en serait pas affectée, au contraire.

Il entendit sans entendre le remue-ménage, les talons claquer sur le marbre, les armes cliqueter, le brouhaha d'un groupe se rapprochant.

Quand il en prit conscience, il était trop tard. Les portes du salon royal étaient refermées derrière lui, et le pape Pie IX, à l'autre bout de l'immense pièce, sur le trône doré, accueillait les parlementaires.

Ne lui restait plus qu'à se rencogner derrière une tenture, loin de la délégation.

— « Très Saint Père, avec une affection de fils, avec une foi de catholique, avec une loyauté de roi, avec un sentiment d'Italien, je m'adresse au cœur de Votre Sainteté. Un orage plein de périls menace l'Europe.

A la faveur de la guerre qui désole le centre du continent, le parti de la révolution cosmopolite augmente d'audace, et prépare, spécialement dans les provinces gouvernées par Votre Sainteté, les derniers coups contre la monarchie et la papauté. Moi, gardien et garant, par la disposition de la divine providence et par la volonté de la nation, des destinées de tous les Italiens, je sens le devoir de prendre, en face de l'Europe et de la catholicité, la responsabilité du maintien de l'ordre dans la péninsule. »

Le comte Ponza, dont il apercevait au-dessus des autres la crinière grise et frisée, lisait une lettre. Si lentement, dans une langue si pure, avec des mots si bien détachés, que le lieutenant français pouvait en comprendre le sens.

— « Or, Très Saint Père, l'état d'esprit des populations gouvernées par Votre Sainteté et la présence parmi elles de troupes étrangères venues de lieux divers, avec des intentions diverses, sont un foyer d'agitation et de périls évidents pour tous. »

Ponza reprit son souffle avant d'aborder les dernières phrases :

— « Je vois l'inéluctable nécessité, pour la sécurité de l'Italie et du Saint-Siège, que mes troupes, déjà préposées à la garde des frontières, s'avancent et occupent les positions qui seront indispensables au maintien de l'ordre, et à la sécurité de Votre Sainteté. Mon gouvernement se restreindra à une action protégeant toujours l'inviolabilité du souverain pontife, son autorité spirituelle et l'indépendance du Saint-Siège. Si Votre Sainteté est inspirée, comme je n'en doute pas, d'un désir égal au mien d'éviter tout conflit, et d'échapper au péril de la violence, Elle pourra prendre avec le comte Ponza di Martino, qui lui remettra cette lettre... »

Et le comte s'inclina profondément, avant de continuer :

— « ... les accords qui paraîtront mieux devoir conduire au but désiré. »

Un silence de plomb et de fièvre se fit dans l'immense salon. L'homme reprit, sur un ton plus solennel encore, où il n'était pas difficile de percevoir la nuance d'intimidation :

— « Votre Sainteté, en délivrant Rome des troupes étrangères, en l'enlevant au péril continuel d'être le champ de bataille des partis subversifs, aura accompli une œuvre merveilleuse, rendu la paix à l'Eglise, et montré à l'Europe épouvantée par les horreurs de la guerre comment on remporte des victoires immortelles par un seul mot d'affection.

« Florence, 8 septembre 1870,

« Votre très humble, très obéissant et très dévoué fils,

« Victor-Emmanuel. »

Après les trois génuflexions rituelles, Ponza remit la lettre au souverain pontife.

Celui-ci la laissa tomber sur ses genoux, et dit tristement :

— A quoi bon cet effort d'hypocrisie inutile ? Ne valait-il pas mieux me dire tout simplement qu'on voulait me dépouiller de mon royaume ?

Il ajouta qu'il déniait au gouvernement italien le droit ou le devoir de s'occuper de l'ordre intérieur à Rome, et qu'il n'avait aucune confiance dans les garanties que celui-ci pouvait lui offrir [1].

Et Pie IX se retira dans ses appartements, avec sa cour.

Un remue-ménage se fit, tandis que la délégation piémontaise quittait les lieux, en commentant l'échec qu'elle venait de subir.

Arthur s'enroula mieux dans le brocart de sa tenture. Lui qui, avec son uniforme bleu si reconnaissable, appartenait aux « troupes étrangères » accusées d'attirer les violences sur la Ville éternelle.

Les dés étaient jetés : l'accord de 1864, par lequel le roi du Piémont s'engageait à respecter les Etats pontificaux, devenait caduc. Et le souverain pontife rejetait toute nouvelle négociation.

Il aurait dû s'en réjouir, et il le regrettait.

Dans le vestibule, en l'absence de chef, son détachement s'était mis de lui-même au garde-à-vous. Braves garçons !

L'image de Limeray, une fois de plus, lui poigna le ventre. Ses tempes se mouillèrent d'une sueur glacée.

— Rompez !

Invariablement, ces journées trop chaudes se concluaient par de gigantesques orages : le ciel de Rome zébré d'éclairs, de formidables coups de tonnerre, des torrents d'eau dévalant les collines, le Tibre gonflé au-delà de ses berges poussiéreuses, les

1. Cette scène a bien eu lieu, le 9 septembre 1870.

rues transformées en cloaque et les caves inondées. Jusqu'au lendemain, où le jour se levait dans un ciel d'azur, sur des toits déjà chauffés à blanc, joyeusement salué par les cloches des couvents et des églises.

En cette fin d'après-midi, les nuages d'encre menaçaient déjà de crever. Arthur s'obligea pourtant, après son service, à se rendre au café de la place Colonna, où Clermont lui avait donné rendez-vous.

Arpentant le Corso à vive allure, il admirait avec amertume cette ville qu'on appelait éternelle, et qui sans doute bientôt ne serait plus que ruines.

Le lieutenant avait parfaitement retenu ces chiffres, évoqués dans les rangs des plénipotentiaires piémontais, au moment où ils quittaient le Vatican. Victor-Emmanuel pouvait mobiliser dix-sept bataillons de *bersaglieri*, vingt-six escadrons de cavalerie, dix-neuf batteries d'artillerie, soit près de cinquante mille hommes. Auxquels il fallait ajouter l'appui des bandes de Garibaldi, qui maintenant couraient librement la campagne romaine.

En face, les grandes puissances européennes, soutiens traditionnels du patrimoine de Saint-Pierre, étaient occupées à se déchirer ; France et Prusse combattaient autour de Paris ; il n'y avait aucune aide à attendre d'elles.

Donc, pour défendre Rome, en comptant les soldats rappelés des frontières, l'armée pontificale alignait moins de sept mille hommes, y compris la garde-noble du prince Barberini, et la garde suisse, le tout doté d'une artillerie vétuste et insuffisante... L'enthousiasme, la bravoure et la foi dont elle faisait preuve ne pouvaient rien y changer.

Il avait pris pourtant la décision de se taire : inutile de trahir le secret d'une rencontre à laquelle il n'aurait pas dû assister, puisque leur sort était scellé par le refus de Pie IX. Inutile de mettre en garde l'armée, déjà sur le pied de guerre autant qu'elle le pouvait. Inutile enfin de faire état de sa propre désertion, au moment de présenter les armes.

— *Salve !*

Les deux hommes s'attablèrent à part, à une place réservée pour eux dans une petite salle fraîche, au fond des entrailles du café. C'était une attention délicate de la part de Clermont, qui savait que son ami, depuis sa blessure, supportait mal le bruit et la foule. Outre qu'on y était mieux protégé de cette pénible chaleur orageuse, qui faisait peser les uniformes sur les épaules.

Le *padrone* lui-même posa devant eux une vaste omelette, arrosée d'un vin acidulé. Et se campa face aux deux hommes.

— Profitez-en bien ! Avec tous les *contadini* qui arrivent de la campagne pour se réfugier en ville, il n'y aura bientôt plus rien à manger ici !

Eclatant d'un rire sonore, il continua sa tournée, et ses plaisanteries. En bon Romain d'adoption, il avait décidé qu'aucun revers de fortune n'altérerait jamais sa bonne humeur.

Clermont commenta.

— Il a raison : l'insécurité commence désormais aux portes de la ville. De trois cent mille âmes à l'intérieur des murs, en temps ordinaire, nous sommes sans doute arrivés à près de cinq cent mille aujourd'hui. Alors même que tous les étrangers cherchent à quitter Rome. Ou bien se mettent sous la protection de leur ambassade, en recouvrant leur maison de leur drapeau national. J'ai vu ainsi le pavillon britannique flotter sur le palais Doria, dont le prince est pourtant italien, tout acquis au parti libéral !

Du Breuilh mangeait et buvait lentement, hochant la tête de temps en temps pour manifester son intérêt.

Ce soir, se disait Clermont, peu d'hommes à Rome étaient aussi bien informés que lui-même, et du Breuilh méritait de connaître le détail de la campagne qui se préparait.

— Le général Kanzler a eu cette après-midi même une entrevue avec notre souverain pontife. « Sainteté, lui a-t-il dit, l'armée entière est prête à combattre et mourir pour vous. » On ne peut mieux exprimer la vérité : les troupes entières sont consignées, les patrouilles renforcées, les ambulances prêtes. Les fossés du fort Saint-Ange viennent d'être inondés, et les murs d'enceinte couronnés de sacs de terre. L'on fortifie même les rives du Tibre, pour empêcher toute tentative de pénétration par le fleuve. Enfin, quand il le faudra, les ponts seront minés...

— Combien de temps cela nous permettrait-il de tenir ?

Ils sursautèrent. Malgré la dizaine de mètres qui les séparait de l'entrée, le bruit était effrayant, se répercutant sous les voûtes, en écho aussi à leurs préoccupations. Et des éclairs illuminaient sporadiquement les recoins des salles.

On se tut, les mots restant en suspens, les mains posées sur les armes. Dans ces temps troublés, tout pouvait arriver à chaque instant, et la tension des hommes ne s'apaisait jamais entièrement.

Mais c'était seulement le tonnerre qui se déchaînait, immédiatement suivi de cataractes d'eau grise.

Enfin ! La température fraîchit d'un coup, et les dîneurs de la terrasse se replièrent vers l'intérieur en riant. Sur une longue table de bois, ils entamèrent une bruyante partie de ram.

Clermont reprit, plus bas :

— Kanzler a conçu son plan de défense. Le ministère des Armes est désormais relié par réseau télégraphique à plusieurs observatoires placés aux endroits dominants : la coupole de Saint-Pierre, le Pincio, Sainte-Marie-Majeure, Saint-Jean-de-Latran et la porta Portese. De là-haut, on peut déjà observer l'avancée des ennemis, par dizaines de milliers. Ils sont disposés autour de la ville ; sauf dans la partie nord, qui fait face au Vatican. Entre nous, sans un miracle divin, nous n'avons aucune chance d'en sortir…

Du Breuilh l'écoutait.

— Imaginons un instant… Plutôt qu'une résistance désespérée, et terriblement coûteuse en vies humaines, ne serait-ce pas d'une plus grande dignité que de se rassembler, désarmés, sur la place Saint-Pierre, en attendant l'arrivée de l'ennemi ? Le monde verrait alors qui sont les agresseurs…

Le capitaine scruta longuement les yeux verts de son ami ; celui-ci ne plaisantait pas.

— Mes amis, mes amis !

Malgré le rideau d'eau compact qui les séparait de la place Colonna, l'attention se tournait de nouveau vers la porte, dans un brouhaha joyeux.

— Ils sont revenus !

Un sergent-major des zouaves, les cheveux à tordre, la cape dégoulinante, était apparu sur le seuil, face à ses camarades, qui attendaient paisiblement que la pluie cesse pour rejoindre leurs quartiers.

— Ils sont revenus !

— Qui donc ?

Clermont se leva d'un bond.

— La compagnie de Charette.

— Dieu soit béni !

On s'accoudait de nouveau, pour écouter le messager.

— Lorsque Charette a reçu l'ordre d'abandonner sa position pour se replier derrière les murs de Rome, la route directe était déjà coupée. Une division piémontaise, en route vers la ville, les a pris en chasse. Charette a donc décidé de gagner Civitavecchia par des voies détournées, de nuit, et de tenter d'attraper un train, puisque le chemin de fer circule encore. Et c'est ainsi qu'ils viennent de rentrer en ville, à la barbe de nos ennemis : tranquillement assis dans les wagons, en ramenant toute leur artillerie en état de marche !

— *Bravo, bravissimo !*

Dans la salle, les képis volaient, les exclamations de joie résonnaient sous la voûte.

Clermont n'était pas le dernier à se réjouir. Se penchant vers son ami, il chuchota :

— J'avais omis de vous donner cette mauvaise nouvelle : depuis deux jours notre ami Charette avait disparu, avec sa compagnie. Mais décidément, cet homme réchappe de tout, Dieu est avec lui !

Le sergent racontait maintenant les détails de l'odyssée : une fois repérée, la colonne avait dû pour fuir emprunter des chemins de montagne à peine praticables, franchir à gué la rivière de la Mignone, avec de l'eau au-dessus des genoux. Pour faire passer l'artillerie, ils avaient éprouvé mille difficultés : six chevaux d'attelage, ajoutés à une vingtaine de soldats se relayant, y suffisaient à peine, et par endroits, il avait fallu attacher des cordes aux canons, pour les hisser à force de bras.

— Rude épreuve pour une troupe épuisée...

— Mais la victoire revient au bon droit !

Le *padrone* débouchait des bouteilles, pour prendre sa part de la joie générale.

— *Salute !*

— *Salute !*

Clermont, qui était le plus haut gradé présent dans le café, eut le mot de la fin :

— Notre pape l'a redit, lors de la prière de cette après-midi à Saint-Jean-de-Latran : « Je ne vois nulle armée dans le monde tirant l'épée pour la justice et le droit, excepté vous ! »

23

La destruction de Rome, grand Dieu !

Emile ZOLA, *Rome*

Quatre jours... Cela faisait quatre jours seulement que durait cette étrange complicité, à laquelle elle ne savait donner de nom. Quatre jours qui dans cette atmosphère de fin du monde avaient des airs d'éternité. Quatre jours depuis qu'elle avait accepté l'invitation du marquis à le rejoindre dans son bureau, au vu et au su de tous, pour prendre des nouvelles du désastre français.

« Un gouvernement de Défense nationale a été constitué à l'Hôtel de Ville de Paris, qui a décidé la résistance à outrance... »

Dans ces quatre jours, où Paris comme Rome étaient comme suspendues au bord du vide, l'harmonie des corps, la séduction réciproque des intelligences, la tension de l'attente avaient créé des circonstances exceptionnelles, effaçant entre eux les principes ou les convenances.

Elle se faisait annoncer à la fin de l'après-midi. Jamais Dario, qui pourtant semblait sans cesse rentrer et sortir, raccompagner un visiteur pour en accueillir un autre, ne la laissait attendre longtemps. Au point qu'elle avait osé croire qu'il espérait sa venue.

« *Cara signora…* »

Il arrivait au-devant d'elle, traversant l'enfilade de somptueux salons avec un empressement aimable, jouant de cette élégance appuyée, toujours un peu détachée aussi. Elle riait, sous le charme.

Le marquis l'emmenait sur une terrasse au décor de volière, où la vue embrassait au-delà du palais, les toits, les dômes et les campaniles alentour. Ils commençaient par causer, entremêlant leurs deux langues cousines.

Entre eux, c'était toujours lui qui fixait les règles du jeu. Jamais il ne parlait de lui. Etait-il marié ? chargé de famille ? Elle n'en savait rien. De la même façon, il refusait de rien savoir d'elle, ignorant délibérément ce qu'elle pouvait en dire. Sur le reste, la politique et les événements en cours, il se montrait prolixe, pédagogue, persuasif.

Avec cet homme qui semblait avoir tout vu, tout entendu, tout compris, qui expliquait les situations les plus complexes et les plus graves en la regardant dans les yeux, qui pour appuyer ses propos posait doucement la main sur son genou, ou le doigt sur ses lèvres, qui jamais ne se départait de son aimable humeur, elle trouvait un compagnon de débats comme jamais elle n'en avait connu.

Sauf peut-être dans ses meilleurs souvenirs de petite fille, quand son père détaillait pour elle la situation des pays qu'ils découvraient ensemble.

De temps à autre, le marquis, nonchalant, allongeait le bras, faisait résonner une sonnette. Un valet aussitôt apportait du vin rafraîchi, dans ces ravissantes coupes de cristal couleur rubis. Un vin léger qui ajoutait à leur gaieté, accompagné une fois d'olives vertes, une autre fois de confitures d'oranges. Elle goûtait à ces bonnes choses avec un joyeux naturel, il la regardait en souriant.

« Alors, quelles sont les nouvelles ? »

Plus jamais il n'avait fait mine de lui interdire quelque sortie ou quelque rencontre, ou de poser des conditions.

Chaque après-midi, autant par bravade que par goût, Léontine, suivie d'Elina, prenait le chemin du palais Riccioli. Malgré les manifestations : elles avaient appris déjà des Romains cette sagesse de continuer à vivre et à aimer, dans cette ville qui se savait en perdition. Elles en apprivoisaient l'énergie vibrante, les odeurs épicées, les pavés défoncés, les statues ébréchées. Elles prenaient des ruelles de traverse, entraient dans les églises, saluaient les boutiquières, buvaient aux fontaines. Ici, point n'était besoin de parler la même langue, on était habitué à l'universel, à se comprendre à coups de gestes et de bonne humeur.

Chez la présidente de la Société des dames romaines, la jeune madame Champcevial était toujours aimablement accueillie. Mais jamais on ne lui avait proposé d'autre activité que ces causeries sans conséquence, les ciseaux à la main.

« Vous travaillez si bien… »

Léontine n'insistait pas, remettant toujours sa requête à plus tard. Se méfiait-on d'elle ?

A la fin de leur promenade en ville, rafraîchie, recoiffée, elle se faisait annoncer auprès du marquis. Et se laissait conduire jusqu'à la terrasse aux volières.

Là, ils échangeaient leurs informations, sans demander jamais d'où l'autre les tenait.

« Le plan de l'invasion est arrêté : le général Cadorna doit s'avancer avec ses hommes sur la rive droite, jusqu'à proximité de Rome. Pendant que la neuvième division arrive par le sud ; et le général Bixio, de Civitavecchia. Tous ont ordre de se retrouver sous les murs de Rome. Si les portes ne s'ouvrent pas, c'est le canon qui interviendra...

— Ce Bixio dont vous parlez, on dit de lui qu'il est un épouvantail : un farouche anticlérical, responsable de nombre de pillages, et de violences, à l'encontre des personnes et des biens de l'Eglise. Il s'est même vanté, dit-on, s'il entrait un jour dans Rome, de jeter dans le Tibre le pape et tous les cardinaux ! C'est dire si son arrivée effraye... »

Le marquis éclata de rire.

« *Cara signora*, voyez comme on déforme la vérité ! Nino Bixio est un républicain, qui a pris part à la première république romaine avec Garibaldi, en 1849. D'où sa mauvaise réputation parmi vos amis. Mais je vous accorde que Victor-Emmanuel, une fois maître de Rome, devra tenir ferme et contrôler ses alliés... »

Elle se prenait à rapporter ce qu'elle avait compris des conversations du palais Riccioli, pour en saisir le sens caché, comparer les interprétations.

« On amasse des vivres au Vatican et au fort Saint-Ange, de quoi soutenir un siège. Et la police recherche partout les comploteurs... Hier, un bateau à vapeur qui remontait le Tibre depuis le Testaccio a été arrêté : on a trouvé des armes à bord, et démantelé le dépôt secret qu'il rejoignait.

— C'est que les Piémontais n'ont pas renoncé à faire tomber la ville de l'intérieur...

— Le pape ne croit pas que l'on ose jamais violer son palais, ni détruire les merveilles de la Ville éternelle ?

— Et pourtant... si Pie IX persiste dans son entêtement, il y aura bain de sang, croyez-le bien !

— Convenez cependant que les Piémontais sont les agresseurs, eux qui ont signé l'engagement de respecter les Etats pontificaux. »

La gravité de la situation, l'imminence du danger, en contraste avec la spacieuse sérénité des lieux, créaient une atmosphère irréelle : tout était près de basculer, il fallait profiter de chaque seconde comme de la dernière.

Venait toujours le moment où le doigt brun de l'homme, posé sur le front de la jeune femme, suivait la courbe de ses lèvres, jusqu'à sa gorge, jusqu'à sa taille frémissante. Elle fermait les yeux. Lui, sans apparente insistance, malgré la vigueur évidente de son désir, jouait sur la gamme de la conversation, glissant insensiblement des paroles à l'amour ; et revenant ensuite avec le même naturel à un dialogue inachevé.

« *Cara signora, grazie mille*, merci mille fois... Prenez bien garde à vous, et faites appel à moi si nécessaire...

— Je saurai m'en souvenir, *signor marchese*... »

Une fois rentrée chez elle, Léontine cherchait la paix de sa conscience. Ce qu'elle découvrait là, dans cette parenthèse qu'elle savait chargée d'histoire, elle ne voulait pas y renoncer. Seulement la partager avec son sous-lieutenant aux humeurs farouches, aux idées droites, aussi bien qu'avec cet homme aux manières douces et aux chemises immaculées.

Jusqu'au quatrième jour... Le temps avait tourné à l'orage, et leurs humeurs aussi se tendaient. Des éclairs secs zébraient le ciel, au-delà de la terrasse, sur les coupoles de la ville.

— Alors, quelles sont les nouvelles ?

— Ce matin, 14 septembre, la flotte italienne est apparue en vue du port de Civitavecchia : douze frégates, avec d'autres bâtiments plus petits. Bixio est sous les murs de la place, et la somme de se rendre.

— Je sais cela : c'est le dernier rempart avant Rome. On dit que la population fait pression pour une reddition, afin d'éviter la destruction de la ville. Le colonel commandant la place y serait prêt, mais le dernier carré de ses troupes ne veut pas se rendre sans combattre...

— C'est admirable, mais inutile...

Ils avaient fait l'amour avec une conscience accrue de la fragilité de l'instant, dans une sorte de nervosité pressée.

C'est en sortant des appartements de Dario, plus rapidement qu'à l'ordinaire, à cause de ce formidable orage qui se préparait, qu'elle avait croisé le regard de la fille. Une fille. Non pas une soubrette, comme on en voyait partout dans ce palais, les yeux baissés sous leurs coiffes empesées. Une fille, non pas une dame, avec une jupe rouge de Tzigane, des boucles dansant jusqu'à la taille, les yeux soulignés de charbon. Une fille, fière d'elle-même et de son charme chaloupant, qui glissait de salon en salon, avec une assurance d'habituée des lieux.

Dans le chambranle d'une double porte, aucune n'avait cédé le passage, et leurs yeux s'étaient jaugés. Léontine y avait lu la réalité : celle de deux femmes qui se partageaient le même homme.

La fille l'avait fixée sans méchanceté, avec juste un peu de curiosité pour cette dame bien prise dans sa robe de soie. Mais surtout il y avait, dans les yeux de cette gamine de dix-huit ans à peine, toute l'expérience du monde, et l'absence totale de ces illusions qu'elle-même entretenait. Du marquis, en échange de ses services, la fille n'attendait rien d'autre que la protection, le vivre et le couvert.

Ce que Léontine recevait elle-même.

La première, elle avait détourné le regard. Cramoisie de honte, les tempes battantes, un nœud dans la gorge qui l'empêchait de respirer. D'ailleurs, l'air de ce palais lui était devenu irrespirable.

Comme elle regrettait de ne pas avoir écouté Elina, et fui tant qu'il en était encore temps...

24

Nu et redoutable, avec ses murs crénelés, sa sévérité tragique de forteresse du Moyen Age.

Emile ZOLA, *Rome*

Le 16 septembre 1870, la ville avait été déclarée en état de siège, alors que les Piémontais constituaient un cercle de fer presque complet dans ses alentours.

Du haut des murailles, on pouvait apercevoir les feux des avant-postes ennemis, les bivouacs plantés dans les vignes de la campagne romaine. Le raisin arrivait à maturité, sans que personne n'ose venir le vendanger, et l'orage avait fini par hacher sur pied des grappes pourries.

— « Papa Mallet » s'installe ici !

C'était le major Boissac qui, arrivé en avant-garde à proximité des murailles, claironnait la chose. Le colonel Mallet était un Suisse, commandant une compagnie de zouaves, dont la réputation d'affection envers ses hommes lui avait valu ce sobriquet. Et l'obéissance inconditionnelle de ceux-ci.

Selon le plan du général Kanzler, la défense de la ville devait se concentrer sur les remparts. Ceux-ci, longs de vingt-deux kilomètres, en partie seulement garnis de bastions, étaient divisés en quatre zones de commandement. Mallet avait la charge du secteur qui s'étendait à l'est, de la place du Peuple jusqu'à la via Tiburtina. Avec sous ses ordres les 1er et 2e bataillons de zouaves, composés presque exclusivement de Français.

Pour leur bonheur, les jeunes recrues commandées par le lieutenant du Breuilh y avaient été adjointes en renfort.

On avait muré déjà certaines portes des murailles de la ville, pour mieux défendre les autres. Le mur confié aux Français, construit par l'empereur Aurélien, était reconnu comme le point faible de la défense : une enceinte plusieurs fois restaurée, d'épaisseur insuffisante, et, par surcroît, se prêtant mal à l'installation d'artillerie, en particulier entre la porta Salaria et la porta Pia.

— Réquisition...

Boissac se fit ouvrir le portail de la villa Bonaparte, dont l'emprise formait un triangle adossé à la muraille aurélienne, exactement équidistante de ces deux portes.

Il connaissait bien les lieux, pour y avoir assisté à de mémorables fêtes, durant les dix années de son séjour romain. C'était une jolie résidence de campagne, où la princesse Pauline Borghèse, née Bonaparte, avait trouvé refuge peu après la chute de l'Empire, lorsqu'elle avait demandé asile au pape. La villa était vide de son propriétaire : dès la déclaration de la guerre, Napoléon-Charles, neveu et héritier de la princesse, était parti combattre les Prussiens aux côtés de son cousin l'empereur des Français. On le savait prisonnier depuis Sedan, peut-être mort déjà.

— Capitaine O'Neilly en position sur la porta Pia, Thomasset à la porta Salaria ; et moi-même dans les jardins de la villa Bonaparte. Du Breuilh, vous me suivez, je vous prie !

En rangs, les pelotons désignés pénétrèrent dans les jardins, dans l'entrechoc des ceinturons, des gamelles, des poignées des sabres. Et plus lentement, plus sourdement, derrière, les canons, tirés par des chevaux de trait.

— *Vaï, vaï !*

Les ordonnances flamandes savaient jurer en romanesco.

— Major ?

Un officier de liaison s'approchait des fortifications, et saluait réglementairement les deux amis qui conversaient. Il apportait un message de l'état-major.

— La division Bixio a quitté Civitavecchia pour marcher sur Rome.

Ce Bixio que les Pontificaux redoutaient tant !

— On a vu aussi un parlementaire se présenter à la porta Pia, qui a été conduit chez le pro-ministre des Armes. Il en est reparti très vite.

Un silence méprisant s'ensuivit.

— Eh bien, nous serons en position dès ce soir...

L'homme, solide dragon pontifical, Belge aux cheveux de paille sèche, observait les soldats s'installer en devisant, d'humeur joyeuse.

— Si seulement je pouvais combattre et vaincre avec vous, mes camarades...

Le lieutenant du Breuilh le regarda dans les yeux.

Ces officiers de liaison souffraient d'être écartés de la bataille au moment décisif. Il fallait pourtant bien en désigner un par compagnie, mais c'était une mission que personne ne souhaitait pour lui. Solitaire, éloignée des opérations, faisant courir tous les risques sans donner aucune gloire...

Arthur avait seulement quelques minutes pour réfléchir : avec cette lucidité tragique acquise sur la colline de Montiglione, il savait combien il lui serait difficile de mener au feu ses garçons, pleins d'idéaux et d'illusions, mais sans formation. Alors même qu'il n'avait aucun doute sur l'issue de la bataille, et la certitude qu'une résistance jusqu'au bout les emmènerait tous à la mort.

Sa mort à lui lui était curieusement étrangère, depuis qu'il l'avait vue de si près. Mais celle des autres le taraudait, celle de Guyon, de Théodore, et des jeunes gens qu'on lui avait confiés.

Puisque par chance il se trouvait sous les ordres de Boissac, il lui demanderait cette faveur, d'assurer les liaisons avec le commandement, par un échange de postes avec ce Belge.

Boissac ne comprit pas ; mais il ne pouvait rien refuser à du Breuilh, avec sa main encore bandée et ses yeux trop souvent perdus dans le lointain.

La cérémonie de passation de pouvoir entre le lieutenant du Breuilh et le sous-lieutenant Limminghe se déroula en moins de dix minutes. Ils se serrèrent longuement la main gauche.

25

Et s'il était vrai que demain refleurissait toujours dans la poudre du passé...

Emile ZOLA, *Rome*

Le matin même, alors que debout devant la coiffeuse, en jupon et corset, les mains retenant en l'air la masse de ses cheveux, Léontine laissait Elina la lacer, celle-ci avait fait la remarque, sobrement. Avec une pointe d'interrogation, peut-être.

— Madame a bien profité ! Votre gorge a tellement forci...

En d'autres temps, elles auraient mesuré et commenté ensemble la chose, en auraient sans doute tiré la conséquence, et se seraient jetées dans les bras l'une de l'autre. Sans doute elles auraient pleuré, ou ri, ou les deux.

Mais Elina, en accomplissant sa tâche aussi parfaitement qu'à l'habitude, restait silencieuse. Et Léontine, sans relever le propos, attendait que la femme de chambre en ait enfin terminé de tirer sur les boutons de sa robe, de piquer les épingles dans son chignon, et encore de la parfumer au jasmin, à petits coups secs et précis. Dieu, que tout cela était long...

— Merci, Elina, c'est suffisant ! Je vais à l'hôpital, pas au bal...

Au moment même où elle prononçait sa phrase, elle s'en voulut de ce ton impatient. Et sourit, pour tenter de l'effacer. Mais la jeune fille l'avait perçu. Elle fit une petite révérence presque ironique, et abandonna le terrain, emportant en vrac les affaires de nuit.

Léontine le savait bien elle-même que son sang n'était pas venu depuis leur arrivée à Rome. Et que ses seins, jusque-là si menus, avaient pris un volume nouveau. Celui des déesses de marbre disséminées sur les places de Rome ! Plutôt que de nausées, elle était prise au contraire d'un appétit féroce. Ce qu'apportait Franca, matin, midi et soir, disparaissait impitoyablement.

« Vous vous en apercevrez, et moi aussi », avait prédit Elina sur le ton de l'expérience, un matin d'automne brumeux, dans la chambre de Bramefons. Elle avait raison : Léontine, depuis quelques jours déjà, savait avec certitude qu'elle attendait un enfant.

Malgré les circonstances, cette joie secrète l'habitait ; secrète, mais immense, vaste comme le monde, vaste comme l'avenir. Elle qui se croyait stérile, depuis l'hiver périgourdin ! Elle se découvrait aussi une fierté sans mélange, et une force nouvelle, forgée par les événements. Une fragilité aussi, avec des émotions à fleur de peau, des larmes prêtes à jaillir. Ce secret, elle le protégeait instinctivement, farouchement. Même envers la fidèle Elina.

La porte refermée, Léontine s'installa dans son fauteuil, ses deux mains en conque sur son ventre. Elle avait besoin d'intimité, de temps pour réfléchir, pour envisager le futur. Il fallait seulement lutter contre cette délicieuse fatigue qui lui faisait fermer les yeux, cet amollissement nouveau de son corps...

Cet enfant était le sien. Il venait de loin, de ce jour où elle avait pris la décision de partir à la recherche de son mari, en bousculant les convenances, les sentiments, les frontières. A cause de lui, grâce à lui, elle ne regrettait rien, et était prête à tout. Elle se tairait.

Le marquis, cet homme séduisant et protecteur, n'avait fait que réveiller chez elle une sensualité blessée, mal endormie depuis le départ d'Arthur. C'était lui seul qu'elle recherchait dans les bras d'un autre ; ce que son mari lui avait offert de précieux, sous les courtines de leur chambre périgourdine, dans les promenades à cheval de leurs débuts, et même dans leurs dialogues si difficiles.

Et c'était à lui seul qu'elle voulait offrir en retour l'enfant qu'elle portait.

— *Amore, amore mio...*

La chaîne qui la retenait dans ce palais s'était déliée, au moment précis de l'échange de regards avec la jeune Tzigane.

Avec cette conviction qu'elle avait toujours eue que les événements devaient se plier à ses désirs, elle ne doutait pas de retrouver son mari sain et sauf, maintenant qu'elle l'avait décidé. Dans cette ville ensoleillée qu'elle commençait à faire sienne, le danger couru par les soldats lui apparaissait toujours irréel. Malgré toutes ces piles de pansements accumulées.

Allons, il était temps d'y aller !

A cause de ce secret qu'elle voulait garder, à cause de l'infime refroidissement de leurs relations aussi, elle omit d'attendre Elina, qui vaquait dans les profondeurs du palais.

Et salua sèchement le portier étonné. Une dame arpentant le Corso à pied, cela se voyait rarement ; mais une dame sans chaperon, et dans cette époque si troublée...

Les rues semblaient désertes, les volets de bois posés devant les boutiques ; seules les fontaines continuaient à égrener leur filet d'eau dans le silence.

Au palais Riccioli, que l'on s'activait à transformer en forteresse, avec des sacs de terre entassés devant les ouvertures, il régnait une effervescence inquiète.

— La ville sera bientôt totalement encerclée...

Ce n'était pas une surprise pour Léontine, hélas. Mais la jeune femme s'apprêtait désormais pour une autre bataille. Avec les trésors d'exquise politesse dont elle était capable, elle plaida sa cause auprès de la vieille cousine :

— Pour une raison que j'ignore, on me garde ici à faire de la charpie... Pendant ces jours qui s'annoncent, ne serais-je pas mieux à ma place à l'hôpital, auprès des militaires de mon pays ?

La cause était gagnée d'avance, dans ces jours où la plupart des femmes et des étrangers avaient quitté la ville, tant qu'il en était encore temps. Partout, on comptait ses forces, on complétait ses effectifs.

Les préventions passées de la mère Marie de l'Assomption n'étaient plus de mise.

— Une jeune femme prête à se dévouer, dans la force de la jeunesse, et qui parle français, ne peut être que bienvenue !

La princesse, qui ne sortait plus, prit sur elle d'affecter aussitôt cette recrue providentielle.

— Allez de ma part, avec ce billet, vous présenter à l'ambulance Saint-Augustin ; elle est servie par un médecin français, et quatre sœurs de charité venues de Lille. Mais il n'y a plus une voiture de louage en ville pour rejoindre le Santo Spirito : les cochers ont prudemment remisé les équipages...

— Eh bien, j'irai à pied !

Ces dames admirèrent une si belle bravoure. Et Léontine partit seule vers l'autre rive du Tibre. Non plus comme à un rendez-vous d'amour, mais comme pour une conquête.

Jamais les rues de la ville n'avaient paru aussi paisibles. Via di Ripetta, elle sourit aux femmes de mauvaise vie qui attendaient en vain des passants à qui proposer leurs charmes. Puis elle retrouva la via dei Coronari, par laquelle le cocher l'avait conduite à l'audience générale, en un temps qui lui parut très lointain.

— Notre-Dame, faites que je le retrouve !

Devant la *madonella* d'un coin de rue, elle s'agenouilla un instant, comme elle avait vu faire les Romaines.

Il y avait pourtant un attroupement de l'autre côté du pont, où elle salua au passage les anges familiers : celui qui se formait au passage du pape, de retour d'une prière à Saint-Jean-de-Latran.

— *Viva il papa-re !*

Maria-Maddalena l'avait expliqué à Elina : pour rassurer la population, Pie IX, malgré l'âge et les soucis, sortait toutes les après-midi dans sa ville. Il bénissait les enfants, distribuait des aumônes, réconfortait ceux qui avaient dû abandonner leurs champs. Et invitait à la prière. Dans les églises romaines, on se rassemblait autour de lui, pour supplier Dieu d'épargner la ville.

Alentour, les bonnes gens criaient, avec un enthousiasme communicatif :

— *Viva Pio Nono ! Viva il papa-re !*

Comme eux, elle se mit à genoux ; et avec eux, reçut la bénédiction du vieil homme.

Puis le souverain pontife remonta dans son grand carrosse rouge et or, traîné par six chevaux noirs, et le peloton de gardes-nobles reprit le trot.

L'hôpital était là, allongé au bord du fleuve, reconnaissable au drapeau blanc à croix rouge qui flottait devant. Et les ambulances rangées dans la cour, déjà attelées.

Comme autrefois à propos de Guyon, le cœur de la jeune femme se souleva de tendresse et de pitié, au passage de quelques très jeunes hommes livides, que des infirmières roulaient vers le petit jardin attenant. C'était cela aussi, la guerre...

Le premier venu un peu galonné qu'elle avisa était français, fort occupé, et parcourut rapidement des yeux son billet :

— Très bien, madame Champcevial ! De suite ! Votre voiture va partir prendre sa position.

Un homme aux cheveux blancs, qui accusait un âge avancé, l'aida à s'installer à l'arrière d'une charrette.

On franchit la porte cochère, et l'on prit en sens inverse le chemin qu'elle venait de parcourir. Décidément, le sort lui était contraire. Après sa course, et sous le coup de la déception, Léontine avait le cœur au bord des lèvres.

Sur le banc à côté d'elle, deux religieuses, la cornette abaissée sur un front serein, récitaient leur chapelet. L'homme se présenta aimablement :

— Je suis médecin, originaire de Besançon ; il n'y a pas d'âge, n'est-ce pas, pour voler au secours du Saint-Père ?

La jeune femme jeta un coup d'œil autour d'elle, manière de décourager la conversation. En plus de cinq brancards superposés, il y avait sous la capote un comptoir garni de paniers. Dedans, les fameuses boîtes de fer-blanc contenant charpie, bandages et pansements, à côté de flacons d'alcool et de pommades, d'un couteau à scie et de lancettes de chirurgie.

Et l'on retraversa le Tibre, puis la ville, pendant que les cloches se répondaient d'église en église. Sur ses hautes roues à bandages de fer, la lourde carriole laissait des étincelles sur le pavé, et les passants s'en écartaient prudemment, peut-être à cause du drapeau à croix rouge flottant à la portière. L'entrelacs des ruelles du centre, avec leurs vieux palais noirs, puis la place de Trèves aux eaux jaillissantes, et elle reconnut la longue façade jaune du palais du Quirinal.

Une intense activité régnait dans ce quartier inconnu d'elle : ces uniformes gris ou bleus, ces képis à bandeau rouge, qu'elle avait jusqu'ici vainement cherchés, il y en avait ici par dizaines, qui allaient et venaient sur la grand-place, en petits groupes pressés.

A travers la capote, Léontine ne savait où donner des yeux. Mais déjà la voiture attaquait le flanc du bâtiment, et s'éloignait.

— Voyez-vous, expliquait l'intarissable docteur, chaque zone de défense dispose de ses aumôniers et de ses ambulances. Nous allons, nous, rejoindre le secteur de la porta Pia. Celui du colonel Mallet, qui commande à l'est. Notre mission est d'établir un poste d'infirmerie juste en arrière des fortifications. Ensuite, comme les soldats, nous devrons nous tenir prêts, quand la bataille commencera.

La jeune femme écoutait en hochant la tête de temps en temps, pour ne pas perturber plus la prière des bonnes sœurs. Lui revenaient les phrases du marquis : « Si les portes ne s'ouvrent pas, c'est le canon qui interviendra... »

Elle avait peur, d'un coup, et resserrait sur son ventre des doigts crispés d'inquiétude.

— Nous voilà place Barberini, où se tient le quartier général, et nous abordons la via Pia...

Un planton fit signe au cocher de virer sur la gauche. Celui-ci franchit un portail grand ouvert, débouchant sur des jardins.

— Nous y voilà ! Au fond de l'allée, vous apercevez la villa Paolina, ainsi nommée parce qu'elle fut à la princesse Pauline Bonaparte, sœur cadette de Napoléon. Nos zouaves y installent un poste avancé, car le mur présente à cet endroit des faiblesses...

C'était un rectangle parfait, de brique rose soulignée de marbre travertin, à la simplicité harmonieuse. Un portique en façade ouvrait largement la maison sur les jardins. Et en cette fin d'été, les allées serpentines embaumaient, entre bosquets, parterres de simples, fontaines, vases de terre cuite sculptée, murs de buis.

Et, incongrus dans ce décor champêtre, encore des uniformes, tous bleus ou gris, tous éclatants de soutaches et passementeries, tous garnis de ceintures de flanelle rouge, avec de larges sarouals. Léontine écarquillait les yeux, dans l'espoir de scruter chacun.

Sur le perron ovale, une silhouette bleue, plantée là les bras croisés, pour diriger les opérations. L'homme regardait venir l'ambulance, la désigna à l'un de ses soldats, avec un ordre de la main. Puis se détourna vers un autre officier surgi des jardins. Celui-ci l'abordait avec un geste chaleureux de sa main sur l'épaule ; l'autre était bandée. Puis les deux hommes rentrèrent en devisant dans la maison.

La scène avait duré à peine quelques minutes. Le cœur de Léontine battait à se rompre. Dans la stature carrée et la moustache de celui qui avalait les marches du perron, elle croyait avoir reconnu son mari.

Sans en être absolument certaine, ce qui l'empêchait de tout planter là pour aller se jeter dans ses bras. Celui-ci était un peu voûté, au contraire d'Arthur, toujours si droit, presque raide. Arrivée à ce moment si violemment espéré, elle n'était plus sûre de rien, et surtout pas de ses émotions.

L'homme en saroual salua le cocher, inspecta l'ordre de mission, et leur indiqua une direction, ajoutant dans un français à l'accent provençal :

— Vous trouverez sur votre gauche, à l'écart de la villa, une allée ombragée, où vous pourrez vous installer, à côté de l'intendance.

La haute carriole vira.

Que pouvait-elle faire, sinon se taire et suivre le mouvement ? Si seulement elle avait emmené Elina ! Celle-ci aurait trouvé le moyen de se glisser en reconnaissance dans la villa, d'y nouer d'utiles relations, d'obtenir des informations et des noms.

— Madame, si vous voulez bien suivre les instructions...

D'autres charrettes étaient déjà là, avec un fourniment de caisses, de pièces d'artillerie, de munitions et de fourrage. On se rangeait, on dételait, les brancards appuyés sur un muret de briques. Les religieuses, avec la force de l'habitude, transportaient, installaient, organisaient. Il régnait là une sorte de fièvre, tempérée et canalisée par l'obéissance. Vertu que Léontine ne possédait pas, pas plus que le talent du travail manuel.

La tête en feu, elle se mit à l'ouvrage simple qu'on lui assigna, consciente d'avoir tout à apprendre : il s'agissait d'enrouler les bandes sur des sortes de baguettes, que les infirmiers pourraient plus aisément transporter. Ses mains tremblaient, la rendant encore plus malhabile.

C'est que juste au bout de l'allée passaient et repassaient des hommes à la casquette rouge, avec des éclats de voix et des rires qui venaient s'éteindre à distance de leur carriole.

Le médecin revenait, les bras chargés :

— Dès que l'ambulance sera en ordre de fonctionnement, nous évacuons les lieux, jusqu'aux prochaines consignes. Chacun de nous devra porter ce brassard à croix rouge, indispensable pour franchir le portail de la villa. Maintenant, mesdames, on va vous ramener à l'hôpital.

Le cocher était un zouave bavarois ; Léontine se fit déposer à une courte distance du palais Scarelli.

26

Rome, la capitale nécessaire... elle donnait à qui la possédait la force, la beauté, l'éternité.

Emile ZOLA, *Rome*

— La compagnie prend les armes, rassemblement !

A l'aube du 20 septembre, la voix grave de Boissac surprit le lieutenant du Breuilh. Mais ne le réveilla pas : avec les pluies des jours précédents, la douleur dans son bras devenait lancinante, depuis la main jusqu'au coude, jusqu'à l'empêcher de dormir. Ou bien était-ce les sombres pensées qui l'agitaient...

Dans cette tente plantée au centre d'un parterre engazonné, Arthur passait une dernière nuit au milieu de ses hommes, avant de partir vers sa nouvelle mission.

A trois heures trente du matin, les deux hommes de quart avaient prévenu le major :

— Des rumeurs indistinctes mais continues... Il semble que l'ennemi procède sur ce secteur à des opérations.

A travers l'alignement des étroits lits de camp, la rumeur enfla vite.

— Aux armes...

Moins d'un quart d'heure après, des dizaines de pas et de voix résonnaient, recouvrant la paix de la nuit d'automne. Officiers en tête, les soldats vinrent s'agenouiller devant l'aumônier, pour recevoir l'absolution générale. Puis prirent leur poste, établis en cordon.

Le soleil se levait, radieux. A cinq heures dix du matin exactement, les batteries italiennes, installées sous les murailles, ouvrirent le feu.

L'attaque commençait, contre la ville qui depuis plus de mille ans abritait la souveraineté des papes.

Le premier obus vint frapper les trois arches de la porte Majeure. Dix minutes plus tard, c'était à la porte Saint-Jean-de-Latran, défendue par Charette.

Dans les jardins de la villa Bonaparte, le fracas se rapprochait. Un chant alors s'éleva des rangs :

— « Partez, partez, nobles fils de la France,

Fils des croisés, c'est Dieu qui vous conduit... »

Un tir l'interrompit, lancé contre la vieille muraille d'Aurélien, juste à l'aplomb de la villa Bonaparte. Les salves s'étendaient, se rapprochaient.

— Feux de peloton, commencez le feu !

Les fusils Remington ripostèrent furieusement ; une pluie de balles hachait les feuillages du jardin, ricocha sur les chênes verts.

Partout en même temps, porte Salaria, porte Pia, et aussi au loin, porte du Peuple, porte Saint-Pancrace, la mitraille résonnait.

Sur le mur d'Aurélien, la faible artillerie pontificale tentait vainement de répliquer. Des zouaves, montés sur les créneaux, prenaient des risques insensés pour mieux viser les fantassins. Un jeune soldat, qui s'était imprudemment mis à découvert, reçut une balle en plein front, et tomba raide, son corps rejeté en vrille vers les parterres bien soignés.

— Monsieur l'aumônier, vite, par ici !

On le porta à l'ambulance.

Sous les obus successifs, une brèche s'ouvrait dans les jardins même de la villa, éboulis de fer et de pierres.

— Des renforts, il nous faut des renforts, faites prévenir Mallet !

Le lieutenant du Breuilh traversait déjà les ambulances en courant, et arrachait la bride d'un cheval des mains de son palefrenier.

Place Barberini, on le reçut fraîchement. Le colonel, l'œil sévère, fixa l'officier de liaison qui se présentait à lui, l'haleine essoufflée par la course.

— Des renforts ? Lieutenant, écoutez-moi bien : hier au soir, le général Kanzler a reçu du Saint-Père des instructions précises, que je vais vous redire, afin que vous les répétiez à votre poste, puisque c'est nécessaire.

Et il détacha ses mots :

— « Nous voulons que la résistance soit suffisamment limitée pour démontrer la réalité d'une agression, et rien de plus ; qu'elle consiste uniquement en une protestation, propre à constater la violence qui nous est faite. Que l'on cesse le feu, et que l'on ouvre les pourparlers de la reddition aux premiers coups de canon... » Vous m'entendez, aux premiers coups de canon ? Pie IX ne veut pas qu'il soit jamais dit que le vicaire du Christ, bien qu'injustement attaqué, ait consenti à quelque effusion de sang.

Ajoutant :

— Des estafettes portant drapeau blanc ont été envoyées dans chaque zone de commandement, avec l'ordre de cessez-le-feu. Nous devrions déjà entendre la fin de la canonnade. Vous, allez de suite au Vatican, prendre les ordres écrits…

Quelque chose qui ressemblait à de la joie envahit Arthur, tandis qu'il saluait. C'était la première fois depuis Viterbe.

En bon catholique, il se refusait à juger la politique du souverain pontife ; mais en homme et en soldat, il applaudissait cette décision. Avec joie, c'était bien de la joie.

Les rênes groupées dans sa main valide, il repartit au galop. La ville semblait morte ; des maisons commençaient à brûler le long du Tibre, et au loin, dans le quartier du Transtevere. Le feu étant toujours aussi nourri, l'odeur de poudre tuait tous les parfums, et les oiseaux demeuraient silencieux.

Arrivé à la porte de bronze, défendue par les gardes-nobles, il fut aussitôt reçu.

Un vieil homme en pourpoint noir remit à l'officier de liaison une enveloppe cachetée des clés de saint Pierre. Et lui fit en quelques phrases, avec une émotion visible, le récit des dernières heures.

Le pape, réveillé à cinq heures du matin par la canonnade, s'inquiétait d'être sans nouvelles, et de ce que ses ordres ne soient pas obéis. Il avait dit sa messe, puis convoqué les représentants des puissances étrangères. Dans sa bibliothèque, le comte von Arnim, ambassadeur de Prusse, et monsieur de Béhaine, chargé d'affaires de France, se faisaient face. Et le corps diplomatique venait de recevoir la nouvelle de la reddition :

« Maintenant que l'on va consommer un grand sacrilège, et la plus énorme injustice, que les troupes d'un roi catholique assiègent la capitale de l'Eglise, nous remettons notre défense entre les mains de Dieu... »

Après douze siècles d'existence, les Etats pontificaux avaient vécu.

Au retour d'Arthur vers la villa Bonaparte, le canon grondait toujours, les fumées de la bataille montaient en volutes grises dans un ciel surchauffé.

Une cloche grêle, celle d'un couvent en prière, sonnait dix heures quand il mit pied à terre, sous le feuillage d'une allée écartée. Dans le chaos, une petite fontaine s'obstinait à chanter doucement. Il ne prit même pas le temps de s'y rafraîchir, car le mur d'Aurélien semblait toujours pris sous le feu.

En s'approchant, il vit qu'une partie des créneaux s'était effondrée, et une brèche ouverte dans le mur. Jusqu'à douze mètres, mesura-t-il au jugé.

Boissac se tenait droit devant cette brèche, criant dans le tumulte :

— Allez dire au général que je ne reçois un pareil ordre que par écrit !

L'estafette des dragons, portant haut son drapeau blanc, lui faisait face.

Dans la fournaise, des hommes s'efforçaient encore de colmater le vide du rempart, en abattant à coups de sabre – han, han ! – les arbres du jardin.

En face, dans les vignes maintenant visibles, les batteries s'étaient tues. Mais une colonne de fantassins s'approchait à moins de vingt-cinq mètres, tirant presque à bout portant à travers la cavité béante. Juchés sur les créneaux, les défenseurs continuaient à répondre, dans une mêlée confuse.

Du Breuilh traversa au pas de course le découvert, s'approcha de son ami, et lui dit doucement, en montrant l'enveloppe aux armes du Saint-Siège :

— Voici l'ordre...

Derrière eux, dans la direction de la via Nomentana, un drapeau italien, vert, blanc, rouge, était apparu au sommet de la villa Patrizi.

— Ils préparent l'assaut...

Cette voix calme et grondeuse ne lui était pas inconnue. Le lieutenant se retourna. C'était Abdou, le caporal d'Afrique, qu'il n'avait pas revu depuis Viterbe.

Boissac fixait son ami avec rage ; il serra les poings puis hurla :

— Cessez-le-feu général !

Le silence, enfin, se fit. Assourdissant, dans la poussière qui retombait, filtrée par le soleil du matin. Et le clairon sonna la fin des combats.

Des zouaves, arrêtés dans leur élan, laissaient échapper des cris de colère, avant de mettre l'arme au pied, par un terrible effort de volonté. Se rendre leur paraissait un sacrifice bien plus grand que mourir.

L'un d'entre eux, repris par tous les autres, lança le chant du défi.

— « Partez, partez, nobles fils de la France,
Fils des croisés, c'est Dieu qui vous conduit !
Que les méchants soient enfin écrasés... »

Les Piémontais tirèrent profit de l'arrêt des tirs pour s'engouffrer dans la brèche. Pierre à pierre, ils élargissaient encore le passage. Et des coups de feu claquaient, isolés, venus d'on ne sait où.

En forme de bravade désespérée, l'aumônier qui avait extrémisé les onze morts de ce début de matinée tragique agita son béret en criant :

— Vive Pie IX ! *Viva Pio Nono !*

Des cailloux, lancés à toute force, le firent taire.

Arthur s'était retiré un peu en arrière ; ému malgré tout de cette fin de combat humiliante. Il observait le gros de la troupe se rassembler, épaules basses, autour des officiers. Tandis que, plus loin, les servants d'artillerie restaient à leur poste de combat, au long des remparts, en direction de la porta Pia.

— S'ils attendent encore, la brèche sera enfoncée, et ils se retrouveront isolés...

Il s'élança donc vers le colimaçon déjà ébréché qui conduisait au chemin de ronde. Passa au pas de course de meurtrière en meurtrière.

— Rassemblement ! Descendez !

Son grade et son autorité les firent obéir, malgré le crève-cœur d'abandonner la muraille aux ennemis, alors que les cartouchières étaient pleines encore.

Il n'y avait plus une minute à perdre : les premiers *bersaglieri* franchissaient la brèche, quand les derniers zouaves, des Hollandais, émergèrent de l'escalier. Le lieutenant fermait la marche, s'engageant à son tour devant une meurtrière, quand il sentit son épaule tourner, comme sous l'effet d'un coup.

— Touché...

Le sergent qui le précédait avait entendu le sifflement de la balle, et se retourna.

— *Vaï, vaï*, ne m'attends pas, ce n'est rien !

Son ton était si sec que le garçon obéit, et fila, à demi couché.

Arthur ne sentait rien, hormis le poids comme multiplié de son corps. Il chercha un abri, pour reprendre souffle, se protéger du déferlement des Italiens.

Entre le chemin de ronde et la muraille écroulée à mi-hauteur s'était formé une sorte d'étroit corridor à l'abri des regards.

Il se glissa commodément dans l'interstice. Etait-ce vraiment une blessure ? Le lieutenant n'avait pas mal, et se sentait en pleine possession de ses moyens. Simplement, son épaule ne lui répondait plus, et pesait comme une masse. Même la douleur lancinante dans la main, qui l'accompagnait depuis des années, avait disparu. Il ferma les yeux.

Et les rouvrit aussitôt, à cause du vacarme alentour. Surgissait de partout, courant en désordre à travers les jardins dévastés, une foule mêlée de soldats piémontais et de brigands en chemise rouge. Ordres et contrordres fusaient, dans toutes les langues, avec en bruit de fond le roulement des chariots d'intendance qui fuyaient vers l'arrière.

On se ruait sur les vaincus, on les insultait, on les souffletait. Arthur, de sa cachette, souffrait pour ses amis. Un grand gaillard bouscula Boissac, lui arracha ses décorations.

Puis, dans un semblant d'organisation, les zouaves furent mis en rang, à coups de crosse. L'un après l'autre, ils furent contraints de venir jeter leurs armes, en tas dans les parterres de fleurs. Abdou, d'un coup sec, brisa la sienne, pour qu'elle ne tombe pas intacte aux mains de l'ennemi. Selon la loi de la guerre, seuls les officiers avaient le droit de garder les leurs.

Au bout d'un moment, que le lieutenant ne pouvait plus mesurer, car les cloches avaient cessé de sonner les heures, tout ce monde reflua vers le portail de la villa. A peine les militaires eurent-ils disparu qu'une nouvelle foule plus disparate encore envahit les jardins : maraudeurs et pillards, enfants en guenilles...

Il se rencogna silencieusement, imaginant le sort qui l'attendait, s'il était découvert. Le temps passait, le soleil montait, la douleur avait reparu, irradiant son côté droit, dans l'humidité poisseuse du sang. Incapable de bouger, desséché de soif, il perdit connaissance.

27

Et dans le ciel d'un bleu si pur... posé sur la verdure, un jardin suspendu, d'où se dressait, dans le ciel limpide, l'élégant et vigoureux profil d'un pin parasol centenaire.

Emile ZOLA, *Rome*

Au palais Scarelli, la canonnade qui montait en puissance les avait réveillées aux petites heures du jour.

Des déflagrations sourdes, étouffées par la distance et les hauts murs, entrecoupées du claquement sec de coups de fusils, de plus en plus perceptibles. Au milieu, tous les bruits d'une maison éveillée et inquiète : des appels, des pas à la course, des grincements de volets.

Quand Elina avait surgi dans sa chambre, Léontine, déjà assise sur le bord de son lit, les yeux grands ouverts, réfléchissait.

Elles avaient toutes deux oublié ce qui les séparait, la veille encore.

— Viens, nous allons à l'ambulance. Tu seras plus utile que moi...

Rapidement, les deux jeunes femmes s'étaient glissées hors du palais, ne croisant sur leur chemin que quelques silhouettes affairées, et des portes ouvertes.

La lumière émergeait du bleu de la nuit, les dernières étoiles s'éteignaient : en habituées, elles marchèrent d'un bon pas le long du Corso désert, croisant sans crainte les allures fantasmagoriques des statues de marbre, les lumignons dansant aux façades des églises. De loin, on percevait le remous des eaux du Tibre, avec la mélopée d'une colonne de Flamands en marche. Et toujours les explosions, avec des fumées grises à l'horizon.

Léontine connaissait parfaitement son chemin : le Quirinal, la place Barberini, la via Pia... Elle avançait sans faiblir. A mesure qu'elles s'approchaient de la villa Bonaparte, le bruit devenait infernal.

Elina tira sa maîtresse en arrière.

— Pourquoi donc aller là, dans la direction de la canonnade ? Vous devriez vous ménager...

Elle n'obtint pas de réponse.

Par le portail grand ouvert de la villa, on entrait et on sortait, à un train pressé. Léontine exhiba son brassard cousu d'une croix rouge, et entraîna sa femme de chambre vers l'ambulance Saint-Augustin. Dans l'aube rose, le médecin et les religieuses étaient là, déjà, tous penchés sur un brancard, avec l'aumônier. Léontine remarqua une rigole de sang qui émergeait entre eux, et rougissait la robe d'une religieuse, lentement.

A côté, un autre brancard, un uniforme gris.

— Occupez-vous de lui.

L'ordre avait été jeté négligemment, sans autre explication.

Les deux femmes s'approchèrent. Et à ce moment, Léontine se sentit prise de faiblesse : ses jambes se dérobaient sous elle. Le manque de nourriture, la vue du sang... ?

Elle murmura :

— Je te laisse, je ne peux pas...

Et alla s'affaler au pied du premier buisson de l'allée. Les arbres tournaient autour d'elle, ses tempes battaient au rythme des explosions, une sueur froide coulait dans sa nuque.

Deux ou trois haut-le-cœur vidèrent son estomac. Elle s'assit tremblante, incapable de se relever ; la nausée la reprenait, à l'idée seulement de retourner près du blessé.

Honteuse, elle prit le parti de s'enfoncer un peu dans le bosquet, pour se cacher à la vue de tous ceux qui autour d'elle se rendaient utiles. Il y avait une petite fontaine, avec un filet d'eau où elle put se rafraîchir.

De loin, elle vit qu'Elina avait pris la mesure de la situation : agenouillée devant le brancard, elle semblait à son affaire. Alors, la jeune femme se laissa aller, s'allongea à demi, dans l'ombre épaisse. Si seulement les obus ne lui martelaient pas ainsi le front...

Elle regarda autour d'elle : on se battait à proximité, sans doute à quelques dizaines de mètres à peine, dans la direction de la muraille. A travers les haies et les parterres montait une poussière jaune qui par endroits s'épaississait.

Les allées et venues s'intensifiaient aussi, et les clameurs, juste devant son refuge. Elle vit sortir des cavaliers, et en revenir d'autres, au galop. Elle vit l'aumônier, crucifix à la main, devant des brancards alignés. Elle vit aussi la jupe sombre d'Elina, barrée de son tablier blanc, qui allait et venait parmi les religieuses ; et dans leurs mains ces baguettes à bandages qu'elle-même avait préparées la veille.

Autour d'elles, la chaleur faisait trembler le paysage, ou peut-être étaient-ce les coups de boutoir contre le rempart.

Léontine commençait à retrouver des forces, et la faim lui serrait à nouveau l'estomac. Allons, le moment était venu de rejoindre Elina...

C'est alors qu'un cavalier déboula depuis la via Pia, et aborda l'allée, avant de mettre pied à terre. En jetant les rênes à un palefrenier, il tourna un instant son regard dans la direction de la petite fontaine ; et courant toujours, s'engagea dans la fournaise de poussière, à l'aplomb de la muraille.

— Mon Dieu...

Elle se retrouva de nouveau à genoux, sa jupe mouillée dans la terre.

Cette silhouette, cette manière de tenir les rênes d'une seule main ferme, ce regard vert, elle n'avait plus de doute, c'était Arthur !

Quelques minutes à peine, et elle le perdait des yeux, alors qu'il s'enfonçait dans le brouillard jaune. Désormais, elle était sûre de l'intuition qui l'avait poussée jusqu'ici ce matin. Malgré la voussure des épaules, malgré la couleur presque blanche de la moustache.

Après son passage, une sorte de silence se fit, au creux du vacarme.

— Cessez le feu, cessez le feu...

Dans l'allée, la phrase se répétait de bouche en bouche, sur tous les tons, avec toutes les nuances de désespoir et de soulagement.

Et Léontine comprit pourquoi les obus s'étaient tus. Elle était toujours à genoux derrière la fontaine.

Le chant qui s'élevait, des voix viriles bientôt cassées, lui noua la gorge d'émotion.

— « Partez, partez, nobles fils de la France,

Fils des croisés, c'est Dieu qui vous conduit... »

Plus près d'elle, une folle agitation s'emparait de l'intendance, des ordres retentissaient : on attelait les charrettes à toute allure, on embarquait vivement les blessés, on roulait les chariots de munitions vers le portail. Elle vit Elina échevelée grimper dans l'ambulance, en soutenant un blessé. Une mêlée de chevaux et de voitures passa devant elle. En moins de dix minutes, le camp était levé, fuyant un danger qui semblait imminent.

Léontine resta seule au creux de son bosquet, un long moment.

Elle ne regrettait pas d'avoir été oubliée : Arthur était là, à quelques mètres d'elle. Et par grâce, elle le retrouvait à la minute même où le cessez-le-feu était proclamé. L'angoisse refluait.

— Merci, mon Dieu.

Ramassée dans l'ombre, elle posa la main sur son ventre.

La terre vibrait doucement. Un bruit sourd, bien reconnaissable, qui s'amplifia : celui des pas d'une troupe en marche. Allait-elle voir passer son mari ? Un espoir fou l'habitait : il n'était plus question de laisser échapper cette occasion.

Lentement, très lentement, apparut puis défila la troupe des vaincus, en gris, sans armes, les mains sur la nuque. Et les officiers bleus encadrant leurs hommes, les épaules affaissées. D'autres militaires à l'uniforme inconnu juraient, avec des expressions florentines qu'elle reconnaissait.

— Les Piémontais sont dans la ville… Mais par où sont-ils donc entrés ?

Léontine, immobile, détaillait chaque visage. L'un après l'autre ; hésitant à chaque fois entre le soulagement et la déception.

Cela dura ainsi une grande demi-heure.

Arthur ne faisait pas partie des prisonniers, de cela elle était certaine. Mais qu'était-il devenu ?

A peine la troupe funèbre avait-elle disparu en direction de la ville qu'elle fut remplacée par une foule bigarrée courant à sa poursuite, les derniers parmi eux courbés sous le poids d'objets dont elle devina vite qu'ils avaient été dérobés au passage.

Le canon, en effet, avait parlé. En quelques heures à peine, les murailles défendues par les soldats du pape étaient conquises par les assaillants.

Enfin, avec la tombée du soleil, le calme revint sur le jardin ravagé, avec un peu de fraîcheur. C'était maintenant de la ville que provenaient les clameurs : là sans doute l'Histoire se jouait désormais. De loin en loin passaient encore des silhouettes, se dissimulant pour traverser le jardin abandonné.

Léontine aurait donné cher pour un morceau de pain.

Alors, à la fin de la journée, elle sortit de sa cachette. Remonta à pas de loup jusqu'à la villa, la peur autant que la faim au ventre. Mais sous la loggia, des sentinelles de l'armée piémontaise étaient en faction, et l'on entendait rire à l'intérieur, et tinter des verres, comme au soir d'une victoire.

Au-delà, vers la muraille d'Aurélien, les traces du campement des Français. Il semblait désert, et la jeune femme s'en approcha avec mille précautions. Elle se savait parfaitement incongrue dans ce décor, dans son corsage plissé et sa jupe à tournure. Mais la faim la rendait déterminée, autant que la faiblesse. Et c'était là, en outre, qu'Arthur avait sans doute passé la nuit précédente : y aurait-il un signe de sa présence, des effets personnels qu'elle reconnaîtrait du premier coup d'œil ? Sa cantine militaire, peut-être ? Elle se prenait à rêver, en s'approchant.

Rien de cela, mais beaucoup mieux : parmi les gamelles renversées de l'intendance, elle trouva des tomates, des fèves et des courgettes, qu'elle commença à avaler crues.

Alors qu'elle y était encore occupée, des craquements de feuilles retentirent. Deux hommes s'avançaient comme en terrain conquis, sans se cacher, pris par leur conversation.

D'un coup, parce qu'elle avait si peur, lui revinrent en tête les intrigues de ses romans, des histoires de belles dames attaquées et violées par d'infâmes brigands. Même le marquis montrait de sévères préventions contre ces garibaldiens.

Où se mettre à l'abri ? Son cœur n'en pouvait plus de cogner, depuis ce matin.

Les décombres de murailles, autour de la brèche, formaient une sorte de labyrinthe à multiples entrées. Elle s'y dissimula, emportant avec elle son butin de légumes. A peine avait-elle libéré le terrain qu'un gamin l'occupa, qui semblait aussi affamé qu'elle. Les hommes en revanche le négligèrent, continuant leur chemin vers la brèche ouverte dans la muraille ; le danger était passé.

Au moment de terminer son festin, elle laissa échapper sa gamelle, qui roula dans les pierres avec un bruit de crécelle retentissant.

— Il y a quelqu'un ici ? A l'aide, *aiuto* !

Derrière le chemin de ronde éboulé, une voix s'élevait, une voix d'homme à l'accent français.

Les deux hommes, au moment de franchir la brèche, se retournèrent.

— *Francese !* Où es-tu ? *Soldi*, as-tu de l'argent ?

— Non, je n'ai rien.

— Menteur, les officiers français sont riches ! Donne ce que tu as !

— Je n'ai rien sur moi, satané macaroni ! Mais si tu préviens, pour qu'on fasse passer ici une ambulance, tu en seras remercié.

— Je crois bien que tu te feras assommer, s'ils te trouvent, et moi aussi ! Qu'est-ce que tu as ?

— Une balle dans l'épaule, à ce qu'il me semble.

— Ah, bien fait ! Tu aurais mieux fait d'aller défendre ta patrie ! Voilà ce que c'est que de se battre contre l'armée royale. Qu'est-ce que vous venez faire dans notre pays ?

Et les deux hommes laissèrent là le blessé, en sautant à travers la brèche comme si c'était le chemin le plus naturel du monde. Ils s'en furent vers la villa Patrizi, au milieu des vignes déchiquetées.

Léontine était coite. Cette voix… Peut-être aurait-elle eu encore des doutes si elle n'avait pas reconnu Arthur le matin. Mais le grain de la voix était bien le sien, elle en était certaine, le ton d'autorité aussi, même avec ce voile de souffrance, et sans la jovialité d'autrefois.

Elle partit en exploration derrière le chemin de ronde. Ne fut pas longue à trouver la direction d'où était venu l'appel. Et ne fut pas plus étonnée que cela de trouver là son mari. Tant de lieues, tant de temps, tant d'efforts pour le rejoindre...

— Arthur ?

Le lieutenant, l'esprit embrumé par la douleur, ouvrit les yeux, tourna son regard vers la femme qui apparaissait dans les ruines, en élégante toilette de ville, la bottine hésitante sur les gravats instables. Un regard totalement abasourdi.

— Toi ?

— *Amore, amore mio...*

Elle s'approchait, émue, les deux mains en avant pour le toucher, puis n'osant pas.

Lui, incapable de bouger dans sa coque de pierre, la dévorait des yeux.

Quand elle fut devant lui, un seul mot vint aux lèvres du lieutenant :

— A boire...

— Oui, mon chéri.

Il avait le teint terreux, du sang séché par larges taches, les lèvres craquelées, un bandage poussiéreux ; et elle se sentait défaillir de nouveau, comme le matin.

La fontaine, un récipient... Elle repartit courant à travers la pierraille ; il ne fallait pas tomber, ni s'évanouir.

Sous l'ombre des frondaisons, la force lui revint. Elle était juste arrivée devant la fontaine quand elle tomba face à Elina.

Une Elina aux yeux rougis et à la voix angoissée.

— Ah, Madame, Madame, enfin ! Je vous cherche partout… vite, allons-nous-en d'ici !

— Pas sans Monsieur !

Pendant un instant, Elina crut que sa maîtresse délirait.

— Viens avec moi !

Léontine remplit d'eau le seau de fer qu'elle venait de ramasser, entraîna sa femme de chambre vers le chemin de ronde, en prenant soin de contourner largement la villa.

L'heure n'était pas aux mots. Arthur avait de nouveau fermé les yeux, essayant de mettre de l'ordre dans ses hallucinations. Etait-il mort, était-il vivant ? Et Léontine ? Il ne savait plus.

Les deux femmes versèrent doucement de l'eau sur son front et sa nuque brûlante, à travers ses lèvres, sur la main sale qui se tendait vers elles, comme celle d'un enfant douloureux.

— Léontine ?

Léontine pleurait. Pendant que lui, rafraîchi, aspirait l'eau, reprenait de la force, renonçant pour l'instant à comprendre comment ses deux providentielles secouristes étaient arrivées là.

— Tu as très mal ?

— C'est supportable, mais je ne peux pas marcher.

Elle reconnaissait cette manière bien à lui de s'en tenir aux faits, sans sentiments. Quitte à nier l'évidence.

Elina, avec des gestes d'experte, avait écarté la tunique, jaugé la blessure.

— Une balle est entrée dans l'omoplate ; je ne sais si elle est ressortie…

— Nous allons t'emmener à l'hôpital.

C'était au tour d'Elina de pleurer.

— Madame, c'est impossible ! Vous n'imaginez pas ce qui se passe en ville ! Dès notre sortie d'ici, Monsieur, dans son uniforme de zouave, sera lapidé... Il faudrait une voiture fermée, et un lieu discret pour le soigner.

Léontine réfléchit quelques instants. Puis se redressa, en serrant la main valide de son mari.

— Ecoute-moi bien, Elina : tu vas rentrer au palazzo Scarelli, et aller voir de ma part le marquis. Tu lui rappelleras sa promesse de me venir en aide, quoi qu'il arrive. Puis tu lui demanderas sa *carrozza* fermée, que tu feras conduire ici, par la grand-porte de la villa. Ensuite, tu renverras le cocher, et tu viendras me prévenir.

— Bien, Madame !

Brave Elina, qui en quelques secondes se relevait, à la fin de cette interminable journée, pour affronter encore cette mission.

Le soir tombait, dans les odeurs de poudre et de cendre. Doucement, Léontine glissa des quartiers de tomate entre les lèvres de son mari.

28

Il voulait la patrie reconstruite et debout,
vivante enfin sous le soleil !

Emile ZOLA, *Rome*

La nuit était absolument noire quand Elina vint pour la seconde fois de la soirée secouer le loquet à la porte basse du palais Scarelli ; jusqu'à ce que Maria-Maddalena et son mari se lèvent pour ouvrir le portail.

— *Mamma mia !*

L'homme déverrouilla une fois de plus les lourdes barres de fer. La femme, en chemise, levant haut sa lanterne, agrandissait les yeux d'étonnement.

C'était la *signora* française qui juchée sur le siège du cocher conduisait la grosse calèche, la main ferme sur la cravache. Dans sa robe à tournure, un brassard à croix rouge bien visible sur son épaule. Les rideaux de la voiture étaient soigneusement tirés.

Elles avaient traversé ainsi la moitié de la ville, de la via Pia jusqu'au Corso. Au pas et dans l'obscurité, fuyant les feux de joie sur les places, les auberges bondées, les soldats ivres qui encombraient les rues.

Elina, à ses côtés, la guidait. Pour avoir parcouru plusieurs fois ce chemin dans la journée, elle ne cachait pas son inquiétude.

— L'armée d'Italie a laissé pénétrer sur ses talons toute une racaille, maintenant répandue partout, elle a ouvert aussi les prisons de la ville...

La chasse aux soldats français surtout l'angoissait.

— J'ai vu nos soldats conduits désarmés jusqu'à la place Saint-Pierre, exposés aux injures de la foule, aux crachats, aux jets de pierres... « *Capitolazione ! Abasso i zuavi !* » Imaginez ! Cette population qui acclamait le pape il y a quelques jours encore...

Le matin, une fois les blessés de l'ambulance confiés à l'hôpital du Saint-Esprit, Elina s'était autorisée à quitter son poste, pour partir à la recherche de sa maîtresse. Là où elle avait perdu sa trace, dans les jardins de la villa Paolina.

Rebroussant chemin seule à travers cette foule agitée, où le moindre mouvement pouvait tourner au drame, elle restait encore terrifiée par les rumeurs entendues en chemin.

« Une sœur de charité aurait été jetée dans le Tibre ; et un sergent attaché par les pieds à la queue d'un cheval, traîné ainsi le long du Corso. On prétend aussi qu'un jeune zouave a eu les yeux crevés ; et qu'on a vu la tête d'un officier promenée au bout d'une pique... »

Elina avait bravement quitté le nord de la ville, où sur la coupole de Saint-Pierre flottait depuis le matin un drapeau blanc, pour se diriger vers le Quirinal, où s'étaient concentrés les combats. Elle avait contourné les incendies et les barrages, jusqu'à retrouver la villa Bonaparte. Là, parmi les autres maraudeurs, elle avait cherché, appelé, jusqu'à la fontaine...

Maintenant, derrière elles, le portail se refermait, avec le bruit sec de la clenche, sur une ville devenue folle. Alors elles se regardèrent, et éclatèrent de rire.

Ce n'était évidemment pas de la gaieté ; plutôt un immense soulagement nerveux, et la reconnaissance de leur solidarité retrouvée.

Hélas... à l'intérieur du palais, sous le portique, des hommes aux mêmes mines patibulaires ripaillaient, avec les mêmes armes alignées le long du mur.

— Ce sont les amis de monsieur le marquis, murmura Elina ; maintenant qu'ils ont gagné, ils ne se cachent plus...

Sous les yeux des banqueteurs elles firent le tour de la cour au pas – il ne pouvait être question de faire souffrir plus le blessé en le secouant –, passèrent sous les deux arches, vinrent s'accoler à leur loggia, laissant derrière eux leurs rires à peine assourdis.

Enfin à l'abri des regards, les deux femmes installèrent le lieutenant sur une chaise, pour le transporter dans la chambre de Léontine. Dans l'ombre, quelqu'un avait saisi la bride du cheval abandonné.

Arthur se laissait malmener, silencieux ; le corps perclus par les cahots du voyage, la tête bouleversée par la violence de ses sentiments, lui qui n'en ressentait plus guère depuis des jours.

Sans rien demander à personne, à grands coups de ciseaux, Elina découpa les restes de l'uniforme, alluma un feu dans l'âtre pour les y jeter aussitôt.

— Il faudrait pourtant un médecin, pour enlever cette balle...

Adroitement, elle s'occupait à nettoyer la plaie, et le sang qui s'était remis à couler dans le mouvement.

Léontine arracha son drap, et en un tournemain découpa dedans des bandes, dont elles firent bientôt un large bandage, bien serré.

— Cela au moins, j'ai appris ici à le faire...

Elles s'appliquaient à plaisanter, pour juguler l'anxiété. Le lieutenant n'ouvrait les yeux que par instants.

Une bonne surprise pourtant les attendait ; même pendant cette journée où le monde avait basculé, Franca s'acquittait de son service comme à l'ordinaire : un plateau de victuailles, aussi soigné que d'habitude, les attendait à l'office. Epuisées, avides, elles lui firent un sort, en regardant par la croisée briller les étoiles.

C'est alors qu'Elina se raidit, un doigt sur ses lèvres, en coulant le regard vers la fenêtre ouverte.

— Madame, il y a quelqu'un dehors...

Ce n'était pas quelqu'un, c'était le marquis, accompagné de deux valets portant des flambeaux, comme au soir de leur arrivée. Ses pas résonnaient déjà sous la loggia.

Le marquis, ce soir... Léontine avait presque oublié son existence, et ne retint pas un mouvement de recul. Puis elle lissa sa jupe et son chignon, sourit à son époux, avant de sortir.

Le lieutenant ouvrait les yeux, tendait l'oreille vers la voix d'homme.

— *Signor marchese, mille grazie !* Votre voiture m'a permis de rentrer sans encombre...

Léontine déployait des trésors d'amabilité, sous la loggia.

— *Cara signora*, je venais m'informer de votre sort. Comment avez-vous pu commettre l'imprudence de sortir, alors que le canon gronde depuis les petites heures du jour !

— Quelles sont les nouvelles ?

Elle reprenait le ton de leurs échanges, bien décidée à monnayer la santé de son mari.

— A midi, le général Cadorna, au nom de Sa Majesté le roi d'Italie, a accepté la reddition de la place de Rome.

Le marquis exultait, dans de grandes phrases et de larges gestes.

— C'est pour moi le rêve d'une vie qui s'accomplit ce soir ! Notre Italie si souvent démembrée, morcelée, notre Italie envahie par les nations voisines, la proie de tant de petits tyrans, la voilà enfin réunie ce soir, à Rome, capitale des Césars !

En réponse, elle posa simplement sa question usuelle :

— Que va-t-il se passer maintenant ?

— Toute la garnison de Rome, avec son armement complet, chevaux, drapeaux, magasins de poudre, sera consignée à l'Italie. A l'exception du mont Vatican et du château Saint-Ange, qui resteront au souverain pontife. Voyez-vous, l'armée a obéi à des instructions précises : elle avait pour mission de prendre possession de la ville, tout en épargnant la cité Léonine. Par respect pour Pie IX, et pour protéger les merveilles de l'Eglise universelle.

— Et les soldats français ?

— Une fois la brèche ouverte, l'armée pontificale qui était déployée autour des murailles s'est rendue, porte par porte. Elle a été rassemblée sous les colonnades du Bernin, où elle campera cette nuit. Demain matin, les soldats seront licenciés et quitteront la ville, avec les honneurs de la guerre. Quant aux compagnies étrangères, le gouvernement italien s'est engagé à les rapatrier, et les renverra dès demain aux frontières de leurs pays respectifs.

Léontine baissa la tête. En plus du danger que courait Arthur, dans la petite chambre voûtée derrière elle, il y avait l'humiliation, la violence de cette défaite qu'elle devrait tôt ou tard lui annoncer. Et déjà elle redoutait, au-delà de sa souffrance à lui, ce terrible silence entre eux.

Le marquis enfonça le coin, d'une voix moins triomphante :

— Les Prussiens marchent sur Paris...

Dario fit un pas, nonchalamment, vers la jeune femme, et prit ses doigts pour les baiser. Le rouge monta au front de Léontine et elle eut une expression qui ressemblait à du dégoût.

— Non !

— *Cara signora*...

Il avait ouvert ses mains devant lui, en signe d'apaisement. Décidément, en aucune circonstance cet homme ne perdrait de son amabilité.

— *Cara signora*, c'est liesse aujourd'hui ! Je ne voudrais pas qu'un homme meure dans ma maison, fût-ce un ennemi de l'Italie...

La jeune femme se glaça.

— Vous avez décidément la mauvaise habitude de congédier mon cocher ! Mais il obéit à mes ordres : ce pauvre homme ne pouvait évidemment ni vous abandonner ma voiture, ni perdre votre trace. Il vient juste de bouchonner son cheval, après votre folle équipée, et de me faire un rapport...

Il s'éloigna d'un pas, comme pour la rassurer sur ses intentions.

— Je vous ai promis l'hospitalité, et mon aide en toutes circonstances : si vous souhaitez la venue d'un médecin, pour soigner votre protégé…

Pour la troisième fois de la journée, Léontine fondit en larmes. Décidément, elle ne se reconnaissait pas.

Elle hocha la tête, avant de s'enfuir de la loggia.

Dans la pénombre de la petite chambre voûtée, Arthur l'attendait. Ils écoutèrent ensemble décroître dans la nuit les pas, et les ordres.

Depuis le lit, il lui tendit sa main valide et dit :

— J'ai entendu. Nous avons raté une occasion historique de montrer au monde de quel côté sont les agresseurs, et quelle est la dignité de l'Eglise. Nos chefs auraient dû obéir immédiatement aux consignes du Saint-Père, et cesser le feu dès les premiers obus... Maintenant, ma chérie, reposez-vous. J'ai tellement rêvé, depuis des mois, de vous avoir ainsi à mes côtés…

Léontine nota le vouvoiement, même si l'heure n'était pas encore venue d'en profiter.

Moins d'une demi-heure plus tard, les mêmes valets revenaient, précédant de leurs flambeaux un jeune médecin romain, aux traits fatigués par une trop longue journée.

— L'omoplate est brisée, et la balle est bien logée dedans.

Il fit étaler un drap sur la table, pour l'opération.

Au milieu d'une gerbe de sang noir, et du hurlement sauvage du blessé, maintenu par les deux valets, l'homme extirpa une bille de métal, qu'il tendit à Elina.

Dans le cabinet de toilette attenant, une nouvelle fois, en spasmes silencieux, Léontine se vidait de son dîner.

Bien plus tard encore dans la nuit, alors qu'elle somnolait au chevet de son mari, celui-ci, fiévreux et douloureux, lui arracha cette promesse :

— Tu iras au couvent de la Trinité-des-Monts ? Et tu demanderas de ma part la supérieure des dames du Sacré-Cœur…

Il marmonna encore, ce qui lui fit sauter le cœur – et perler les larmes au coin des paupières, une fois encore :

— Je t'expliquerai, toi seule peux comprendre…

Epilogue

Le 21 septembre 1870, au lendemain de la chute de la Ville éternelle, Rome se réveilla sans s'être endormie. Les feux de camp disséminés sur la place Saint-Pierre rougeoyaient encore ; dans l'aube bleuissante, les soldats pontificaux, rassemblés par bataillons sous les murs du Vatican, prolongeaient ensemble leur ultime veillée.

Parmi les zouaves réchappés de la villa Bonaparte, on s'était compté, à mots rares, avec l'émotion de ceux qui ont connu le pire.

— Du Breuilh ?

Clermont passait de groupe en groupe, sans obtenir de réponse.

— Personne ne l'a vu s'effondrer, au moins...

Au matin, ce fut l'ordre du jour du général Kanzler : « Rome est tombée... grâce à votre courage, à votre fidélité, elle est tombée avec honneur. »

Les officiers, sous-officiers et soldats étaient à cette minute déliés de leurs serments militaires, et licenciés. Puis une fenêtre des appartements pontificaux, au-dessus de la colonnade du Bernin, s'ouvrit, où se découpait la silhouette d'un vieil homme. Une immense ovation l'accueillit.

— *Oremus...*

Pie IX prononça une dernière bénédiction.

A partir de cet instant, il se considérait comme prisonnier de cette minuscule cité Léonine, et y vivrait reclus jusqu'à sa mort.

Sous les lazzis des Italiens, et en présence d'un ambassadeur de Prusse triomphant, les zouaves français furent mis en rangs. Ils passèrent à pied la porte Saint-Pancrace, pour s'en aller rembarquer à Civitavecchia.

A bord de la goélette du retour, un petit groupe rassemblé autour du colonel de Charette prit la décision de se mettre ensemble à la disposition du gouvernement de Défense nationale à Paris. Intégrés dans l'armée française sous le nom de « Volontaires de l'Ouest », ils participèrent à la bataille d'Orléans, en octobre 1870, et se distinguèrent à celle de Loigny, en décembre, contre l'armée prussienne. La légende prenait forme.

A Rome, l'armée piémontaise investit chaque palais, chaque couvent, chaque bibliothèque, chaque caserne de la Ville éternelle. Victor-Emmanuel, roi de la nouvelle Italie unifiée, s'installerait bientôt, symboliquement, au Quirinal.

Il ne restait plus guère de Français à Rome, hormis dans les chapelles funéraires du cimetière de Verano.

Pourtant, derrière les hauts murs du palais Scarelli, Arthur et Léontine du Breuilh découvraient l'*ottobre romano* : ce délicieux automne romain, si doux, si lumineux, où la nature s'apaise, où le soleil caresse sans brûler. Où les ciels changeants se zèbrent du vol des oiseaux migrateurs fuyant l'hiver européen. Où les oranges tombent tandis que poussent les champignons.

Sous la loggia, deux chaises longues d'osier avaient été déployées ; et des peintures déroulées sur la table de marbre.

La calèche fermée, conduite cette fois par le cocher, avait repris du service encore pour emmener madame du Breuilh au couvent de la Trinité-des-Monts.

« La supérieure te remettra mes affaires personnelles, du moins ce qui en aura été retrouvé. Je tiens par-dessus tout à des aquarelles, signées Limeray... »

Face à ces paysages et à ces visages, peints au plus près de la vérité par un jeune homme disparu, les époux surent réunir les morceaux de leur propre histoire. Arthur ne cherchait plus à fuir, ni les lieux ni les paroles : cette évasion-là l'avait emmené trop loin, avait coûté trop cher, à lui, à Guyon, à Théodore et à tant d'autres.

Sa convalescence s'étirait lentement, aussi lentement dans son esprit que dans son corps. Mais pour avoir appris le prix de la vie et retrouvé son goût, il savait conquérir chaque jour un peu de mieux, savourer chaque instant la présence de celle qu'il croyait avoir perdue. Et apprécier chaque plateau apporté par Franca, chaque attention d'Elina.

« *Grazie mille*, jeunes filles ! »

Son rire sonore éclatait sous la loggia, en écho aux leurs. De moins en moins voilé, de plus en plus souvent.

Il savait gré à sa femme, qu'il avait connue naguère piaffant d'impatience, de s'asseoir chaque jour longuement à ses côtés. Et de s'offrir à lui, chaque nuit, avec une douceur nouvelle, précautionneuse, qui convenait à son état de blessé.

En même temps que les tableaux, Léontine avait rapporté de la Trinité-des-Monts le courrier en souffrance du lieutenant, rassemblé par les soins de la Société des dames romaines.

Ensemble, ils parcoururent une lettre de la main de Jeanne de Laubarède, remplie d'affection et de douleur. Elle alertait son neveu sur la santé de la baronne.

Et une autre, toute récente, de sa sœur Lucienne :

> L'espoir doit demeurer toujours, nous écrit monsieur de Clermont, qui vient juste de rentrer en France, et s'apprête à rejoindre les Volontaires de l'Ouest. Aussi ai-je pris la résolution de t'écrire. Bien que nous soyons sans nouvelles de toi depuis ce 20 septembre, où tu as été vu en héros sur les remparts de la muraille Aurélienne…
>
> La chute de Rome a sans doute été le coup fatal pour notre chère maman, après les terribles inquiétudes éprouvées à ton sujet. Alors qu'elle était à lire son journal dans la bibliothèque – et tu sais avec quelle passion – sa canne est tombée. Résonnant si fort sur le parquet que Léonie est accourue. Le docteur n'a pu que le constater : son cœur déjà malade avait lâché d'un coup, et son âme était déjà au ciel.
>
> Aussitôt prévenue, je suis venue d'Angoulême, et nous l'avons enterrée au côté de notre père. Une bien triste cérémonie, en ton absence, moins de deux ans après la disparition de celui-ci. Maman était très aimée, et le curé a fait un beau sermon, devant une assistance nombreuse. Le

scandale provoqué par la disparition de ton épouse n'a donc pas atteint la réputation de notre famille, et je m'en réjouis.

C'était au moment où les vendanges se terminaient. Urbain, heureusement, a pu prendre les choses en main..

Un silence s'établit entre les époux, qui avaient noué leurs mains ensemble pour lire cette lettre de Lucienne. Un silence profond, fait des sentiments et des différends que chacun entretenait avec la défunte, et qui n'étaient pas les mêmes. Un long silence, que Léontine prit le parti de rompre enfin :

— Il y a encore une lettre. Mais celle-ci est déjà décachetée...

Elle était bien plus ancienne, et émanait de la baronne elle-même.

— C'est curieux, je ne l'ai jamais lue.

Il compulsa rapidement les feuillets, avant de les tendre à sa femme :

« Il me faut te raconter une histoire peu ordinaire, à propos de ton chien... Léontine s'est fort mal conduite... Cette fuite honteuse était préméditée et organisée... »

— Brave chien ! Et paix aux morts...

C'était Léontine qui avait parlé sur un ton de conclusion, et son mari lui en sut gré.

Occupés à se retrouver, à comprendre à quel point et comment l'autre avait changé en l'espace de quelques mois, jamais encore ils n'avaient osé évoquer l'avenir. Et ils savaient que le moment était venu maintenant.

Fallait-il rentrer à Bramefons, au risque que leur vie retombe dans les mêmes ornières ?

Léontine accepterait-elle de renoncer à sa liberté acquise, et de braver les rumeurs périgourdines ? Arthur se sentait-il la force et le désir de réintégrer l'armée, pour reprendre le combat avec ses camarades, contre l'ennemi prussien ?

Pour Elina, son choix était déjà fait, et affirmé : elle avait pris goût à l'aventure, et resterait à Rome. Maria-Maddalena, Aurelia, Franca l'y engageaient. Et peut-être un valet en livrée bleue, dénommé Cesare.

Dario Scarelli aurait souhaité aussi voir ses amis s'établir à Rome. Parfois, le marquis les rejoignait sous la loggia, à la nuit tombée, accompagné de ses porteurs de flambeaux, de vin de Frascati et de *dolci*.

A la lueur des flammes, on regardait monter les étoiles, et l'on parlait politique, avec une passion plus raisonnée qu'autrefois.

— Les Piémontais s'arrogent tous les pouvoirs ; nous considérant, nous les patriciens romains, comme des domestiques pour leurs ambitions. Il faudrait ici des étrangers à nos querelles italiennes, capables de saisir à la fois l'âme du pays et les arcanes du Vatican...

— Je souhaite tout le bien possible à ce pays qui a si bien accueilli ma femme...

Arthur, en disant ces mots, prenait tendrement la main de Léontine.

Lorsque le jour des Morts fut passé, dans le silence des cloches romaines, les violentes pluies de novembre s'abattirent sur la ville. Il était temps.

Une voiture conduisit monsieur et madame du Breuilh à la gare. De là, ils gagnèrent le port de Civitavecchia, pour prendre un bateau à destination de Marseille.

Au large des côtes génoises, Léontine et son prince charmant sortirent sur le pont et s'accoudèrent au bastingage pour admirer ensemble l'entrée dans le port.

Ils étaient seuls, le roulis les poussait l'un vers l'autre ; dans les embruns, la jeune femme susurra à l'oreille de son mari.

Celui-ci, la surprise et l'émotion passées, éclata de son rire le plus sonore :

— Eh bien, ma mère avait raison : il nous fallait pour concevoir cet enfant le calme et le repos que nous venons de vivre…

Le reste, le secret de ses passions romaines, n'appartenait qu'à Léontine. En laissant loin derrière elle les témoins de celles-ci, Dario comme Elina, elle ouvrait l'avenir à Arthur, et à leur enfant.

Avertissement

Ceci est un roman.

Les événements historiques, des années 1860 jusqu'à la chute du second Empire et des Etats pontificaux, en 1870, ont servi de trame à cette histoire, avec les souvenirs relatés par des zouaves pontificaux français. Mais les protagonistes de cette histoire sont évidemment de pure fiction. Seules apparaissent sous leur nom propre les silhouettes de personnages publics, le tout dans une très libre interprétation. Par exemple, l'épidémie de choléra à Albano et les faits qui s'y rapportent sont antérieurs de quelques années.

Pour écrire à l'auteur : gdelaborie@yahoo.fr

Bibliographie

La Dernière Guerre du pape, J. Guénel, Presses universitaires de Rennes.

Histoire de Rome et des Romains, Catherine Brice, Ed. Perrin.

Mémoires d'un chemise rouge, Giuseppe Garibaldi, Ed. du Sextant.

Dictionnaire de la papauté, « Les zouaves pontificaux », Philippe Boutry.

Sur la brèche de la porta Pia, Laurent Stefanini.

De nombreux ouvrages publiés entre 1880 et 1914, aujourd'hui épuisés, et parmi eux :

Journal de Mgr Daniel, aumônier des zouaves pontificaux, J. S. Allard.

Les Zouaves pontificaux, C. Cerbelaud-Salagnac.

Les Français zouaves pontificaux, G. de Villèle.

Les Soldats du pape, O. de Poli.

Histoire des zouaves pontificaux, H. de Mathuisieulx.

La Villa Bonaparte, G. Hulin.

Les Zouaves pontificaux périgordins, pour Dieu et la France, bulletin SHAP 2002, H. de Castellane.

Remerciements

Un grand merci aux descendants de zouaves pontificaux qui ont bien voulu me communiquer des archives familiales, et également à Sandro Ascarelli, pour son introduction précieuse à l'histoire et aux coutumes romaines.

Merci aussi à ceux qui autour de moi acceptent mes évasions régulières vers le dix-neuvième siècle.

Merci enfin à Emile Zola qui célèbre la Ville éternelle des années 1880 dans son livre *Rome*, dont sont extraites les épigraphes des chapitres.

Romans « Terres de France »

Jean Anglade
Un parrain de cendre
Le Jardin de Mercure
Y a pas d'bon Dieu
La Soupe à la fourchette
Un lit d'aubépine
La Maîtresse au piquet
Le Saintier
Le Grillon vert
La Fille aux orages
Un souper de neige
Les Puysatiers
Dans le secret des roseaux
La Rose et le Lilas
Avec le temps...
L'Ecureuil des vignes
Une étrange entreprise
Le Temps et la paille
Les Ventres jaunes
Le Semeur d'alphabets
La Bonne Rosée
Un cœur étranger
Les Permissions de mai
Les Délices d'Alexandrine
Le Voleur de coloquintes
Les Doigts bleus de la pluie
Sylvie Anne
Mélie de Sept-Vents
Le Secret des chênes
La Couze
Ciel d'orage sur Donzenac
La Maîtresse du corroyeur
Un horloger bien tranquille
Un été à Vignols
La Lavandière de Saint-Léger
L'Orpheline de Meyssac
Le Pain des Cantelou
Victorine, le pain d'une vie
Jean-Jacques Antier
Tempête sur Armen
La Fille du carillonneur
Marie-Paul Armand
Le Vent de la haine
Benoît
La Maîtresse d'école
La Cense aux alouettes
L'Enfance perdue
Un bouquet de dentelle
Au bonheur du matin
Le Cri du héron
Le Pain rouge
La Poussière des corons
Nouvelles du Nord
Louise
Victor Bastien
Retour au Letsing
Jacques Béal
Les Ailes noires
Henriette Bernier
L'Enfant de l'autre
L'Or blanc des pâturages
L'Enfant de la dernière chance
Le Choix de Pauline
La Petite Louison
Petite Mère
Le Rêveur de l'écluse
Une femme empêchée
Odile Bouhier
Le Sang des bistanclaques
Françoise Bourdon
La Forge au Loup
Le Bois de lune
Le Maître ardoisier
Les Tisserands de la Licorne
Le Vent de l'aube
Les Chemins de garance
La Figuière en héritage
La Nuit de l'amandier
La Combe aux Oliviers
La Cour aux Paons
Patrick Breuzé
Le Silence des glaces

La Grande Avalanche
La Malpeur
La Lumière des cimes
La Montagne effacée
Nathalie de Broc
Le Patriarche du Bélon
La Dame des Forges
La Tresse de Jeanne
Loin de la rivière
La Rivière retrouvée
La Sorcière de Locronan
L'Adieu à la rivière
Annie Bruel
Le Mas des oliviers
Les Géants de pierre
Marie-Marseille
Michel Bussi
Nymphéas noirs
Michel Caffier
Le Hameau des mirabelliers
La Péniche Saint-Nicolas
Les Enfants du Flot
La Berline du roi Stanislas
La Plume d'or du drapier
L'Héritage du mirabellier
Marghareta la huguenote
Le Jardinier aux fleurs de verre
Porte-plumes au vent
Daniel Cario
La Miaulemort
Jean-Pierre Chabrol
La Banquise
Claire Chazal
L'Institutrice
Martine Alix Coppier
et Jean-Michel Thibaux
Le Trésor de la Nore
Didier Cornaille
Les Labours d'hiver
Les Terres abandonnées
Etrangers à la terre
L'Héritage de Ludovic Grollier
L'Alambic
Adam en héritage
Georges Coulonges
Les Terres gelées
La Madelon de l'an 40
L'Enfant sous les étoiles
Les Flammes de la Liberté
Les blés deviennent paille
L'Eté du grand bonheur
Des amants de porcelaine
Le Pays des tomates plates
La Terre et le Moulin
Les Sabots de Paris
Les Sabots d'Angèle
La Liberté sur la montagne
Les Boulets rouges de la Commune
Pause-Café
La Fête des écoles
Anne Courtillé
Les Dames de Clermont
Florine
Dieu le veult
Les Messieurs de Clermont
L'Arbre des dames
Le Secret du chat-huant
L'Orfèvre de Saint-Séverin
La Chambre aux pipistrelles
Retour à Bellemaison
Paul Couturiau
En passant par la Lorraine
L'Abbaye aux loups
Les Silences de Margaret
Annie Degroote
La Kermesse du diable
Le Cœur en Flandre
L'Oubliée de Salperwick
Les Filles du Houtland
Le Moulin de la Dérobade
Les Silences du maître drapier
Le Colporteur d'étoiles
La Splendeur des Vaneyck
Les Amants de la petite reine
Un palais dans les dunes
Renelde, fille des Flandres
Les Jardins du vent
Alain Dubos
Les Seigneurs de la haute lande
La Palombe noire
La Sève et la Cendre

Le Secret du docteur Lescat
Constance et la Ville d'Hiver
Marie-Bernadette Dupuy
L'Orpheline du bois des Loups
Les Enfants du Pas du Loup
La Demoiselle des Bories
Le Chant de l'Océan
Le Moulin du Loup
Le Chemin des Falaises
Les Tristes Noces
La Grotte aux fées
Elise Fischer
Trois Reines pour une couronne
Les Alliances de cristal
Mystérieuse Manon
Le Soleil des mineurs
Les cigognes savaient
Confession d'Adrien le colporteur
Le Secret du pressoir
Sous les mirabelliers
Le Rêve de la Grenouille
Laurence Fritsch
La Faïencière de Saint-Jean
Alain Gandy
Adieu capitaine
Un sombre été à Chaluzac
L'Enigme de Ravejouls
Les Frères Delgayroux
Les Corneilles de Toulonjac
L'Affaire Combes
Les Polonaises de Cransac
Le Nœud d'anguilles
L'Agence Combes et Cie
Suicide sans préméditation
Fatale Randonnée
Une famille assassinée
Le piège se referme
Gérard Georges
La Promesse d'un jour d'été
Les Bœufs de la Saint-Jean
L'Ecole en héritage
Le Piocheur des terres gelées
Les Amants du chanvre
La Demoiselle aux fleurs sauvages
Jeanne la brodeuse au fil d'or
Les Chemins d'améthyste
Denis Humbert
La Malvialle
Un si joli village
La Rouvraie
L'Arbre à poules
Les Demi-Frères
La Dernière Vague
Yves Jacob
Marie sans terre
Les Anges maudits de Tourlaville
Les blés seront coupés
Une mère en partage
Un homme bien tranquille
Le Fils du terre-neuvas
Hervé Jaouen
Que ma terre demeure
Au-dessous du calvaire
Les Ciels de la baie d'Audierne
Les Filles de Roz-Kelenn
Ceux de Ker-Askol
Les Sœurs Gwenan
Ceux de Menglazeg
Michel Jeury
Au cabaret des oiseaux
Marie Kuhlmann
Le Puits Amélie
Passeurs d'ombre
Les Filles du pasteur Muller
Ceux de la Grande Vallée
Le Complot des indienneurs
Guillemette de La Borie
Les Dames de Tarnhac
Le Marchand de Bergerac
La Cousette de Commagnac
Le Double Secret de Bigaroque
Gilles Laporte
Le Loup de Métendal
La Fontaine de Gérémoy
Jean-Pierre Leclerc
Les Années de pierre
La Rouge Batelière
L'Eau et les jours
Les Sentinelles du printemps
Un amour naguère
Julien ou l'Impossible Rêve
A l'heure de la première étoile

Les Héritiers de Font-Alagé
De longues fiançailles
Une vie retrouvée
Hélène Legrais
Le Destin des jumeaux Fabrègues
La Transbordeuse d'oranges
Les Herbes de la Saint-Jean
Les Enfants d'Elisabeth
Les Deux Vies d'Anna
Les Ombres du pays de la Mée
Eric Le Nabour
Les Ombres de Kervadec
Louis-Jacques Liandier
Les Gens de Bois-sur-Lyre
Les Racines de l'espérance
Jean-Paul Malaval
Le Domaine de Rocheveyre
Les Vignerons de Chantegrêle
Jours de colère à Malpertuis
Les Compagnons de Maletaverne
Le Carnaval des loups
Les Césarines
Grand-mère Antonia
Une maison dans les arbres
Une reine de trop
Une famille française
Le Crépuscule des patriarches
La Rosée blanche
L'Homme qui rêvait d'un village
L'Auberge des Diligences
Le Notaire de Pradeloup
Quai des Chartrons
Les Encriers de porcelaine
Dominique Marny
A l'ombre des amandiers
La Rose des Vents
Et tout me parle de vous
Jouez cœur et gagnez
Il nous reste si peu de temps
La Conquérante
J'ai cherché celui que mon cœur aime
Pascal Martin
Le Trésor du Magounia
Le Bonsaï de Brocéliande
Les Fantômes du mur païen
La Malédiction de Tévennec
L'Archange du Médoc
Hubert de Maximy
Le Destin d'Honorine
Louis Muron
Le Chant des canuts
Henry Noullet
La Falourde
La Destalounade
Bonencontre
Le Destin de Bérengère Fayol
Le Mensonge d'Adeline
L'Evadé de Salvetat
Les Sortilèges d'Agnès d'Ayrac
Le Dernier Train de Salignac
Patrice Pelissier
L'Homme qui en voulait trop
Michel Peyramaure
Un château rose en Corrèze
Les Grandes Falaises
Frédéric Pons
Les Troupeaux du diable
Les Soleils de l'Adour
Passeurs de nuit
Jean Siccardi
Le Bois des Malines
Les Roses rouges de décembre
Le Bâtisseur de chapelles
Le Moulin de Siagne
Un parfum de rose
La Symphonie des loups
La Cour de récré
Les Hauts de Cabrières
Les Brumes du Mercantour
La Chênaie de Seignerolle
Bernard Simonay
La Fille de la pierre
La Louve de Cornouaille
Jean-Michel Thibaux
La Bastide blanche
La Fille de la garrigue
La Colère du mistral
L'Homme qui habillait les mariées
La Gasparine
L'Or des collines
Le Chanteur de sérénades

La Pénitente
L'Enfant du mistral
L'Or du forgeron
La Fille du templier
Jean-Max Tixier
Le Crime des Hautes Terres
La Fiancée du santonnier
Le Maître des roseaux
Marion des salins
Le Mas des terres rouges
L'Aîné des Gallian
L'Ombre de la Sainte-Victoire
Brigitte Varel
Un village pourtant si tranquille
Les Yeux de Manon
Emma
L'Enfant traqué
Le Chemin de Jean
L'Enfant du Trièves
Le Déshonneur d'un père
Blessure d'enfance
Mémoire enfouie
Une vérité de trop
Louis-Olivier Vitté
La Rivière engloutie
L'Enfant des terres sauvages
L'Inconnue de la Maison-Haute
Le Secret des trois sœurs
Guinotte et le chevalier
Colette Vlérick
La Fille du goémonier
Le Brodeur de Pont-l'Abbé
La Marée du soir
Le Blé noir
Les Terres chaudes
Rue Frézier
Frédérique Volot
Le Rucher du père Voirnot

Cet ouvrage a été imprimé en France par

CPI
BUSSIÈRE

à Saint-Amand-Montrond (Cher)
en septembre 2011

Composition et mise en pages : FACOMPO, LISIEUX

FSC
www.fsc.org
MIXTE
Issu de sources responsables
FSC® C003309

N° d'édition : 8802/01 – N° d'impression : 112880/1
Dépôt légal : octobre 2011